Schnappt Schröder!

Christoph Güsken, geboren und aufgewachsen in Mönchengladbach, arbeitete als Buchhändler in Köln und textete für die Springmaus in Bonn. Seit 1995 lebt er als freier Autor in Münster. Er veröffentlichte zahlreiche Hörspiele und Kriminalromane.

CHRISTOPH GÜSKEN

Schnappt Schröder!

DER ZWEITE FALL FÜR OLE FRINGS

Westfalen Krimi

emons:

Bibliografische Information der Deutschen Bibliothek
Die Deutsche Bibliothek verzeichnet diese Publikation
in der Deutschen Nationalbibliografie; detaillierte bibliografische
Daten sind im Internet über http://dnb.d-nb.de abrufbar.

MIX
Papier aus verantwortungsvollen Quellen
FSC® C083411
FSC
www.fsc.org

Umschlagmotiv: photocase.de/Isabelle Dominique
Umschlaggestaltung: Tobias Doetsch
Gestaltung Innenteil: César Satz & Grafik GmbH, Köln
Druck und Bindung: CPI – Clausen & Bosse, Leck
Printed in Germany 2013
ISBN 978-3-95451-148-8
Westfalen Krimi
Originalausgabe

Für Claudia und Alicia, die versprochen haben,
das Buch zu lesen, wenn ich's ihnen dafür widme.

Living is easy with eyes closed
Misunderstanding all you see
It's getting hard to be someone, but it all works out
It doesn't matter much to me
John Lennon/Paul McCartney

1

Was für ein schöner Tag!, dachte Schröder, als er auf die Straße trat, und nahm einen ganzen Atemzug würziger Frühlingsluft.

Es war ziemlich genau elf Uhr dreißig. Die Sonne lachte von einem wolkenlosen Himmel, in den Straßencafés herrschte Hochbetrieb, und die Frauen trugen verführerisch kurze Röcke. Es war einer dieser Tage, die in jeder Hinsicht perfekt waren. Der ideale Tag, um einen Mord zu begehen.

Schröder schickte sich an, die Straße zu überqueren, aber ein warnendes Klingeln ließ ihn zurückschrecken. Radfahren war in dieser Stadt nicht nur eine Art, sich fortzubewegen. Es war eine Religion, die zur Intoleranz neigte. Und ihre Anhänger musste man schlichtweg als Plage bezeichnen. Menschen auf Zweirädern thronten hoch auf ihren Sätteln und hatten nicht das Geringste mit Autofahrern gemein, jenen ökologischen Volldeppen, die ihre persönliche Bequemlichkeit in unverantwortlicher Weise über das Wohl des Planeten stellten. Radfahrer genossen es, als Vorbild herzuhalten und bei Gelegenheit Fußgänger zu drangsalieren, die keine Klingeln hatten, um sich zu wehren.

Tom Schröder machte sich nichts aus der Pedaletreterei. Er ließ sich lieber im Taxi kutschieren. Die Straße war jetzt frei und er strebte dem Haus auf der gegenüberliegenden Seite zu. Einem aufwendig restaurierten Stadthaus mit einem unverbaubaren Ausblick auf den Kanal. *Dr. Heimeran Lohengrin* stand in verschnörkelten goldenen Lettern auf marmorfarbenem Untergrund neben dem Klingelknopf. *Literarische Agentur.*

Schröder war schlank und für einen Mann nicht besonders groß. Keine respekteinflößende Erscheinung. Die Leute übersahen ihn gern, vor allem aber neigten sie im Allgemeinen dazu, ihn zu unterschätzen. Schröder musste schmunzeln. Was der Durchschnittsbürger sich doch so unter einem Mörder vorstellte: mal eine verkommene, missgebildete Gestalt, lichtscheu und verschlagen, mit gespaltener Persönlichkeit, dessen unsteter Blick eine wilde, verrückte Entschlossenheit ausstrahlte, mal einen eiskalten, berechnenden Typen, der sich sein berühmtes satanisches Grinsen nicht verkneifen konnte und niemals auch nur einen Funken Reue für seine Taten empfand. Schröder hatte nichts mit diesen Bilderbuchhalunken gemein. Er trug ein legeres Jackett, darunter ein T-Shirt und dunkle, gut sitzende Jeans. Sein Gesicht wurde niemals von einem satanischen Grinsen entstellt, sondern zeigte in der Regel eine unbeteiligte Langeweile, die man auch für Arroganz halten konnte. Schröder war belesen und bildete sich viel auf sein Allgemeinwissen ein. Seinem Outfit nach konnte man ihn für einen Therapeuten halten oder einen Exmanager, der sich nach einem Burn-out aufs Land zurückgezogen hatte, um an seiner Biografie zu feilen. Aber niemals für einen Mörder.

Die Tür wurde geöffnet. Der Hausherr stand ihm in Filzpantoffeln gegenüber. »Sie sind …?«, murmelte er statt einer Begrüßung.

»Schröder. Wir hatten miteinander telefoniert.«

»Ja, richtig. Treten Sie näher.« Die Filzpantoffeln trabten voraus, die Treppe hinauf. »Wie wär's mit einer Erfrischung? Tomatensaft, grüner Tee?«

»Dann lieber die Erfrischung«, sagte Schröder.

Lohengrin war ein auffälliger Typ, wenngleich nicht im positiven Sinne. Zwar war er höher gewachsen als sein Gegenüber, aber seine kompakte Figur und die im Vergleich zum massigen Rumpf kurzen Gliedmaßen ließen ihn wie einen XXL-Gartenzwerg aussehen. Seine kleinen, selbstverliebt dreinblickenden Augen lagen so tief in den Höhlen, dass sie ordentlich schielen mussten, damit die unmittelbar vor ihnen aufragenden feisten Hamsterbacken ihnen nicht die Sicht versperrten. Lohengrins offensichtliche Vorliebe für enge Klamotten trug nicht zur Verbesserung seiner Erscheinung bei, im Gegenteil: Sie betonten die Vergeblichkeit seiner Bemühungen, jung und dynamisch auszusehen. Im Übrigen schnaufte der Mann bei jedem Atemzug wie ein erschöpfter Ackergaul.

Was Annabelle an diesem Kerl findet, dachte Schröder, wird mir auf ewig ein Rätsel bleiben.

Der Literaturagent führte seinen Gast in eine rustikal gehaltene Wohnküche. Nostalgische Kacheln mit blauen Schiffsmotiven zierten die Wände. Gusseiserne Pfannen und Sammeltassen, mit zotigen Trinksprüchen und Bauernregeln bepinselt, baumelten an altertümlich martialischen Eisenhaken. Geschmackssache, dachte Schröder.

»Nehmen Sie doch Platz«, sagte Lohengrin.

Schröder hockte sich an den Holztisch und sah durch das Fenster auf den Kanal hinaus. Ein holländischer Frachter ließ sich von zwei winzigen Paddelbooten überholen. Auf der Brücke stockte der Autoverkehr wegen einer Baustelle.

Der Gastgeber kam mit zwei Tassen und stellte eine davon vor Schröder. »Sie sind also hier, um mir Ihr Buchprojekt vorzustellen? Da bin ich gespannt«, sagte er und platzierte sich auf der anderen Seite des Tisches.

»Ja und nein«, antwortete Schröder und wunderte sich, dass er doch einen grünen Tee bekommen hatte.

»Ja und nein?«

»Ja, ich habe Ihnen am Telefon erzählt, dass es um ein Buchprojekt ginge. Und nein: Ich fürchte, ich habe Ihnen nicht die ganze Wahrheit gesagt.«

»Nicht die ganze Wahrheit?« Lohengrins Hamsterbacken erschlafften. »Da sind Sie mir aber jetzt eine Erklärung schuldig.«

»Offen gestanden, das mit dem Projekt war frei erfunden.« Schröder lächelte höflich. »Ein Vorwand. Damit Sie mich hereinlassen, verstehen Sie?«

»Nur ein Vorwand …« Der Agent brauchte Zeit, um das zu verdauen. »Wollen Sie damit sagen, Sie haben sich hier einfach …?«

»Eingeschlichen.« Schröder nickte bestätigend. »Unter einem Vorwand. Das trifft die Sache auf den Punkt.«

»Ja, aber wenn das so ist …« Lohengrin begriff immer noch nicht, deshalb kam sein Ärger nur langsam in Fahrt. »Dann muss ich Sie bitten zu gehen. Und zwar augenblicklich. Verschwinden

Sie. Das ist ja wohl … Wie kommen Sie dazu, meine kostbare Zeit zu vergeuden?«

»Überlegen Sie doch mal.« Schröder rührte sich nicht vom Fleck. »Versetzen Sie sich in meine Lage. Auch für Sie ergäbe es doch wohl kaum einen Sinn, wenn ich mich jetzt sang- und klanglos davonmachen würde, nachdem ich mir im Vorfeld so viel Mühe gegeben habe, einen Vorwand zu erfinden, um mir Zutritt zu verschaffen. Können Sie mir folgen, Lohengrin?«

»Was wollen Sie von mir? Dass ich Ihnen die Anfahrtskosten erstatte? Wer sind Sie überhaupt?«

Endlich wurde der Literaturagent richtig pampig, und damit brachen seine sattsam bekannten unangenehmen Eigenschaften durch: Eitelkeit, Selbstverliebtheit und Arroganz. Schröder fühlte sich in seiner Absicht bestätigt, etwas gegen diese Eigenschaften zu unternehmen. Er hatte den Weg also nicht umsonst gemacht. »Sehen Sie mich als Vollstrecker«, sagte er.

»Vollstrecker! Jetzt reicht's mir aber …«

»Des Jüngsten Gerichts, wenn Sie wollen. Irgendeiner höheren Macht.«

»Überhaupt nicht komisch. Raus mit Ihnen, mein Freund, bevor ich Sie eigenhändig –«

»Ein weiser Mann hat einmal gesagt: Wenn dein letztes Stündlein anbricht, solltest du die Zeit nutzen. Es sind immerhin ganze sechzig Minuten. Ein kluger Rat, finden Sie nicht auch?«

Der Mann mit den Filzpantoffeln trat vor, packte zu und hievte Schröder am Arm aus seinem Stuhl. »Schluss jetzt mit dem Gequatsche!«

Tom Schröder war kein Riese, weshalb es nicht besonders schwer war, ihn am Arm wegzuschleifen. Sein heimlicher Trumpf war ja, dass man ihn unterschätzte. Und um einen großmäuligen Literaturagenten zu überwältigen, musste man nicht Rambo sein. Der Hausherr hatte ihn fast bis zur Tür geschleift, als Schröder eine der rustikalen gusseisernen Bratpfannen von der Wand pflückte und sie Lohengrin ohne zu zögern an den Kopf knallte.

Der sackte mit einem Schnaufer zusammen.

Als er sechs Minuten später wieder zu sich kam, befand er sich nach wie vor in seiner Wohnung. Dennoch hatte sich, wie er schon bald feststellte, seine Situation entscheidend geändert. Auffälligster Unterschied: Lohengrin war auf seinem eigenen Fernsehsessel festgeschnallt. Im DVD-Spieler steckte eine Scheibe. Schröder, der Eindringling, stand neben dem Fernseher, nickte ihm freundlich zu und betätigte die Fernbedienung. Die Vorführung startete: Ein nackter Mann penetrierte eine Frau, auch sie nackt bis auf schwarze Nylons und hochhackige Pumps. Er schnaufte, sie stöhnte im Sekundentakt. Eine Zumutung für Auge und Ohr.

Lohengrin ließ sich nicht von den Geräuschen aus dem Fernseher ablenken. Momentan hatte er anderes im Kopf als ein mieses Fernsehprogramm. Er starrte ins Nebenzimmer, wo eine Schranktür offen stand. »Sie haben den Waffenschrank aufgebrochen!«, stieß er hervor. »Wo ist mein Jagdgewehr?«

»Sorgen Sie sich nicht um die Flinte«, erwiderte Schröder freundlich. »Stellen Sie sich lieber den Skandal vor, wenn man Sie so findet: mit heruntergelassenen Hosen vor einem drittklassigen Pornofilm.«

Der Literaturagent sah an sich hinunter. Seine Hosen hingen tatsächlich an seinen Knöcheln.

»Sie sollten froh sein, Lohengrin, dass Sie das nicht mehr erleben werden.«

»Ich werde was nicht mehr erleben? Wieso denn eigentlich nicht?«

Schröder schien Mitleid mit dem Armen zu empfinden, der ebenso verzweifelt wie vergeblich versuchte, sich einen Reim auf das alles zu machen. Er trat zum Fernsehsessel und beugte sich zu Lohengrin hinunter. »Der Grund meines Besuches«, erklärte er geduldig, »ist folgender: Ein Autor ist ein sensibles Geschöpf. Und obwohl Ihnen das klar sein muss, Lohengrin, versprechen Sie ihm das Blaue vom Himmel. Machen ihm den Mund wässrig, indem Sie behaupten, sein Buch sei so spannend, dass Sie es nicht mehr aus der Hand legen konnten. Und dann scheren Sie sich den Teufel um Ihren Klienten und gehen stattdessen seiner Frau an die Wäsche. Vollbringen mit Ihren widerwärtigen Händen widerwärtige Dinge.«

»Was geht Sie das überhaupt an?«, stieß der Agent hervor. Um die üble Beule, die seine Stirn verunstaltete, sammelten sich Schweißperlen.

»Ich kann es nicht leiden, wenn jemand Dinge behauptet, von denen er keine Ahnung hat.«

»Aber was soll ich denn behauptet haben?«

»Jede Wette, Lohengrin, Sie wissen gar nicht, wie das ist, wenn man ein Buch nicht mehr aus der Hand legen kann.«

»Sie sind wahnsinnig. Durchgeknallt! Ein durchgeknallter Wahnsinniger …«

»Ihre Ansicht.« Der ungebetene Gast deutete zum Abschied eine Verbeugung an. »Ich habe Ihre Zeit jetzt lange genug in Anspruch genommen. Bleibt mir nur noch, Ihnen eine kurzweilige Lektüre zu wünschen.« Schröder, schon fast aus der Tür, drehte sich noch einmal um. »Ein letzter Rat: Achten Sie auf die Kerze. Sie wissen doch: Viele Leser haben sich durch ihr Buch so fesseln lassen, dass sie die Kerze ganz und gar vergessen haben …«

Ein letzter Rat, las ich. *Achten Sie auf die Kerze.* – So ein Blödsinn! Ich fuhr mit der Maus auf das kleine X rechts oben am Bildschirmrand und klickte.

Möchten Sie die Änderungen speichern?, fragte der Computer. *Ja? Nein? Abbrechen?*

»Keine Ahnung, was weiß denn ich?«, ärgerte ich mich. »Und welche Änderungen überhaupt? Hier wird nichts verändert, nicht ein Buchstabe …«

Vor mir auf dem Tisch, direkt neben dem Notebook, stand ein Glas, daneben eine Flasche, die, soweit ich mich vage erinnerte, Ouzo enthielt. Ich goss nach, obwohl mir im selben Moment der Verdacht kam, dass es sich auch um die Flasche mit dem Wasser für die Topfblumen handeln konnte. Das Zeug schmeckte eklig süß, vielleicht auch ein bisschen vergammelt, und mir wurde schlecht davon. Aber egal – wäre ich stocknüchtern gewesen, ich hätte erst recht kotzen müssen.

Was da auf dem Monitor flimmerte, war nur eine Geschichte, und nicht mal eine gute. Ein Mann beging einen Mord mit allen Schikanen: Bratpfanne an den Kopf, Festschnallen auf dem Fernsehsessel, der Pornofilm … In der Praxis kam so etwas so gut wie nie vor. Barocke Inszenierungen dieser Art gab es nur im Fernsehen, und sie hatten in der Regel nur einen Sinn: Einschaltquoten zu bringen. Wenn man jemanden ernsthaft umbringen wollte, dann klingelte man bei dem Kerl an der Tür, rammte ihm ein Messer in den Bauch und wischte anschließend Blut und Fingerabdrücke ab. Das war's dann auch schon. Mord war ein schmutziges Geschäft, bei Weitem nicht so genial geplant und brillant ausgeführt, wie es uns die fabuliersüchtige Kriminalliteratur weismachen wollte.

Entscheidend war auch nicht die Mordmethode, wen interessierte die schon? Mörder waren ergebnisorientierte Menschen. Hauptsache, ihr Opfer segnete nachprüfbar das Zeitliche. Viel wichtiger war das Motiv. Was brachte ein vernunftbegabtes Wesen dazu, eine solche Tat zu begehen? Und da sah die Sache schon anders aus. Hier fingen die Spitzfindigkeiten an. Psychologische Abgründe taten sich auf. Keine Frage, das, was ein Mörder tat, war zu verurteilen, aber in gewissen Fällen konnte man ihn auch verstehen. Der gutbürgerliche Verstand mochte sich dagegen sträuben, doch innerlich konnte man nicht anders als zugeben, dass es keineswegs verwerflich, sondern sogar geboten sein konnte, jemandem das Licht auszublasen.

Daniel Metternich war dafür ein Beispiel. Jahr für Jahr hatte der Kerl sich bei mir als bester Freund eingeschleimt. Zweimal in der Woche hatten wir uns zum Jogging getroffen, zusammen Bier getrunken bis zum Abwinken und schlechte Filme im Fernsehen angesehen. Er hatte meine Manuskripte Probe gelesen und sie – falsch und hinterlistig, wie er war – in den Himmel gelobt.

»Allererste Sahne, großes Kino, absolut!«, hatte er geschwärmt. »Du musst nur hier und da ein bisschen kürzen, und schon startest du durch. Du wirst sehen.«

»Kürzen? Was meinst du damit?«

»Du kannst mir vertrauen, Baby, ich verstehe was davon. Ich bin dein Agent.«

Du kannst mir vertrauen. Wie lange hatte ich gebraucht, um zu begreifen, dass dies die unverschämteste Lüge von allen war? Dass diese unscheinbaren Worte ein messerscharfer Dolch waren, den er mir eiskalt und mit voller Absicht in den Rücken stieß? Wie lange, bis bei mir der Groschen fiel, warum Dannis mysteriöse Marketingseminare und Annabelles verspätete Teambesprechungen immer zur gleichen Zeit stattfanden? Meine Arglosigkeit – gut, man konnte sie Schlafmützigkeit nennen und mir vorwerfen. Aber es war Gutgläubigkeit gewesen, die mich zum Spielball der beiden gemacht hatte, zum ahnungslosen Blödmann in ihren intriganten Händen.

Draußen auf der Straße klingelte ein später Radfahrer. Ich rappelte mich hoch und wollte hinausschauen, hatte aber vergessen, in welcher Richtung das Fenster lag. Also ließ ich mich wieder auf den Stuhl zurückfallen.

Ich hatte mir nichts dabei gedacht, dass Annabelle sich beim Vortäuschen ihrer Orgasmen immer weniger Mühe gab – mein Fehler. Dass ihre Ausreden, um sich vor dem Sex zu drücken, immer plumper wurden: Sie erwarte noch einen dringenden Anruf, wolle sich gerade für zweieinhalb Stunden draußen die Beine vertreten oder auf Arte eine Dokumentation über die Geschichte der ostasiatischen Religionen ansehen. Sie dachte wohl, mir könnte sie etwas vormachen. Und damit lag sie nicht ganz falsch. Aber ganz so leicht wollte ich nicht klein beigeben.

»Weißt du, was dein Problem ist?«, hatte sie mir immer gern an den Kopf geworfen. »Andere Leute tun etwas. Sie haben etwas, wovon sie etwas verstehen, und machen es. Du schreibst nur über etwas und verstehst von nichts was. Warum versuchst du es nicht noch mal als Privatdetektiv, so wie früher?«

»Ein Büro mieten, die Füße auf den Schreibtisch legen und in der Nase bohren?«, hatte ich entgegnet. »Du wolltest doch, dass ich damit aufhöre und was Kreatives mache.«

»Eben. Aber was hast du getan? Nur damit aufgehört und sonst nichts weiter.«

»Ich verfasse Kriminalromane, mein Schatz«, hatte ich in belehrendem Ton widersprochen. »Was erwartest du denn von mir? Soll ich etwa selbst jemanden umbringen?«

Desillusioniertes Kopfschütteln. Und dazu dieser herablassende Gesichtsausdruck, den sie immer aufsetzte, wenn sie sich für eine Antwort zu schade war, obwohl sonnenklar war, dass ich recht hatte.

»He, Annabelle, ich hab dich was gefragt!«

Spätestens zu dem Zeitpunkt hätte mir dämmern müssen, dass in unserer Beziehung etwas nicht ganz rund lief, und nicht erst dann, als es zu spät war. Als ich vor einem Scherbenhaufen stand und mich immer wieder fragte, was eine Klassefrau wie Annabelle an einem schlabbrigen Riesenzwerg von Metternichs Kaliber fand.

Ich nahm noch einen Schluck aus der Flasche. Der Mord an Daniel Metternich, dafür sprach vieles, war eine dieser berühmten Ausnahmen, die die Regel bestätigen. Ein Tatbestand irgendwo zwischen Tyrannenmord und Notwehr, jedenfalls moralisch unbedenklich und einwandfrei. Absolut kleinkariert und unangebracht, hier mit den üblichen Bedenken zu kommen: Jemanden zu töten sei gegen das Gesetz und geschehe meist aus niederen Motiven. Das mochte alles richtig sein, aber in diesem Fall … Schließlich gab es so gut wie niemanden, dem man keinen Gefallen tat, wenn man diesen unangenehmen Zeitgenossen vom Erdboden tilgte.

»Du verstehst von nichts etwas«, hatte mir Annabelle vorgeworfen. Sie täuschte sich. Ich verstand etwas vom Schreiben. Und deshalb würde ich jetzt diese Geschichte zu Ende bringen. Arbeitstitel: *Der Tag, an dem Daniel Metternich starb* – oder so ähnlich. Es bereitete mir ein satanisches Vergnügen, diesen Kerl eigenhändig ins Jenseits zu schreiben.

Im Schrank hinter den Gläsern fand ich noch eine weitere Flasche. Ich schenkte mir ein, dann schrieb ich. Meine Finger flogen über die Tastatur, nur hin und wieder trafen sie den richtigen Buchstaben, aber Rechtschreibung war mir ziemlich egal, Hauptsache, die Handlung kam irgendwie voran. Die

Nacht verging, draußen würde es schon bald hell werden. Ich schrieb, als gehe es darum, ein Leben zu retten, dabei handelte es sich um das Gegenteil.

Endlich war meine Geschichte fertig, ich druckte sie aus und verbrachte ich weiß nicht wie viel Zeit damit, die bedruckten Seiten anzustarren, ohne ein einziges Wort zu lesen. Schreiben mit besoffenem Kopf – für mich kein Problem. Aber lesen …

Urplötzlich ließ ich die Blätter fallen. Ich sprang auf, rannte ins Bad und übergab mich ausgiebig.

Danach ging es mir schon besser. Während des Kotzens war mir eine Idee gekommen. Auf einen Zettel schrieb ich: *Lies dir diese Story mal durch, du Faltenarsch. Genau das wird nämlich mit dir passieren, wenn du deine schleimigen Finger nicht von Annabelle lässt.*

Ich steckte den Schnipsel zusammen mit dem Text in einen Umschlag, klebte eine Briefmarke darauf und adressierte ihn an Metternich. Dann machte ich mich schwankend, aber zielstrebig auf den Weg zum Briefkasten.

Es war eine laue Frühlingsnacht, die mich wieder halbwegs zu mir brachte. In meinem Schädel pochte es unaufhörlich, und ich plante, später zu Hause noch das eine oder andere Gläschen gegen die Kopfschmerzen einzunehmen. Aber wenn man es, so wie ich, liebte, in Schlangenlinien auf der Promenade spazieren zu gehen, dann war genau jetzt die beste Zeit dafür.

Zwei Nachtschwärmer kamen mir entgegen. Sie bemerkten mich nicht, so sehr waren sie damit beschäftigt, sich zu streiten.

»Blöder Wichser!«, schrie das Mädchen, trat nach dem Kerl und rannte los.

»Okay, scheiß drauf!«, brüllte der Typ und warf eine Bierflasche hinter ihr her. »Dann hau ab, mach doch! Aber du brauchst gar nicht mehr zurückzukommen!« Er schüttelte die Faust gegen sie, dann stellte er sich an einen Baum, zog seinen Hosenstall auf und urinierte.

Ich versuchte in meinem Torkeln innezuhalten und nachzudenken.

Annabelle und Danni. Die beiden trieben es miteinander. Sie tummelten sich im gleichen Bett, aber man durfte nicht den Fehler begehen, sie in den gleichen Topf zu werfen. Daniel mochte ein triebgesteuerter Hornochse sein, aber das galt doch nicht für Annabelle, jedenfalls nicht in diesem Maß.

Du brauchst gar nicht mehr zurückzukommen!, hallte es in meinem Kopf wider. Annabelle war etwas Besonderes. Bisher war ich noch mit keiner Frau zusammen gewesen, für die eine Beziehung geradezu kosmische Dimensionen annahm. Als wir beide uns kennengelernt hatten, war sie fest davon überzeugt gewesen, dass das schon immer vorherbestimmt gewesen war – mindestens so wie bei Romeo und Julia oder Caesar und Cleopatra. Vergleiche dieser Art waren Annabelles Ding. Und wen kümmerte es im Nachhinein, dass Romeo oder Cleopatra etwas nebenher am Laufen hatten, wenn erst mal genügend Gras über die Geschichte gewachsen war? Sich von ihr verlassen zu lassen, wollte also gut überlegt sein. Was, wenn alles ein großes Missverständnis zwischen uns war? Wenn es ihr eigentlich fernlag, mich zu demütigen und ihre leidenschaftlichen Nächte mit Metternich einer verständlichen Sehnsucht entsprangen: dem Wunsch, sich neu zu erfinden? Viele Frauen in ihrem Alter hegten diesen Wunsch, das hatte man herausgefunden. Oder wollte sie einfach nur von einem anderen Mann das bekommen, was sie von mir nicht bekam? Obwohl ich mir auf den Tod nicht vorstellen konnte, was das sein sollte …

Scheißegal, ich würde ihr einfach sagen: »Hey, was hältst du davon, wenn wir noch mal ganz von vorn beginnen?« Und wenn sie dann natürlich sagen würde: »Das hatten wir doch schon x-mal«, dann würde ich fragen: »Was schlägst du denn vor?«

Darauf sie: »Daniel ist so ganz anders als du. Und ich brauche Abwechslung, um mich neu zu erfinden. Was denkst du über eine Auszeit?«

»Eine Auszeit?«

»Ja. Eine Auszeit für unsere Beziehung.«

Sie wollte sich neu erfinden, und ich konnte sie verstehen. Ja, das konnte ich, weiß Gott! Das Verständnis kam wie aus dem Nichts, wuchs in meinem Inneren und überdeckte schon bald alles wie eine warme, flauschige Decke aus Mitgefühl.

Auf dem Rückweg vom Briefkasten nach Hause überkam es mich wie eine Offenbarung: Dieses Verständnis würde meine Waffe sein. Annabelle rechnete nicht damit, es würde sie vollkommen überrumpeln. Und Metternich würde es an seiner empfindlichsten Stelle erwischen. Denn wenn er irgendwas nicht hatte, dann Verständnis.

»Hey!«, würde ich sagen. »Eine Auszeit. Das ist ja Wahnsinn! Weißt du, dass ich gerade eben genau das Gleiche vorschlagen wollte?« Und dann würde es so ein magischer Moment sein, wie man ihn aus Hollywoodfilmen kennt: Beide finden plötzlich heraus, dass sie den gleichen Lieblingssong haben. Bis vor einer Sekunde konnten sie sich nicht ausstehen, aber jetzt sind sie wie für einander bestimmt. Ergreifend.

Zu Hause traf ich Annabelle. Sie war auch gerade erst eingetrudelt. Sichtlich müde, gezeichnet von der langen Nacht. Gleichzeitig aber strahlte sie Zufriedenheit aus, und es lag so ein gesättigtes Leuchten in ihren Augen, das meinen Hass auf denjenigen, der sie zum Leuchten gebracht hatte, augenblicklich neu entfachte.

»Du bist noch auf?«, fragte sie, sobald sie mich bemerkte.

»Wie war deine Teambesprechung?«, fragte ich giftig zurück.

»Ganz nett.« Sie schnüffelte. »Hier riecht es ja wie in einem Schnapsladen.«

Das war typisch Annabelle. Um kurz vor vier kam sie nach Hause und beschwerte sich, dass ich ein oder zwei Gläschen getrunken hatte.

»Sag mal, für wie blöd hältst du mich eigentlich?«, fuhr ich sie an.

Sie sah auf ihre Uhr und seufzte. »Ich glaube nicht, dass das der geeignete Zeitpunkt ist, dir diese Frage zu beantworten.«

»Du warst bei ihm, stimmt's?«

Keine Antwort.

»Du kannst es wenigstens zugeben.«

»Also gut, ich gebe es zu.«

»Siehst du, ich wusste es!«

»Warum hast du dann gefragt?«

Wie hatte ich mir nur eingebildet, in der Lage zu sein, auch nur ein Nanogramm Verständnis für diese Frau aufzubringen?

»Mich würde nur interessieren: Was ist attraktiv an ihm? Hat er etwa zufällig herausgefunden, dass er in einem früheren Leben Alexander der Große war oder der Marquis de Sade?«

Treffer! Frühere Leben waren Annabelles wunder Punkt. »Du bist so billig, weißt du.«

»Also, was ist es dann?«

»Er macht wenigstens was.«

»Er macht was? Was soll das heißen? Was macht er denn schon?«

»Er ist kreativ.«

»Ach tatsächlich, ist er das? Und was bin ich?«

Mitleid trübte ihren Blick, es war diese verächtliche Sorte Mitleid, zu der nur sie fähig war. »Ich bin mir nicht sicher, was du bist.«

»Also wirklich, ich hätte nie gedacht, dass du so tief sinken würdest, es dir von einem wie ihm besorgen zu lassen.«

Schulterzucken. »Es gibt Männer, die haben Phantasie und Humor. Ehrgeiz, aus ihrem Leben etwas zu machen. Sie sehen die Dinge positiv.«

»Ach, so ist das.«

»Ja, so ist das. Du beschwerst dich doch nur, aber du änderst nichts.«

»Jetzt kommt das wieder.«

»Natürlich. Das kommt immer. Weil bei dir immer alles so bleibt, wie es ist.«

»Blödsinn!«

»Andere Leute merken, wenn in ihrem Leben was nicht stimmt, und ändern es. Du merkst das auch, aber du lässt dich volllaufen und schreibst eine Geschichte darüber. Weißt du, was er über dich gesagt hat?«

Ich lachte schrill. »Du glaubst doch nicht, dass mich das auch nur einen feuchten Hühnerschiss interessiert.«

»Mir ist das zu blöd, Ole. Wir sollten uns mal darüber unterhalten, wer auszieht und wer hier wohnen bleibt. Aber nicht jetzt. Ich gehe schlafen.«

Auch das war typisch: einen in der entscheidenden Phase eines Gesprächs einfach stehen zu lassen und sich ins Bad zu verdrücken.

»Also was?«, rief ich.

»Was was?«

»Was hat er gesagt?«

»Ich dachte, es interessiert dich nicht.«

»Tut es auch nicht.«

»Na also.« Damit schloss sich die Badezimmertür hinter ihr.

Ich ging zum Schreibtisch und sah nach, ob noch was in der Flasche war.

Die Tür öffnete sich wieder, wenn auch nur einen Spalt weit. »Ein Mann, der in so peinlicher Weise für Kreativität hält, was nichts weiter als geschwätzige Wehleidigkeit ist, der kann einem nicht einmal leidtun. Das hat er gesagt.«

Annabelle duschte, und ich fand noch eine halb volle Flasche.

Es bedarf wohl keiner näheren Erklärung, wie schwer es mir in einer Situation wie dieser fiel, zuzugeben, dass sie recht hatte. Es gehörte Größe dazu, in den Spiegel zu schauen und sich von einem besoffenen Monster anstarren zu lassen, das Wehleidigkeit für Kreativität hielt.

Annabelle war spät dran, also brauchte sie nicht länger als eine halbe Stunde im Bad. Danach verzog sie sich ins Bett, ohne mich noch eines Blickes zu würdigen.

Pech für sie. Denn so verschnarchte sie den entscheidenden Moment dieser Nacht. Ich, Ole Frings, gelobte nämlich feierlich, mich fortan nicht mehr damit zu begnügen, nur Worte zu machen und sie zu Papier zu bringen. Mir einzubilden, ich könnte mit bedrucktem Papier irgendetwas gegen die Wirklichkeit ausrichten. Krimiautoren aller Länder mochten die Welt wortreich schöngeschrieben und -geschminkt haben; es kam aber darauf an, sie zu verändern.

Dies war der Moment, da ich den definitiven Entschluss fasste, Daniel Metternich umzubringen.

2

»Ole, alter Schwede! Gut, dass du dich meldest. Ich hätte dich sonst auch angerufen.«

Es war knappe acht Stunden später. Metternichs Stimme flötete mir derart ins Ohr, dass ich mich fragte, ob er irgendwelche Gutmenschen-Medikamente nahm.

»So?«, gab ich kühl zurück. »Weswegen denn?«

»Gerade eben habe ich mit einem Verleger gesprochen, der auf der Suche nach neuen, ungewöhnlichen Texten ist. Nicht das Übliche, weißt du? Interessante, unkonventionelle Sachen, abseits vom Mainstream. Da hab ich an dich gedacht.«

»Welcher Verleger denn?«, hakte ich, nur aus Neugier, nach. »Name, Adresse, Telefonnummer, E-Mail-Adresse?«

»Also die hab ich jetzt momentan nicht parat …«

Wusste ich's doch! Der Kerl war ein Schaumschläger erster Güte. Aber ich ergriff die Gelegenheit. »Nun gut, wann können wir uns treffen?«

»Jederzeit, nur heute passt es schlecht.«

»Morgen?«

»Morgen. Klar, das würde gehen. Das heißt: Moment mal …«

»Also kannst du jetzt oder nicht?«

»Ich sehe gerade, da habe ich ein Marketingseminar.«

»Schon wieder?«

»Tja, weißt du, Baby, Marketing ist heutzutage alles. Das musst du einfach draufhaben. Aber wir könnten uns vorher treffen. Was hältst du von elf Uhr dreißig?«

»Perfekt«, sagte ich und meinte es auch so: Ich würde rechtzeitig zur Stelle sein, um dieses und jedes künftige Marketingseminar ein für alle Mal zu unterbinden. Allerdings konnte die Sache nur klappen, wenn mein Opfer keinen Verdacht schöpfte. »Da ist noch was«, sagte ich. »Ich habe dir einen Text zugeschickt. Wenn er eintrudelt, lies ihn noch nicht. Wir sollten erst darüber reden.«

»Wird gemacht. Hey, was hältst du davon, wenn wir demnächst mal wieder zusammen joggen?«

»Warum nicht? Natürlich nur, wenn du fit genug bist«, sagte ich.

»Geh mal davon aus, dass ich das bin, Baby«, sagte er und legte auf.

Daniel Metternich hatte noch genau dreiundzwanzig Stunden und einundfünfzig Minuten zu leben.

Annabelle hatte sich längst aus dem Staub gemacht, aber nicht, ohne auf dem Frühstückstisch einen Zettel zu hinterlassen: *Der Kühlschrank riecht streng, könntest du endlich mal putzen?*

Längst war ich wieder nüchtern, aber das brachte meinen Entschluss nicht ins Wanken. Metternichs Marketingseminare waren gezählt, das stand unverrückbar fest. Es war nur so, dass ich so etwas bisher noch nie getan hatte. Und wie bei jedem ersten Mal – ob man zum ersten Mal hinter dem Steuer sitzt, Sex hat oder eine Pizza ohne Käse bestellt – verursachte es bei aller Vorfreude doch auch ein mulmiges Gefühl. Noch ein knapper Tag bis zum Showdown.

Hunderte von Kriminalromanen hatte ich schon verschlungen und in keinem einzigen eine Antwort auf die Frage gefunden: Wie verbringt man den Tag, bevor man einen Mord begeht? An schriftstellerische Arbeit war nicht zu denken, schließlich musste ich mir sowieso erst einmal darüber klar werden, ob das künftig überhaupt noch für mich in Frage kam. Wenn ich vollbracht hatte, was ich zu vollbringen plante, würde es möglicherweise keinen Weg zurück mehr geben.

Um mir die Zeit bis zum Mord zu verkürzen, griff ich zu Papier und Kugelschreiber und verfertigte eine Liste mit Dingen, die ich keinesfalls vergessen durfte:

Handschuhe für den einmaligen Gebrauch (am besten aus Kunststoff, aber nicht zu dünn); eine Rolle Plastiksäcke, nur für den Fall der Fälle; ein Tuch, um Fingerabdrücke abzuwischen und Fußabdrücke auf dem Fliesenboden zu entfernen, falls es regnen sollte; dann das Wichtigste: die Tatwaffe, den berühmten stumpfen Gegenstand, um mein Opfer zu Boden zu schlagen.

Denn ich konnte nicht hundertprozentig davon ausgehen, dass sich Daniels Eisenpfanne im entscheidenden Moment in Griffweite befand.

Über der Liste kam ich ins Grübeln. Wovon konnte ich denn überhaupt ausgehen? Was, wenn es mir nicht gelang, ihn beim ersten Versuch k.o. zu schlagen? Wenn er sich plötzlich wehrte? *Geh mal davon aus, dass ich fit bin* – was hatte er damit gemeint? Metternich war ein Angeber, das stand außer Frage. Seine körperliche Fitness war genauso real wie seine Marketingseminare. Aber was, wenn er nicht bluffte? Seit Monaten hatten wir uns nicht mehr zum Joggen getroffen. Stattdessen hing ich zu Hause ab, fing Romane an, um sie kurz darauf wieder komplett zu löschen, und konsumierte dazu literweise Bier. Was, wenn der gute Danniboy die Zeit heimtückischerweise dazu genutzt hatte, sich fit zu halten? Und was, wenn er aufgrund dieser unerwarteten physischen Überlegenheit einen Strich durch meine sorgfältig ausgetüftelte Mordstrategie machte?

Den Nachmittag verbrachte ich im Keller auf der Suche nach einer Waffe. Auf den ersten Blick erschien die Auswahl groß: Schraubenschlüssel, Autoheber, Christbaumständer, Nordic-Walking-Stick, Rosenschere und Motorsäge. Aber die meisten Kandidaten kamen allein schon deshalb nicht in Frage, weil man sie nicht unauffällig in der Tasche mit sich führen konnte. Ja, man konnte sagen, je effektiver das Werkzeug, desto sperriger der Transport. Auch so eine Sache, die in der Kriminalliteratur kaum Erwähnung fand.

Es wurde Abend. Annabelle kam nach Hause und verzog sich mit einer Pizza vor den Fernseher. Ich radelte zum nächsten Baumarkt und ließ mich dort ausgiebig beraten. Schließlich erwarb ich einen Akkuschrauber. Sicher nicht die ideale Tatwaffe, dafür lag er gut in der Hand und erregte in seiner unauffälligen blauen Plastikbox keinerlei Verdacht. Abgesehen davon gab es das Gerät im Angebot.

Wieder zurück, wurde ich von Annabelle erwartet, die mit mir darüber reden wollte, wer wohnen blieb und wer auszog. Dafür hatte ich momentan gar keine Zeit. Die Frage, ob mein

Plan funktionierte, oder ob das Ganze wegen irgendeiner Winzigkeit, die ich nicht vorhergesehen hatte, zur Farce wurde, spukte unablässig in meinem Kopf herum.

Ich verzog mich frühzeitig ins Bett, aber das Lampenfieber hielt mich wach. Konnte man in diesem Zusammenhang überhaupt von Lampenfieber sprechen? Immer wieder döste ich weg und träumte davon, wie mein sorgfältig geplanter Mord grandios scheiterte: Metternich hatte alles vorhergesehen und mir eine Falle gestellt. Sobald ich bei ihm aufkreuzte, wurde ich abwechselnd von der Kripo, einem TV-Kamerateam oder nur von ihm und Annabelle erwartet, die vor Lachen brüllten und quiekten, und da erst fiel mir auf, dass ich überhaupt nichts anhatte außer rot gepunkteten Boxershorts.

Schweißgebadet wachte ich auf. Philosophierte wieder einmal über die Frage, ob es moralisch vertretbar war, einen Mord zu begehen. Scheißegal, dachte ich nach etwa einer Stunde, aber klappen sollte die Sache schon. Dann döste ich wieder weg und träumte von den Shorts, und so ging es immer weiter.

Sosehr ich mich auch dagegen sträubte, ich kam nicht darum herum, mir einzugestehen, dass mein Plan nicht perfekt war. Einen Mord begehen konnte schließlich jeder, aber einen *perfekten* Mord – den sollte man einem Fachmann überlassen. Der perfekte Mord – über dieses Thema ließ sich die Kriminalliteratur in geradezu geschwätziger Weise aus. Sie feierte ihn als eine Art Meisterstück des Verbrechens, unterschlug dabei aber die Binsenweisheit, dass jeder Mord perfekt sein musste, es sei denn, man wollte gefasst werden und hinter Gitter wandern.

Wollte ich das?

Der nächste Morgen, kurz vor zehn. Ich traf Annabelle am Frühstückstisch, offenbar hatte sie heute frei. Gut möglich, dass sie wieder vorschlagen wollte, die Münze zu werfen, wer geht und wer bleibt. Aber mein zu allem entschlossener Gesichtsausdruck schien sie davon abzuhalten.

»Da hat einer für dich angerufen«, sagte sie mit vollem Mund. »Ein Typ namens Bork vom Sprachkurs.«

»Das ist kein Sprachkurs«, korrigierte ich sie, »sondern ein Literaturkurs.«

Die Veranstaltung war meine Erfindung und als feste Einnahmequelle in wirtschaftlich unsicheren Zeiten gedacht. Die Teilnehmer – eine Grundschullehrerin, ein ehemaliger Oberstudienrat, zwei Studentinnen und ein Jurist – waren allesamt verkannte Bestsellerautoren. Unter meiner professionellen Leitung trafen sie sich regelmäßig am Montagabend und lasen einander selbst verfasste Texte vor, um sie danach in der Runde zur Diskussion zu stellen. Eine zähe Veranstaltung, voller quälender Minuten, die nur das Glucksen der Magensäure füllte, voller Statements wie *Du, ich find das unheimlich wichtig, dass du das jetzt vorgelesen hast. Nicht, dass ich verstanden hätte, was du damit sagen willst, aber gerade deswegen war es wichtig* …, die jeder gern über sich ergehen ließ, nahm er den Kurs doch als notwendige und zudem kostengünstige Hürde auf dem Weg zum Weltruhm in Kauf.

»Sprachkurs – Literaturkurs«, meinte Annabelle. »Wo ist da der Unterschied?«

Sie konnte mich mal. Im Kopf ging ich noch einmal meine Liste durch. Fast eine Viertelstunde saßen wir einander gegenüber, und die ungewohnte Zweisamkeit lastete bleischwer auf unseren Gemütern. Annabelles Kaugeräusche, auf seltsame Weise bloßgestellt, weil die sonst üblichen Wortgeplänkel unterblieben, durchbrachen die Grabesstille auf fast obszöne Weise.

Um zehn Uhr fünfzehn radelte ich los. Es war ein wunderschöner Tag, die Sonne schien ungetrübt vom blauen Himmel, Vögel zwitscherten, und auf den Grünflächen sonnten sich die Studenten.

Metternichs Luxusbude war unmittelbar am Kanalufer gelegen, ein mehrstöckiges Haus, das er vor einigen Jahren kernsaniert hatte. Keine Ahnung, wie er sich das hatte leisten können. Im Erdgeschoss lag das Büro, repräsentativ, aber geschmacklos eingerichtet, vollgestopft mit moderner Kunst vom Wühltisch. Im ersten und zweiten Stock befand sich der Wohnbereich, wo Metternich seiner rustikal-biederen Phantasie freien Lauf gelassen hatte.

Ich lehnte mein Fahrrad an die Hauswand, nahm die Tüte mit den Utensilien vom Gepäckträger und ging zur Haustür. Klingelte und wartete auf das Summen des Türöffners. Dann bemerkte ich, dass offen war, und trat in Metternichs Büro. Der Schreibtisch und die Sitzgruppe mit dem futuristischen Kaffeeautomaten lagen verwaist da. Nichts deutete auf seine kürzliche Anwesenheit hin.

»Danni, bist du da?«, rief ich. Immerhin hatten wir einen Termin. Wenn der Scheißkerl mich jetzt zu allem Überfluss auch noch versetzte ... Meine innere Stimme warnte mich, erinnerte mich an meine Träume, witterte eine Falle und empfahl mir dringend, die Aktion abzubrechen. Ich ging zur Treppe und horchte hinauf. Da oben war jemand. Ich hörte Stimmen. »Danni ...?«

Kurz entschlossen lief ich die Stufen hinauf. Die Tür zu Metternichs Wohnung stand einen Spalt weit offen, was ungewöhnlich war. Immer noch war nichts zu hören bis auf die Stimmen. Sie waren jetzt lauter.

»Daniel? Ich bin's.« Ich drückte die Tür auf und trat in den Flur. Geradeaus ging es durch die Küche ins Wohnzimmer. Mir fiel auf, dass eine der Eichenschranktüren offen stand. Ein spitzer Schrei ließ mich zusammenfahren. Es war der Schrei einer Frau. Sie wimmerte und stöhnte, begleitet von einem männlichen Grunzen: Lustgeräusche. Sie kamen aus dem Fernseher. Ich begann zu schwitzen. Das durfte doch alles nicht wahr sein!

Und dann entdeckte ich Metternich, drüben im Fernsehsessel: Er schien mich nicht zu bemerken, so sehr schien die peinliche Show in der Glotze seine Aufmerksamkeit zu beanspruchen. Das alles kam mir viel zu bekannt vor. Mit einem flauen Gefühl im Magen ging ich um den Sessel herum und berührte den Literaturagenten, worauf er zur Seite kippte. Seine winzigen Augen waren starr, und in seiner Stirn klaffte ein riesiges Loch. Mir wurde übel. Alles begann sich zu drehen.

Was war hier, verdammt noch mal, geschehen? Saublöde Frage, ich wusste doch genau, was hier geschehen war, aber wie *konnte* das passiert sein – ich meine, ich hatte es doch nur *geschrieben*! Weg hier, befahl meine innere Stimme in schrillem Ton. Scheißegal, was hier los ist, du darfst nicht eine Sekunde länger bleiben. Mach einen Abgang, aber plötzlich!

Das Stöhnen der Frau im Fernsehen schraubte sich einem vorgespielten Orgasmus entgegen, während ich mich auf Zehenspitzen davonmachte. In der Küche nahm ich aus den Augenwinkeln eine Bewegung wahr, direkt beim Durchgang zum Wohnzimmer, drehte mich blitzschnell um – und erhielt im selben Moment einen Schlag an den Kopf. Es wurde schwarz.

3

»Er ist wieder wach.«

Das Erste, was ich sah, war eine Frau, die mich anstarrte. Sie hatte kurz geschnittenes rötliches Haar und grüne Augen. Ich schätzte sie auf Anfang dreißig. Ihr Parfum war außerordentlich anregend.

Ich versuchte sie anzulächeln, sie lächelte aber nicht zurück, sondern taxierte mich wie ein Bauer, der eine Kuh kaufen will.

»Wo bin ich?«, fragte ich und sah mich um. Metternichs Wohnung. Der Alptraum war also noch nicht zu Ende.

»Das alles hat Sie ganz schön mitgenommen, was?«, sagte die Frau.

»Wovon sprechen Sie?«

»Psychologie. Das ist mein Spezialgebiet. Ich weiß, wie einer wie Sie tickt.«

»Sie sind also Psychologin?«

»In gewisser Weise. Deshalb verstehe ich mich auf Profiling. Das ist die Kunst, sich in einen Täter hineinzuversetzen.«

»Ich bin aber kein Täter.«

»Natürlich nicht.« Endlich lächelte sie. »Hauptkommissarin Willeke von der Kripo. In welchem Verhältnis standen Sie denn zu Herrn Metternich?«

»Er war mein bester Freund. Nicht nur privat. Wir arbeiteten auch beruflich zusammen. Er war mein Agent.«

»Blablabla. Außerdem hat er Ihre Frau gevögelt.«

»Nun ja, also, ich gebe zu, dass …« Was ging sie das an? »Darf ich fragen, woher Sie das wissen?«

Hauptkommissarin Willeke wedelte mit einem Briefumschlag, es war der, in dem ich Metternich die Story zugeschickt hatte. »*Lohengrins letztes Stündlein* – Lohengrin, das ist vermutlich Metternich, der Verblichene?«

Klar, wenn sie das gelesen hatte, erklärte das so manches.

»Also gut, ich gebe zu, dass da gewisse Parallelen sind, die den Eindruck nahelegen, es handele sich hier –«

»Blödsinn! Gewisse Parallelen. Alles ist exakt so wie in Ihrer blutrünstigen Geschichte. Sie setzen Ihr ahnungsloses Opfer mit einer Bratpfanne außer Gefecht. Fesseln den Bewusstlosen an den Fernsehsessel. Holen das Jagdgewehr aus dem Schrank und montieren es schussbereit genau gegenüber.« Frau Willeke fuchtelte mit einem angekokelten Bindfaden vor meiner Nase herum. »Ein uralter Trick: Kerze, die herunterbrennt, Bindfaden, der zerreißt, Gewehr, das losgeht.«

»Das ist doch nur eine Geschichte«, sagte ich.

»Ja, und was für eine. Miss Marple lässt grüßen, was?«

Ich versuchte, die Geschmacksrichtung ihres Parfums zu ergründen. Es war Moschus und dazu noch ein Gewürz. Rosmarin möglicherweise … »Muss ich Ihnen den Unterschied zwischen Wirklichkeit und Imagination erklären?«

»Und soll ich Ihnen erklären, in welchen Fällen dieser Unterschied einen feuchten Pups wert ist und wohin Sie sich den psychologisch gesehen stecken können?«

»Als ich in die Wohnung kam«, erklärte ich, »war alles schon so, wie Sie es vorgefunden haben. Und es war noch jemand hier.«

»Wer?«

»Na wer wohl? Der Kerl, der mich niedergeschlagen hat.«

»In der Geschichte kommt aber kein Kerl vor.«

»Es muss noch jemand hier gewesen sein! Denken Sie etwa, ich hätte mich selbst k.o. geschlagen?«

Frau Willeke runzelte die Stirn. »Sie waren in der Küche, haben sich umgedreht, und dann hat er Ihnen eins übergezogen, stimmt's?«

»So ungefähr. Der Kerl muss direkt hinter mir gestanden haben.«

»Ja, sicher.« Die Kommissarin packte mich bei der Schulter, zog mich hoch und schob mich in die Küche. »Kennen Sie das Märchen von den Bremer Stadtmusikanten? Einer der Räuber kehrt ins Räuberhaus zurück und schwört, dass ihm da ein finsterer Bursche aufgelauert hat, der ihm eins mit der Keule mitgegeben hat. Dabei war's nur der Tritt von einem Esel.«

»Warum erzählen Sie mir das?«

»Los, umdrehen!«, kommandierte sie.

Ich gehorchte und prallte im selben Moment zurück. Um ein Haar wäre ich mit einer Bratpfanne kollidiert, die von der Decke baumelte.

»Na, sehen Sie? Das ist der mysteriöse Unbekannte. In der Eile sind Sie gegen die Pfanne gelaufen. Das hat Sie umgehauen.«

»Aber die hat nicht da gehangen, als ich kam«, widersprach ich.

»Glauben Sie mir, Frings, sie hat da gehangen. Und jetzt raten Sie mal, wessen Fingerabdrücke darauf sind?«

»Ich möchte meinen Anwalt sprechen«, sagte ich. Etwas anderes fiel mir nicht ein.

Die Kommissarin verzog den Mund zu einem spöttischen Grinsen. »Sie wollen mir doch nicht weismachen, einer wie Sie könnte sich einen Anwalt leisten.« Sie schubste mich in Richtung Wohnzimmer. »Na los, Frings, sehen Sie sich an, was Sie angerichtet haben.«

Ich tat, was sie verlangte. Da lag Metternichs Leiche im Sessel, sein Gesicht zerfetzt durch einen Gewehrschuss aus höchstens zwei Meter Entfernung. Ein schauerlicher Anblick, aber auch seltsam. Irgendwie unecht. Sollte es wirklich so gewesen sein? Hatte Danniboy in die Mündung seiner Jagdflinte geschaut und die Hände in den Schoß gelegt? »Warum hat er sich nicht selbst befreit?«, fragte ich.

»Na, warum wohl? Lesen Sie sich Ihre Machwerke nicht wenigstens einmal durch, wenn Sie sie verfasst haben? Ich wünsche Ihnen noch eine kurzweilige Lektüre – so oder so ähnlich steht es doch in Ihrer Story.«

»Ich verstehe nicht …«

Die Kommissarin trat zum Fernsehsessel und hob den linken Unterarm der Leiche an. An der leblosen Hand baumelte ein Buch und am Buch hing die andere Hand. »Die Hände mit einem Spezialkleber an den Buchdeckel geleimt.« Frau Willeke schüttelte den Kopf zum Zeichen des Abscheus. »Das ist krank, Herr Autor.«

Jetzt erinnerte ich mich wieder. Was schreibt man nicht alles mit besoffenem Kopf?

»Er hat es nicht geschafft, deshalb musste er sterben! Der arme Kerl hat alles versucht, aber er konnte das Buch nicht aus der Hand legen. Wissen Sie, Frings, so was auch nur zu schreiben ist eklig. Aber es in die Tat umzusetzen …«

»Ich habe es nicht getan«, beteuerte ich. »Nur geschrieben.«

Willeke lachte zischend.

»Überlegen Sie doch mal! Warum sollte ich mich selbst ans Messer liefern?«

»Eine berechtigte Frage.« Die Kommissarin nickte gnädig. »Aber eine uralte Masche. Sie machen Ihren Freund kalt und schreiben eine Geschichte, in der Sie den Mord in allen Einzelheiten beschreiben. Dann erklären Sie feierlich: Ich bin doch nicht so dumm, einen Mord zu begehen und dann ein Buch darüber zu schreiben. Und alle müssen zugeben: Klar, so dumm ist er bestimmt nicht. Aber das gilt nicht für mich.«

»Dass Sie nicht so dumm sind?«

»Ich gehe Ihnen nicht auf den Leim, Frings. Metternich hat Ihre Frau flachgelegt, und Sie haben ihn umgebracht. Ihr literarisches Machwerk wäscht Sie nicht rein, es ist der jämmerliche Versuch, sich selbst ein Alibi zu verschaffen.«

»Jämmerlich im juristischen Sinne vielleicht«, widersprach ich. Noch nie hatte ich eine Frau kennengelernt, bei der Geruch und Charakter so weit auseinanderklafften. »Aber nicht im literarischen.«

»Abführen«, sagte Hauptkommissarin Willeke.

4

»Bork hier.«

Es war der zweite Tag in der U-Haft. Einmal abgesehen von den regelmäßigen Befragungen durch die Kripo, die immer zum gleichen Ergebnis führten, konnte ich nicht klagen. Ich hatte eine Zelle für mich allein, das Essen war akzeptabel, und die Vollzugsbeamten verhielten sich überaus respektvoll, schließlich beherbergten sie nicht jeden Tag einen Mörder, dessen Tat das Topthema der lokalen Medien war. Sollte die Kommissarin sich gern auf meine Kosten amüsieren – ich konnte mir sehr wohl einen Anwalt leisten. »Hi, Nicklas«, sprach ich ins Telefon. »Hier ist Ole.«

»Ole? Welcher Ole?«

»Ole Frings vom Literaturkurs.«

»Ach, Frings. Warum sagst du das nicht gleich?« Bork sprach undeutlich, ich hatte ihn offenbar beim Essen erwischt. »Hey, ich habe gestern Nacht eine neue Idee zu Papier gebracht. Der Hammer, sag ich dir. Ganz großes Kino. Das musst du unbedingt lesen.«

»Nicklas …«

»Es ist eine Art Roman oder vielmehr der Anfang davon. Eine bittere Satire, aufgeladen mit einem gehörigen Schuss prickelnder Erotik, voller historischer Bezüge, wie zum Beisp–«

»Deswegen rufe ich nicht an.«

»Nicht? Jetzt sag bloß nicht, der Kurs fällt diese Woche aus.«

»Ich fürchte, genau das wird passieren. Es sei denn, du hilfst mir.«

»Klar, mach ich. Welche Art von Hilfe schwebt dir vor?«

»Als Anwalt. Dein juristischer Beistand ist gefragt. Ich rufe aus der U-Haft an.«

»Aus der U-Haft«, Bork machte eine kleine Pause, »na, das ist ja ein Ding. Und was wirft man dir vor?«

»Vorsätzlichen Mord, begangen auf besonders brutale Weise.«

Dieses Mal war die Pause länger. Bork sagte nichts, aber ich hörte ihn kauen.

»Tja, das ist wirklich …«, sagte er dann. »Noch dazu auf besonders brutale …« Er kicherte unpassenderweise. »Weißt du, tut mir echt leid, aber zurzeit … Du solltest mal einen Blick in meinen Terminkalender werfen, da wird dir ganz anders.«

»Hey, ich bin unschuldig. Ich hab den Kerl nicht umgebracht. Glaubst du mir etwa nicht?«

»Klar glaube ich dir. Das ist nicht der Punkt.«

»Was ist dann der Punkt?«

»Hey, hattest du nicht gesagt, du wärst Privatdetektiv?«

»Das ist lange her.«

»Aber dann weißt du doch selbst, dass es nicht so leicht ist. Ich meine, wenn man dich schon festgenommen hat, dann hat man sicher seine Gründe dafür.«

»Gründe oder nicht, Nicklas. Ich habe es nicht getan und brauche juristischen Beistand.«

»Pass auf, ich maile dir eine Liste mit Kollegen, an die du dich wenden kannst.«

»Du willst mir also nicht helfen?«

»Quatsch, davon kann doch keine Rede sein. Ehrlich, das würde ich jederzeit, das kannst du mir glauben.«

»Aber?«

»Aber es ist zeitlich nicht machbar. Da ist ja auch noch der neue Roman, verstehst du? Ich bin jetzt praktisch jede freie Minute dran.«

Und so was nannte sich Anwalt. »Na schön, wenn dich dein literarisches Projekt so sehr in Beschlag nimmt …«

»Tja, Mann, ich fürchte, das tut es. Du weißt doch selbst, wie das ist.«

»Es ist schon witzig, da hat mich doch gerade letzte Woche erst dieser Verlagsfritze angesprochen.«

»Verlagsfritze?« Ich konnte geradezu hören, wie sich seine Lauscher aufstellten.

»Er ist auf der Suche nach einer bitteren Satire. Da ist gerade ein Platz in seinem Verlagsprogramm frei geworden.«

»Interessant.«

»Historische Bezüge müssten natürlich auch drin sein.«

»Und wie steht's mit Erotik?«

»Klar. Heutzutage obligatorisch. Dann wäre es perfekt. So gut wie verkauft, meinte er.«

»Aber das ist ja … Wie heißt denn der Kerl?«

»Vergiss es. Ist auch nicht mehr wichtig. Die Guillotine wartet auf mich.«

»Auf dich vielleicht, aber der Mann hat doch mich gemeint.«

»Mag sein, Bork, aber weißt du, es ist zeitlich nicht machbar, wenn du verstehst, was ich meine.«

Eine weitere Pause, sie war noch länger. Bork knurpste und kaute, und ich versuchte anhand der Knurpser zu schätzen, wie viele Toasts er in sich hineinschob. »Na schön«, meldete er sich endlich, »ich werde mal sehen, was ich für dich tun kann. Wir Literaten müssen doch zusammenhalten, was? Bleib inzwischen ruhig und gib bloß keine Interviews.«

Das war auch nicht nötig. Was man über mich wissen wollte, konnte man aus dem »Schmierfink« erfahren, einem neuen und reichlich marktschreierischen Stadtmagazin, verfasst von Schreiberlingen, die sich als investigative Journalisten bezeichneten. Denen hatte ich zu verdanken, dass ich in Rekordzeit zum prominentesten Mörder der Stadt geworden war. NIEMAND HÖRTE DIE HILFERUFE DER BÜCHERBESTIE!, lautete der heutige Titel. DA MACHTE SIE DAS GRAUEN WAHR! Falls sie mich meinten, ich konnte mich nicht erinnern, gerufen zu haben.

Neugierig schlug ich nach und las, dass der investigative Schreiberling meine literarische Vorlage als Hilferuf an die Umgebung verstand. Nach dem Motto: Genau das werde ich tun, wenn ihr mich nicht zeitig wegsperrt. Selten hatte ich einen solch hanebüchenen Blödsinn gelesen. Aber die Themen blutrünstige Monster und Wegsperren hatten offenbar Konjunktur.

Bei aller Hetze, die das Blatt um der Auflage willen gegen mich betrieb, konnte ich es mir geradehin zur Ehre anrechnen, dass nicht alle gegen mich waren. Seit der »Schmierfink« fast täglich mit neuen Schrecklichkeiten über mich aufwartete, schien die Zahl meiner Fans sogar zu steigen. Die Briefe mochten sich schräg anhören, für jemanden in meiner prekären Situation aber waren sie mehr als nur schräge Briefe. Sie waren mein einziger Halt.

Hi, Jackie the Ripper!
All diese verfickten Krimiautoren haben doch bis jetzt immer nur Worte gemacht. Nur scheiß Worte und nichts dahinter. Weicheier und unerträgliche Hohlschwätzer, alle, wie sie da sind, mögen sie in der Hölle verfaulen. Nur du nicht! Jackiebaby, du stehst zu dem, was du schreibst. Wow! Das ist authentisch! Grausam und blutig vielleicht und für all die Spießer in unserer Stadt schwer nachzuvollziehen, aber – scheiß drauf: Es ist so was von authentisch! Endlich einer, der nicht nur leere Worthülsen absondert. Mach bloß weiter so, Bruder.
gez. Jack the Rapper

Eine andere Zuschrift war weniger intellektuell:

An die Bücherbestie. Was Sie schreiben, ist sooo cool. Aber Sie sind noch viel cooler! Ich träume von Ihnen, ehrlich. Das sind vielleicht Träume! Dann wache ich auf und bin ganz feucht, Sie wissen schon, wo. Und ich muss Ihnen unbedingt noch sagen, dass ich nackt bin, wenn ich Ihre Bücher lese, ich meine: VOLLKOMMEN nackt.
PS: Wenn Sie verurteilt werden, schreiben Sie dann noch? Oder werden Sie hingerichtet? Wenn nicht, MÜSSEN Sie mich anrufen!

Am Nachmittag meldete sich Bork zurück und versicherte mir, dass er mich so gut wie herausgepaukt habe. »Es ist eine Frage von Minuten«, meinte er. »Der Staatsanwalt muss nur noch zustimmen, reine Formsache. Was ist jetzt mit dem Kerl, der meinen Roman herausbringen will?«

»Später«, sagte ich ungerührt. »Hol mich erst heraus.«

Ich hatte recht damit, mich reserviert zu zeigen, denn leider erwiesen sich Borks juristische Fähigkeiten als um nichts brillanter als seine literarischen: Während des Abendessens rief er an und ruderte zurück. Bei mutmaßlichen Bestien und Inhaftierten, die im Verdacht standen, abscheuliche Morde begangen zu haben, sah man akute Verdunklungsgefahr.

Immerhin hatte er durchgesetzt, dass ich ein Fernsehgerät in meine Zelle bekam. Ein Abend vor der Glotze – das war schon etwas für jemanden wie mich, der sonst nichts anderes vorhatte. Ich machte es mir auf meiner Pritsche gemütlich und brauchte nicht lange zu zappen, um die letzten Neuigkeiten über meinen Fall zu erfahren.

Hauptkommissarin Willeke gab ein ausführliches Interview, das sie mit den Worten einleitete, dass es beim derzeitigen Stand der Ermittlungen noch viel zu früh sei, Definitives zu sagen, und dass man mit Hochdruck in alle Richtungen ermittele. Und danach ließ sie sich wortreich darüber aus, dass man es hier mit einem außergewöhnlich brutalen und dreisten Mord zu tun habe, verübt von einem hochgefährlichen Soziopathen, für den die Grenze zwischen Realität und Fiktion keine Gültigkeit mehr hätte.

Letzteres konnte ich voll und ganz zurückgeben.

Auch mein soziales Umfeld kam zu Wort. »Eigentlich war er ein netter Kerl«, sagte der Pächter des Kiosks, bei dem ich immer Brötchen kaufte und dem ich noch neunzig Cent schuldete. »Höflich und unauffällig. Hätte nie gedacht, dass er zu so etwas fähig wäre. Das ist ganz schön gruselig.« Die pensionierte Lehrerin, die unter uns wohnte, erklärte dagegen, dass sie immer schon so einen Verdacht gehabt habe. Man könne es nicht exakt benennen, aber es sei die Art gewesen, wie ich ihr begegnet sei. Auf eine irgendwie falsche, hinterlistige Art. Ja, vielleicht sogar auf bösartige. Der junge Familienvater von gegenüber beschwerte sich, dass sowieso immer zu wenig unternommen werde, um die Kinder zu schützen, die seien schließlich die Schwächsten in der Kette, aber in diesem Staat genössen Triebtäter und Gewaltverbrecher offenbar besonderen Schutz, und was denn dagegenspreche, verdächtige Personen vorsorglich in Haft zu nehmen und einer prophylaktischen Elektroschocktherapie zu unterziehen.

»Hey, mach die Glotze aus oder schalt wenigstens um«, sagte jemand, der neben mir saß. »Ich kann das kranke Gelaber nicht mehr hören.« Schröder, der Mann, der Lohengrin auf dem Gewissen hatte. Er hatte vielleicht Nerven, ausgerechnet jetzt aufzukreuzen.

»Das ist meine Zelle«, gab ich gereizt zurück. »Du hast dafür gesorgt, dass sie mich hier hineingesteckt haben. Also musst du die Auswahl des Fernsehprogramms schon mir überlassen.«

Schröder kicherte irritiert. »Ich soll dich in den Knast gebracht haben?«

»Du hast Metternich kaltgemacht. Und mich haben sie dafür eingebuchtet.«

Der Mann neben mir schüttelte tadelnd den Kopf. »Also wenn du jetzt nicht gewisse Dinge durcheinanderbringst …« Er streckte den Oberkörper, um sein Gesicht im Spiegel über dem Waschbecken zu betrachten, und strich sein Haar glatt. Anschließend überprüfte er den Sitz seines legeren weißen Sakkos und seiner ebenso weißen Hose. Der Kerl war so was von eitel. »Du weißt genau, dass ich es nicht war«, erklärte er. »Es ist nur eine verdammte Geschichte. Und wenn du mich fragst, nicht mal eine gute.«

»Ich frage dich aber nicht.« Im Fernsehen holte ein Experte für Gewaltprävention Luft, um ein Statement abzugeben. Ich kam ihm durch Umschalten zuvor und sah direkt in das Gesicht einer rundgesichtigen Frau mit Pferdeschwanz und einer dickrandigen roten Brille in Großaufnahme.

»Ich kann mich kaum noch daran erinnern, es ging alles so schnell«, sagte sie. *Wiederholung der Sendung vom 2.9.2008*, behauptete ein Untertitel. »Da war überall Feuer. Flammen. Und diese Hitze – das war unerträglich. Ich bin einfach losgerannt.«

Das musste nicht sein, fand ich und wollte abschalten, aber Schröder nahm mir die Fernbedienung weg. »Hey, ich will das sehen«, sagte er. »Das ist ›Zu Gast bei Illbritt‹.«

Illbritt Weichberger war die ungekrönte Göttin des Polittalks. So gut wie niemand in dieser Republik konnte sich rühmen, ihr Gesicht nicht zu kennen, weil sie sich auf überaus geschickte

Weise in allen Ecken und Nischen der Hauptsendezeit herumtrieb. Sie war eine gut aussehende, stark, aber stilvoll geschminkte Moderatorin, deren Miene am liebsten Betroffenheit und großes Mitgefühl spiegelte. Diese beiden Emotionen waren ihre unbestrittenen Stärken und standen ihr so gut wie immer ins Gesicht geschrieben.

»Sie müssen das nicht erzählen«, sagte sie und wandte sich an den Mann, der neben der Rotbebrillten saß. »Vielleicht wollen Sie uns lieber sagen, wie Sie diese schreckliche Katastrophe erlebt haben.« *Ronald Sörensen*, half uns der Untertitel weiter, *überlebte einen Flugzeugabsturz*.

Ein hagerer Mann mit schütterem Haar und tiefen Furchen im Gesicht. »Es war schrecklich«, bestätigte Sörensen. »Das Feuer hab ich auch gesehen. Und dann war da noch Rauch. Alles ging so schnell.«

»Ich denke, wir Fernsehzuschauer können uns gar nicht vorstellen, wie schrecklich das war«, vermutete Weichberger mit ihrem berühmten Einfühlungsvermögen.

»Genau so ist es«, bestätigte die Frau, laut Untertitel hieß sie Babette Holm. Auch sie, so behauptete die Schrift, hatte den Flugzeugabsturz überlebt. »Man kann sich das nicht vorstellen. Da waren all diese Schreie und dieser Rauch.«

»Und da sind Sie losgerannt«, vollendete die Moderatorin.

»Und gestolpert«, fügte Frau Holm hinzu. Die Erinnerung daran trieb einen angsterfüllten Schauer über ihr Gesicht. »Bei all diesem Rauch und dem Feuer. Wäre er nicht gewesen …« Ihr Blick hellte sich plötzlich auf und wanderte zu Herrn Sörensen.

»Ja, das kann man wohl sagen«, erklärte der. »Ich habe sie hochgehoben, und dann …«

»… sind Sie losgerannt?«, riet Frau Weichberger.

»Genau das. Und das hat uns wahrscheinlich das Leben gerettet.«

»Mach das aus«, bettelte ich.

Schröder schüttelte den Kopf. »Du weißt, wie ich auf solche Sendungen stehe. Außerdem solltest du deinem Besuch etwas bieten.«

»Du willst mein Besuch sein?«, höhnte ich. »Du existierst nicht mal in Wirklichkeit.«

»Ich weiß aber, wie du hier rauskommst«, sagte er. »Es ist ganz simpel.«

»Ach ja?«

»Du lockst einen Wachmann her. Brüllst wie am Spieß, du hättest Schmerzen und müsstest krepieren. Das hab ich mal in einem Film gesehen.«

»Und wie weiter?«

»Dann machst du den Kerl unschädlich. Das sind zwei simple Handgriffe. Soll ich sie dir zeigen?«

»Nein danke, kein Bedarf.«

»Anschließend könnten wir zu dir nach Haus und was anderes mit dem Abend anfangen, als alte Illbritt-Folgen zu konsumieren. Na, wie hört sich das an?«

Ich schüttelte den Kopf.

»Beschwere dich nachher aber nicht, ich hätte dir nicht helfen wollen.«

»Schreie und Rauch«, sagte Frau Holm. »Da muss man einfach losrennen.«

»Wahrscheinlich kann man gar nicht anders«, meinte Illbritt Weichberger.

Ich nahm mir die Fernbedienung zurück und schaltete aus.

5

Der nächste Tag war kein guter, was hauptsächlich an der vormittäglichen Vernehmung lag. Es gelang mir einfach nicht, Hauptkommissarin Willeke von ihrem Irrtum zu überzeugen. Im Gegenteil, je länger ich auf meiner Unschuld beharrte, desto sicherer schien sie mich für einen perversen, geistesgestörten Killer zu halten. Immer mehr bestätigte sich mein erster Eindruck von ihr, dass sie eine Frau war, die sich gern in etwas verrannte.

»Erzählen Sie, wie es sich abgespielt hatte«, verlangte sie und gähnte. »Alles schön der Reihe nach.«

»Das habe ich doch schon x-mal getan.«

»Eben deshalb.«

»Warum kann ich nicht mit Hauptkommissar Düsseldorf sprechen?«

Nicht, dass ich ihn für den kompetenteren Kriminalisten gehalten hätte. Aber Düsseldorf war der Einzige bei der Kripo, den ich kannte. Und da er Rheinländer war wie ich, konnte ich in Situationen wie diesen wohl eine gewisse Solidarität erwarten.

»Weil es *mein* Fall ist.«

»Dann ziehen Sie ihn hinzu.«

»Wir lassen uns nicht vorschreiben, ob und wen wir hinzuziehen, schon gar nicht vom Täter«, sagte die Hauptkommissarin.

»Ich bin nicht der Täter.«

»Abgesehen davon befindet sich der Kollege in einer Fortbildungsmaßnahme. Bankenkriminalität.«

»Sie meinen Banküberfälle und Geiselnahmen?«

»Ich meine Hedgefonds und Rettungsschirme.«

»Kann ich einen Kaffee bekommen?«

Willeke hob den Arm und gab ihrem Kollegen auf der anderen Seite der Scheibe ein Zeichen. »Einmal Kaffee«, sagte sie und bedachte mich mit einem hämischen Grinsen. »Sie kriegen erst einen, wenn Sie mir was liefern.«

»Also gut, ich habe den Kerl kaltgemacht«, sagte ich kurz entschlossen. »Schließlich hat er meine Freundin gevögelt.«

»Welchen Kerl?«

»Von wem reden wir denn? Metternich.«

»Ich denke, er war Ihr Freund.«

»Scheiß drauf«, sagte ich. »Aber bitte mit Milch. Den Kaffee, meine ich.«

»Vergessen Sie den, Frings.« Frau Willeke betrachtete ausgiebig ihre Fingernägel. »So einfach ist das nämlich nicht.«

»So einfach? Was ist nicht so einfach?«

»Haben Sie irgendwelche Beweise für Ihre Schuld?«

Ich spürte Wut in mir aufsteigen. »Wozu brauchen Sie jetzt neuerdings Beweise? Genügt Ihnen denn nicht meine spannende Kurzgeschichte? Schließlich habe ich die Tat darin minutiös beschrieben.«

Die Hauptkommissarin zuckte unbeeindruckt mit den Schultern. »Wenn Sie die spannend finden, dann sollten Sie es demnächst besser mit Arztromanen versuchen.«

»Und was ist mit der Statistik, die Sie aufgetrieben haben, derzufolge über fünf Prozent aller Serienkiller Schriftsteller sind, Geschlecht männlich und Tendenz steigend?«

Mit einem neuerlichen Gähnen nahm Willeke ihren Kaffee in Empfang. »Die wurde von einer Frauenzeitschrift erstellt, die ihre Leserinnen befragt hat«, sagte sie. »Vergessen Sie diesen Schrott.«

»Also gut.« Ich atmete erleichtert auf. »Ich habe ihn ja auch nicht umgebracht.«

»Haben Sie nicht?«

»Nein.«

Endlose Minuten lang taxierte mich die Hauptkommissarin mit ihren kalten blauen Augen und trank dabei in aller Ruhe ihren Kaffee. Es passierte nichts weiter, als dass der Kaffee langsam ihre Kehle hinunterrann und sie hin und wieder schluckte, während ihre unablässig auf mich gerichteten Haifischaugen nicht ein einziges Mal blinzelten.

»Bilden Sie sich bloß nicht ein«, zischte sie schließlich, »wir würden zulassen, dass Sie hier zum Mythos werden und dass Sie sich bis an Ihr Lebensende von kranken Fans bejubeln lassen können, so wie dieser gottverdammte Charles Manson.«

»Nein, wie kommen Sie darauf?«, stellte ich schnell richtig. »So etwas würde ich mir niemals einbilden.«

»Wenn Sie das nämlich denken sollten, dann lägen Sie gründlich falsch.«

Einmal abgesehen von ihrem sensationellen Parfum war die Frau ein Rätsel.

Der Kaffee war schließlich kalt, die Vernehmung beendet. Ich wurde zum Mittagessen entlassen. Es gab Grünkohl mit Pinkel und deftigen Salat. Anschließend wurde mir mitgeteilt, dass ich Besuch hätte. Also begab ich mich in den Besuchertrakt und rechnete damit, Annabelle zu treffen. Es wurde schließlich auch Zeit, dass sie aufkreuzte, um mir in Zeiten wie diesen zur Seite zu stehen. Annabelle mochte ein überaus schwieriger Mensch sein, und es war für einen Mann nicht leicht und manchmal sogar unmöglich, sie zu ertragen. Echte Gefühle konnte sie nur für Männer empfinden, von denen sie sich getrennt hatte – so schräg das psychologisch gesehen war, so kam es mir jetzt zugute: machte man doch mir, einem Unschuldigen, den Prozess wegen kaltblütigen Mordes. Und sie wusste natürlich, dass unsere kleinlichen Streitereien vorerst zurückzustehen hatten. Wieder einmal zeigte sich: Wenn Not am Mann war, konnte man sich auf Annabelle verlassen.

Aber es war nicht Annabelle. Stattdessen winkte mir ein Mann zu, der mir nur zu gut bekannt war. Und das breite Schwamm-Drüber-Grinsen tat so, als sei alles wie früher.

»Gorbitsch«, sagte ich.

»Hi, Ole.« Er nahm mir gegenüber am Tisch Platz. »Lange nicht gesehen, was?«

»Was willst du hier?«

»Tja, du weißt doch, dass ich Journalist aus Leidenschaft bin. Das war ich schon damals, als wir uns gemeinsam als Schnüffler versucht haben. Ich war sogar im Fernsehen. Und als ich eines

Tages hörte, dass du dich neuerdings literarisch betätigst, anstatt mir beim Lösen von Fällen zu helfen, sagte ich mir: warum nicht? Wenn er das kann, kannst du es schon lange. Und das ist daraus geworden: Jetzt gebe ich den ›Schmierfink‹ heraus.« Sein Gesicht sah so besserwisserisch aus wie eh und je. »Streng genommen habe ich meinen Erfolg also dir zu verdanken.«

Der Kerl hatte Nerven, das musste man ihm lassen.

»Origineller Name«, sagte ich. »So ungeschminkt wie die Wahrheit, was?«

Er grinste. »Unsere Leser sollen wissen, was sie bekommen.«

»Weißt du was, Gorbitsch? Das sieht dir ähnlich. Wenn du mich früher gefragt hättest, welche Zeitung am besten zu dir passt, dann hätte ich gesagt: der ›Schmierfink‹.«

Er trug immer noch diese Pullover mit Lederaufnähern an den Ellbogen. Irgendjemand musste ihm obendrein eingeredet haben, dass er mit einer knalligen Sonnenbrille cool aussah. Mit Genugtuung nahm ich zur Kenntnis, dass die kahle Stelle auf seinem Kopf, die er unter einer spröden Hecke aus Resten verbliebenen Haupthaars zu verstecken suchte, größer geworden war. Gorbitsch hatte zugenommen, fand ich, aber der Eindruck mochte täuschen und daher rühren, dass er nicht besonders groß war. Neben seiner schlanken, hochgewachsenen Begleiterin wirkte er geradezu gestaucht, wie ein böses kleines Rumpelstilzchen.

Ebendiese hochgewachsene Begleiterin war der eigentliche Grund, weshalb ich diesem in meinen Augen höchst unpassenden, ja geradezu impertinenten Besuch irgendeine Beachtung schenkte. Eine langbeinige Schönheit namens Laura Mancini, an der mir alles übertrieben schien: Die Augen waren zu groß, das Haar zu lang, der Busen zu üppig, die Lippen zu rot. Und ihre Stimme war nicht mehr als ein leises, heiseres Hauchen, das sie offenbar für höchst erotisch hielt. »La Ura«, erklärte sie, während sie neben ihrem kleinwüchsigen Begleiter Platz nahm. »Der Name ist italienisch, und deshalb werden die Vokale einzeln ausgesprochen.«

So, wie sie das sagte, hatte es tatsächlich eine gewisse Wirkung auf mich.

Gorbitsch grinste wieder und ließ seinen Blick durch den Besuchsraum schweifen, als hielte er Ausschau nach einer Bedienung, bei der er etwas bestellen konnte. »Na, wie geht's denn?«, wandte er sich an mich. »Sieht ja ganz ordentlich aus hier. Hätte ich nicht gedacht.«

»Bist du wirklich deshalb hergekommen?«, gab ich kalt zurück. »Um mich etwas zu fragen, was du jederzeit erfahren könntest, wenn du einen Blick in dein verabscheuungswürdiges Skandalblatt wirfst?«

Dass ich genau den Ton anschlug, den er verdiente, schien ihn zu überraschen. Für eine Sekunde kräuselte eine Sorgenfalte seine Stirn. »Hey, ich hoffe doch, du nimmst das, was wir über dich geschrieben haben, nicht persönlich, Ole. Schließlich sind wir doch alte Kollegen.«

»Kollegen?«, höhnte ich. »Dann bringst du also auch Leute um?«

Gorbitschs Stirn glättete sich wieder. Er nahm seine Sonnenbrille ab, und jetzt fiel mir auf, dass er sich andere Augen zugelegt haben musste. Es waren harte und unerbittliche Augen, die eines investigativen Journalisten. »Bist du denn einer?«, fragte er.

»Klar«, erinnerte ich ihn. »Die Bücherbestie. Dein ›Schmierfink‹ hat eine ganze Serie über mich gebracht.«

»Ach das.« Gorbitsch machte eine wegwerfende Bewegung. »Du kennst doch sicher diese Art Statements. Das sind nur Stimmungsbilder, die die aktuelle Nachrichtenlage abbilden. Glaub mir, wir vermeiden aus Prinzip jegliche Wertungen. Stehen sozusagen über den Parteien. So funktioniert seriöser Journalismus.«

Ich lachte wiehernd und fing einen interessierten Blick von Laura auf. »Sei so nett, Gorbitsch, und verpfeif dich«, sagte ich so herablassend wie möglich. »Ich habe nämlich noch das eine oder andere Verhör vor mir und du noch jede Menge haltloser Lügen zu verbreiten.«

»Apropos Lügen«, meinte Gorbitsch und setzte seine Sonnenbrille wieder auf. Dieses ständige Auf- und Absetzen schien eine neue Angewohnheit zu sein. »Ich hätte nur zu gern dein Motiv gewusst. Warum hast du Metternich abgemurkst? Du dachtest doch nicht wirklich, dass er was mit deiner Freundin hatte, so wie du es in deiner Story geschrieben hast.«

»Ich habe niemanden abgemurkst.«

»Natürlich nicht.« Er zwinkerte vielsagend. »Ich meinte auch nur für den Fall, dass du es getan hast.« Gorbitsch nickte verständnisvoll, erhob sich und wandte sich zum Gehen. »Also dann …«

Laura, die Langbeinige, tat es ihm gleich, aber sie wandte sich nicht einfach so zum Gehen. Sie schaffte es, aus diesem simplen Vorgang eine ausgiebige und überaus sehenswerte Präsentation ihrer körperlichen Reize zu machen, von denen sie nicht wenige zu bieten hatte.

So gut wie alle im Raum Anwesenden, U-Häftlinge, Polizisten und Besucher, schenkten ihr ihre ungeteilte Aufmerksamkeit.

»Wieso nicht?«, wollte ich dann doch wissen, bevor die beiden aus der Tür waren. »Nur für den Fall, dass ich es getan hätte. Wieso nicht wegen Annabelle?«

Die Brille wanderte wieder in die Tasche und offenbarte Gorbitschs Gesichtsausdruck, der irritiert und amüsiert zugleich war. »Nun, weil schließlich wer, wenn nicht du doch wohl darüber im Bilde sein müsste, dass Metternich gar nicht derjenige ist, mit dem sie es hinter deinem Rücken getrieben hat.«

»Natürlich«, begegnete ich ebenso perplex wie trotzig seinem schadenfrohen Blick. Keinesfalls wollte ich mir anmerken lassen, dass mich diese Nachricht aus den Schuhen haute – mindestens zwanzig Augenpaare waren auf mich gerichtet. Lange aber hielt die notdürftig gezimmerte Fassade aus Coolness meiner Neugier nicht stand. »Und wer wäre denn wohl derjenige?«, bohrte ich mit etwas dünner Stimme nach. »Nur einmal angenommen, ich wüsste es nicht selbst, was natürlich der Fall ist.«

»Der Name Speck ist dir doch sicher ein Begriff.«

Natürlich war er mir ein Begriff. Speck, glamouröser Jung-Filmemacher, der berechtigte Hoffnungen auf seinen zweiten

Goldenen Bären hegen konnte. Aus meiner Sicht wurde er allerdings reichlich überschätzt. Ich quälte mir ein Lachen ab. Was denn – dieser Kerl und Annabelle? Das war absolut unmöglich.

»Goliath Speck. Seine Neider nennen ihn auch Gollum«, verkündete Gorbitsch und wedelte mit seiner Brille.

»Das ist doch diese ekelerregende, fischfressende Kreatur aus ›Herr der Ringe‹, richtig? Wie kommst du bloß zu der absurden Behauptung, er und meine Lebensgefährtin …?«

»Hey, Ole, du vergisst, dass die Beschaffung von Informationen nicht nur damals, sondern auch heute mein Beruf ist. So wie das Abmurksen von Menschen der deine.« Gorbitsch schien das offenbar für witzig zu halten. »Oder soll ich sagen Berufung? Investigative Journalisten haben so ihre Quellen.«

»Sie schnüffeln im Privatleben anderer Leute herum, wolltest du sagen.«

»Im vorletzten Heft haben wir eine Reportage über Gollum gebracht«, erklärte der Möchtegernjournalist. »Nicht, dass der Mann sonderlich interessant wäre, besonders wenn man ihn mit dir vergleicht«, lobte er schleimerisch. »Mit deinem Klassemord haben wir locker die fünffache Auflage eingefahren.«

»Eine Reportage über ihn gebracht?«, schäumte ich. »Was meinst du damit: dass du in seiner Wäsche herumschnüffelst?«

»Wie wir es ausdrücken, ist doch wohl nicht von Belang. Aber glaub mir oder nicht: Wir brauchten private Fotos von ihm. Und es war gar nicht so leicht, welche zu schießen, auf denen nicht auch deine Verflossene drauf war. Du verstehst, was ich meine?«

»Hör auf!«, verlangte ich so laut, dass der aufsichtführende Beamte zusammenfuhr und argwöhnisch herüberlinste. »Raus mit dir, Gorbitsch, und komm bloß nicht wieder auf die Idee, mich zu besuchen.«

Gorbitsch trollte sich. »Speck, merk dir den Namen!«, rief er im Gehen. »Das ist der Mann, den du umbringen musst.«

Der Beamte schien zu überlegen, ob er Ratschläge dieser Art dulden durfte.

Auch Laura, die sich La Ura nannte, wandte sich noch einmal mit allen Schikanen zum Gehen. Ich starrte sie an, alle taten das. Zum Abschied schenkte sie mir ein magisches Lächeln. »Bis bald vielleicht.«

»Ja, vielleicht«, stotterte ich. Warum nicht? Auf einmal hoffte ich, dass dieser Mann, mit dem ich – es schien mir mehr als ein Leben entfernt zu sein – beruflich zusammengearbeitet hatte, sich doch noch einmal sehen ließ. Nur ihretwegen.

6

Sehr geehrte Vendetta,
nur um Missverständnisse zu vermeiden: Ich bin nicht wirklich der Graf von Monte Christo. Es ist ein erfundener Name, wie Sie sich sicher schon gedacht haben, den ich übrigens recht passend fand, vor allem zu dem, was wir uns gemeinsam vorgenommen haben. Eine Art Metapher, wenn Sie so wollen. Edmond Dantès, so heißt der Graf, ist einer der wenigen prominenten Köpfe, die ihr Leben einem Ziel gewidmet haben: diejenigen, die sich gegen ihn verschworen haben, für ihre Missetaten büßen zu lassen. Eine eigenverantwortete Form der Strafverfolgung initiiert haben. So wie ich es vorhabe.
Ihr Graf von Monte Christo

Lieber Graf – oder soll ich Sie mit Durchlaucht anreden?
Die Anspielung ist ja wohl klar: Sie haben vierzehn Jahre lang für etwas geschmort, an dem Sie nicht schuld sind. Und jetzt sind Sie ganz schön sauer und wollen eine Entschädigung. Da sind Sie bei mir goldrichtig. Allerdings kostet die Sache eine Kleinigkeit.
V.

Sehr geehrte Vendetta,
ganz schön sauer ist kein Ausdruck. Außerdem möchte ich das Szenario ein wenig berichtigen, nur zum besseren Verständnis.
Nehmen wir einmal an, der Graf wurde gar nicht in die Festung gesteckt. Alle seine Freunde waren nett zu ihm, so wie immer, aber nicht, weil sie ihn mochten, sondern weil sie heimlich sein Verderben planten. Heimtückisch, wie sie waren, sagten sie: Komm doch, bester Graf, wir setzen uns zusammen und plaudern ein wenig über dies und das, ganz ungezwungen bei einer Tasse Tee. So nett tun sie, sind es aber ganz und gar nicht. Verstehen Sie? Das ist gerade das Gemeine, denn in Wirklichkeit warten sie nur darauf, ihn auflaufen zu lassen. Ihn nackt auszuziehen und mit den Fingern auf ihn zu zeigen. Und warum? Nur damit alle etwas zu lachen haben. Die ganze Welt soll etwas zu

lachen haben, finden sie. »Guckt den da an«, sagen die Gaffer und schlagen sich auf die Schenkel. »So was Lächerliches hab ich in meinem Leben noch nicht gesehen.« Und all die anderen Anwesenden haben ihren Spaß. Sie fläzen sich faul in ihren Sesseln, stopfen Süßigkeiten in sich hinein, grinsen und glucksen und kriegen sich gar nicht mehr ein. Eine unangenehme Gesellschaft, das können Sie mir glauben. Und dann gehen alle ungestraft nach Hause und leben ihr banales Leben zu Ende. Wenn sie nicht gestorben sind und so weiter.

Nein, sage ich, das wird nicht so sein. So darf es nicht sein. Deshalb habe ich mich an Sie gewandt, damit denen ihr unverschämtes Lachen vergeht. Jetzt ist es nämlich an mir zu lachen. Weil Sie, meine Liebe, einen nach dem anderen kaltmachen werden.

Herzlichst

Ihr Graf

Euer Durchlaucht,

fraglos fühle ich mich geehrt, dass Sie meine Dienste in Anspruch nehmen möchten. Gleichwohl muss ich aber anmerken, dass es sein könnte, dass Sie sich von meiner Arbeit eine falsche Vorstellung machen. Zuallererst: Ich führe keine Auftragsmorde durch. Auch wenn es für den blutigen (!) Laien hin und wieder so aussehen mag, dass beides – Auftragsmord und meine spezielle Form der Dienstleistung – einander in gewissen Punkten ähneln oder zumindest auf das Gleiche hinauslaufen. Wie auch immer, ein Auftragskiller ist für mich das Allerletzte, und ich finde es zum Kotzen, auf welch sentimentale und naive Weise diese Leute durch gängige Film- und Fernsehproduktionen verniedlicht und verhätschelt werden. Eine Vendetta, so, wie ich sie verstehe, ist etwas völlig anderes als ein Auftragsmord. Sie hat so wenig mit ihm zu tun, wie das Reparieren einer defekten Klospülung mit dem Komponieren einer Symphonie gemein hat. Die Vendetta ist eine Kunstform. Und eine Form der Kommunikation. Eine kommunikative Kunst.

In diesem Sinne: Schicken Sie mir die Liste, auf der die Namen der anderen Ziele stehen. Und wir überlegen, wie wir denen eins auf die Mütze geben können. Aber jemanden töten – verstehen Sie, verehrter Graf, auch für jemanden wie mich gibt es so etwas wie einen Hippokratischen Eid.

In der Hoffnung auf Ihr Verständnis
Vendetta

Verständnis? Hören Sie, meine Liebe, von Ihnen hätte ich weiß Gott anderes erwartet. Sagen wir, etwas mehr weibliche Intuition. Die Rache ist weiblich, sagen Sie, und das mit Recht. Ja, Scheiße noch mal, das sehe ich auch so. Aber dann stehen Sie bitte schön auch dazu. Wir Männer sind unfähig, echte Gefühle zu empfinden, da brauche ich nicht erst die Fachliteratur zu zitieren. Männer empfinden nicht, sie führen Kriege, das ist doch wohl inzwischen allgemein bekannt. Also haben Sie recht: Männer sind Auftragskiller. Sie lassen sich Name und Adresse geben, schrauben ihren Schalldämpfer auf den Lauf und drücken ab. Peng, peng, peng – und die Sache ist erledigt. Männer knallen einen ab, fahren nach Hause und sehen sich die Tagesthemen an. Aber Frauen doch nicht. Frauen töten anders. Sie empfinden das wohlige Gefühl, einen Menschen, von dem man sich so viel erwartet hat, der einen dann aber so bitter enttäuscht hat, leiden zu sehen. Sie genießen seine Pein. Es wird ihnen ganz anders, wenn sie mit der Nadel in die Puppe stechen. Es liegt ihnen fern, ihn abzuknallen. Sie wollen ihn zerstören, langsam und Stück für Stück. Frauen sind keine eiskalten Killer. Sie wollen Genugtuung. Entschädigung. Doppeltes Leid für halbes Leid. Nicht weil sie von Natur aus grausam sind, sondern weil sie tief in ihrer weiblichen Seele ahnen, dass sie es ihrem Opfer schuldig sind. Rache ist eine Form der Zuwendung. Und kommen Sie mir jetzt bitte nicht mit Ihrem Hippokratischen Eid. Sie sind eine Frau, dann verhalten Sie sich auch so.
In der Hoffnung, dass Sie das halten, was Sie vollmundig versprechen,
M. Christo
PS: Was sagen Sie dazu, wenn ich Ihr übliches Honorar verdopple? Verdreifache, verfünffache? Nennen Sie mir einfach eine Zahl.

Zunächst mal: Dass ich in dem, was ich mache, gut bin und meinen Preis habe, bedeutet nicht, dass ich käuflich bin, merken Sie sich das. Aber in Einem haben Sie natürlich recht: Ihr Männer nehmt Rache so, wie ihr eine doppelte Portion Pommes mit Mayo nehmt. Frauen kosten sie aus. Nicht die Pommes natürlich. Die Rache. Und in Notfällen

könnte man auch darüber nachdenken, dass Auge um Auge nicht reicht. Sondern es heißt: Kopf um Kragen. Die finale Art und Weise weiblicher Zuwendung, wenn Sie so wollen.
Ich würde sagen, das Sechsfache wäre angemessen.
V.

Liebe Vendetta,
genau das habe ich von Ihnen erwartet. Gratulation, jetzt kann es also losgehen. Komponieren Sie Ihre Symphonie, ich bin gespannt auf den Ohrenschmaus. Anbei eine Liste mit den Darstellern. Was die Art und Weise der Durchführung angeht, lasse ich Ihrer Kreativität freie Hand.
Good luck
Monti

7

Annabelle kam dann doch, wenn auch erst am nächsten Tag. Und sie kam nicht allein. In ihrem Gefolge befand sich ein Mann, der etwas kleiner war als sie, eine seidenmatt schimmernde Glatze hatte und Glupschaugen, die er hinter einer extravaganten schwarzen Hornbrille ausstellte. Unumstrittene Sehenswürdigkeit in seinem Gesicht aber war der Mund, der viel zu groß geraten war. Offenbar hatte die Natur ihr Bestes versucht, die hässlich klaffende Öffnung mit Hilfe von dicken, schlauchförmigen Lippen notdürftig abzudichten.

»Das ist Goliath«, stellte Annabelle ihn vor. »Goliath Speck.«

»Hi«, sagte Goliath und blinzelte mit einem Glupschauge.

»Wie mitfühlend von dir, dass du ihn mitgebracht hast«, sagte ich hämisch. »Leider kann ich ihm keinen Fisch vorsetzen.«

Gollum sah eher gelangweilt aus, aber Annabelle hatte etwas Beschwingtes, Frühlingshaftes, das mir gar nicht gefiel. Meine Sticheleien prallten wirkungslos an ihr ab. Sie schien gar nicht mehr die Frau zu sein, gegen die ich seit Monaten am Frühstückstisch Krieg führte. Meine Ehemalige duftete auch anders, aufdringlicher als früher, wenn auch nicht so verstörend wie Hauptkommissarin Willeke. Hatten das alles etwa die schlauchförmigen Lippen fertiggebracht?

Er öffnete den riesigen Schlund und schloss ihn wieder. »Schön hast du's hier, Bruder«, lobte er.

»Danke«, sagte ich. »Nur zu, fühl dich wie zu Hause. Mein Knast ist auch dein Knast.«

»Doch, ehrlich. *That's great, really.*«

»Goliath war bis vor Kurzem in den Staaten«, erklärte Annabelle. »Hollywood.«

»Gratuliere«, sagte ich. »Eine gute Gelegenheit, ein paar Brocken Englisch zu lernen, was?«

»Du bist doch nur neidisch«, sagte sie.

»Bin ich nicht«, sagte ich.

»Weißt du, was ich mich die letzten Tage immer wieder gefragt habe? Wie jemand so dämlich sein kann, den Lover seiner Frau umbringen zu wollen und den Falschen zu erwischen. Auf der ganzen Welt kenne ich nur einen, der so dämlich ist.«

»Ein toller Stoff für ein Primetime-Movie«, steuerte Goliath bei. »Großes Kino. Sehe ich schon vor mir.«

»Schön und gut«, sagte ich. »Nur dass ich ihn zufällig nicht umgebracht habe. Man will mir etwas in die Schuhe schieben.«

»Und was ist mit der Kripo, den Zeitungen und dem Fernsehen?«, meinte Annabelle. »Die sagen was ganz anderes.«

»*Bullshit*«, sagte Goliath. »Die sagen doch nur *bullshit*.«

»Genau«, stimmte ich ihm zu. Der Kerl war gar nicht so blöd, wie er aussah. »Das glaubst du doch nicht, oder?«

»Wem soll ich denn glauben?«, fragte sie. »Etwa dir? Soll man einem Lügner glauben, wenn sein Kopf in einer Schlinge steckt? Hältst du das für den richtigen Zeitpunkt, die Wahrheit von ihm zu erfahren? Was du wirklich denkst, kann man in deiner jämmerlichen Kurzgeschichte lesen.«

Ich war mir immer weniger sicher, ob ich mich über ihren Besuch freute. »Warum bist du überhaupt gekommen, wenn du nicht zu mir hältst?«

Annabelle lachte glucksend. »Warum zum Teufel sollte ich zu dir halten? Nenn mir nur einen Grund.«

»Zum Beispiel, weil wir eine schöne Zeit hatten?«

»Ach ja? Und von welcher Zeit sprechen wir da?«

Also das fand ich jetzt in höchstem Maße ungerecht! Wie kam sie dazu, unsere erste atemberaubende Zeit, die Tage und vor allem die Nächte, einfach zu ignorieren? Schön und gut, das war alles lange her, aber es war wieder einmal typisch Annabelle: Gestern noch hatten wir auf Platz eins der Weltrangliste für Liebespaare gestanden, und heute war dann alles plötzlich nie der Rede wert gewesen.

Dabei war es damals für mich das erste und einzige Mal

Lanzarote gewesen. Ich selbst bin nämlich nicht der Typ für Selbsterfahrungsurlaube, aber Anke, meine Damalige, hatte darauf bestanden und für uns gebucht. Kurz bevor es losging, beschloss sie dann aber, die Zeit lieber mit meinem damaligen Partner Jan W. Gorbitsch auf einer Finca auf Mallorca zu verbringen. Also warf ich den Schlüssel für die gerade erst gegründete Privatdetektei »Gorbitsch & Frings« in den Dortmund-Ems-Kanal, flog allein nach Lanzarote und lernte dort Annabelle kennen. Eine faszinierende Frau, geheimnisvoll und leidenschaftlich zugleich, und ihre strikte Forderung, keiner von uns dürfe Fragen stellen, damit wir beide nur im Hier und Jetzt leben konnten, turnte mich ordentlich an. Später rückte ich dann doch damit heraus, dass ich gerade erst beschlossen hatte, Autor zu werden, und das turnte sie an. Jedenfalls so lange, bis wir wieder zurück in Deutschland waren. Da war sie dann eher ernüchtert, dass ich ein so erfolgloser Autor war. Und das Argument, dass es gute Literatur immer schwer auf dem Markt hat, verfing bei ihr nicht. Vergeblich beschwor ich unser altes Übereinkommen, keine Fragen zu stellen, aber das war jetzt Schnee von gestern. Sie wollte nicht mehr im Hier und Jetzt leben, sondern in einer größeren Wohnung. Und mit der Frage, wie ich mir unsere Zukunft vorstellte, nervte sie geradezu pausenlos. Die restlichen zwei Jahre ging es mit uns nur noch bergab.

»Warum bist du dann gekommen?«, beharrte ich.

»Natürlich um meinen Triumph auszukosten, Ole. Um keinen Preis würde ich das verpassen.« Schon wieder dieses verschlagene Lächeln, das ihre wahre, boshafte Natur offenbarte, die all die Jahre hinter der esoterischen Fassade geschlummert hatte. »Du wolltest Goliath umbringen, und jetzt geht's dir an den Kragen. Das ist doch *really great*, nicht wahr?«

Aus ihrer Sicht konnte ich das fast nachvollziehen.

Gollum winkte uns zu und verzog sich vor die Tür, um eine zu rauchen.

»Was findest du eigentlich an dem Froschmund?«, giftete ich. »Lass mich raten: Er ist in einem früheren Leben irgendeine Berühmtheit gewesen. Dr. Frankenstein vielleicht. Oder Hein Blöd.«

Annabelles Gesicht versteinerte. Anspielungen auf frühere Leben fand sie überhaupt nicht komisch. Sie beugte sich zu mir herüber und kam meinem Gesicht ganz nahe. »Weißt du, was mich besonders freut: Du warst es nicht mal«, flötete sie, »und sie kriegen dich trotzdem bei den Eiern. Das, mein lieber Ole, ist großes Kino.«

Ich konnte es nicht fassen, dass sie so nachtragend war. »He, Annabelle, wenn du etwas weißt, das mich entlastet, dann musst du es aussagen. Sonst machst du dich strafbar.«

Schon auf dem Weg zur Tür, blieb sie stehen und zog ein schuldbewusstes Gesicht.

Dann wandte sie sich an den Aufsichtsbeamten. »Dieser Mann da«, sie deutete auf mich, »wollte eigentlich meinen Lebensgefährten umbringen. Aber das hat er vermasselt. Der Mord an Metternich war also nur ein Versehen. Nichts Persönliches.« Sie widmete mir ein vernichtendes Grinsen. »War das so richtig, mein Schatz?«

Damit schwebte sie aus dem Besucherraum.

Meine Laune hatte sie mir gründlich verdorben. Dabei war ich nicht einmal sauer auf Annabelle. Schließlich hatte ich nichts anderes von ihr erwartet. Es war nur der grundsätzliche Ärger darüber, dass notorisch rachsüchtige und nachtragende Menschen wie sie sich so aufführen und dann obendrein noch feengleich aus dem Raum schweben durften.

Als kurz darauf ein angeblich wichtiger Anruf von Bork kam, hatte ich keine Lust, mit ihm zu sprechen. Aber er ließ sich nicht abwimmeln.

»Was gibt's denn so Wichtiges?«, schnarrte ich.

»Hier ist Laura.«

La Ura. Natürlich! Ihre Telefonstimme versprach in etwa das, was sie bei ihrem Besuch im Knast angedeutet hatte. »Erinnern Sie sich an mich? Ich rufe wegen Jan an.«

»Jan?«

»Jan Gorbitsch, mein Lover. Er möchte Ihnen die Hand reichen.«

Er war also ihr Lover. Nicht nur deshalb konnte er mich mal. »Mir?«, wunderte ich mich. »Muss das sein?«

»Sie kennen ihn nicht.«

»Natürlich kenne ich ihn. Besser als Sie.«

»Jan ist ein sehr kreativer Mensch.«

Mein spöttisches Auflachen schien sie nicht zu irritieren.

»Er sprüht vor Ideen. Ein großer Journalist.«

Es lag mir auf der Zunge zu fragen: Wie kann eine tolle Frau wie Sie mit einem Arsch wie Gorbitsch zusammen sein? Aber ich verkniff mir die Bemerkung, denn ich hatte gehört, dass manche Frauen das Herabsetzen ihres Lebenspartners übel nahmen, weil sie es als Kritik an ihrem Styling auffassten. »Ich dachte eigentlich, Rufmordkampagnen wären seine Spezialität.«

»Verständlich, dass Sie schlecht von ihm denken. ›Die Bücherbestie‹ – das war seine Erfindung.«

»Gratulieren Sie ihm noch mal dazu und richten Sie ihm aus, er soll sich seine Hand sonst wohin stecken.«

Ein Anflug von Enttäuschung schlich sich in die attraktive Stimme. »Dabei hält er so große Stücke auf Sie, Herr Frings. Wissen Sie, was er heute Morgen gesagt hat? ›Wir sollten damit aufhören, uns gegenseitig zu zerfleischen. Dieser Mann ist ein großer Schriftsteller, der in der Welt noch von sich reden machen wird.‹«

»Jetzt hören Sie aber auf.«

»›Ein großer Schriftsteller, wie man aus seiner fulminanten Kurzgeschichte unschwer herauslesen kann.‹«

»Fulminant? Wo hat er denn dieses Wort aufgeschnappt?«

»›Ein großer Schriftsteller und ein großer Journalist.‹ Das waren seine Worte. ›Werfen wir zusammen, was wir haben, und dann schleifen wir die Festung.‹«

»Wen meinte er damit? Sie?«

La Ura ließ ein kehliges Lachen hören. »Nein, er meinte Herausforderungen, welcher Art auch immer. Die Polizei mit ihren falschen Schlussfolgerungen. Die Öffentlichkeit mit ihren Vorverurteilungen.«

»Eine Frage: Was bringt eine tolle Frau wie Sie dazu, mit einem Stinkstiefel wie Gorbitsch zusammen zu sein?«

Laura schwieg einen Augenblick. »Ich sage Ihnen eins, Herr Frings: Sie sollten einen Menschen nicht nach dem äußeren Eindruck beurteilen. Jedenfalls nicht nur. Und einen Mann schon gar nicht.« Ihre Stimme kippte in eine Altlage, die irgendwie lasziv klang. »Einen Mann lernen Sie überhaupt erst kennen, wenn Sie ihm ganz nah sind. Hautnah sozusagen.«

»Hautnah?«

»Exakt.«

»Mich kennen Sie auch nicht so richtig«, gab ich zu bedenken.

»Auch das trifft zu. Aber was nicht ist, kann ja noch werden, stimmt's?«

»Das ist ganz meine Meinung.«

»Also dann sagen wir doch: bis bald.« Damit legte sie auf.

Da er telefonisch nicht durchkommen konnte, bequemte sich Nicklas Bork persönlich her.

Er hatte gute Nachrichten: Der Staatsanwalt hatte entschieden, dass doch nicht genug Beweise gegen mich vorlagen. Vielleicht hatte er »Basic Instinct« gesehen und war auf der Hut. Ich kam also wieder frei.

Bork reagierte ein wenig zurückhaltend auf meine Dankesbekundungen. »So, jetzt habe ich meinen Teil erfüllt«, sagte er noch im Foyer. »Rück endlich den Namen des Verlagsfritzen heraus.«

»Okay«, sagte ich und tastete meine Hosentaschen ab. »Leider habe ich die Visitenkarte nicht dabei. Sie ist zu Hause, auf meinem Schreibtisch.« Wenn der Kerl so penetrant blieb, musste ich mir noch etwas einfallen lassen. »Weißt du was«, sagte ich, »schick mir das Skript einfach zu. Ich werde es an ihn weiterleiten.«

Der Anwalt nickte zustimmend, aber auch zögerlich. »Du

willst mich nicht zufällig verarschen, Ole?«, erkundigte er sich. »Das fände ich nämlich echt schofel.«

»Wenn ja«, sagte ich und schenkte ihm mein ehrlichstes Lächeln, »wärst du der Erste, der es erfährt.«

Kurz darauf trat ich auf die Gartenstraße hinaus. Es war ein schöner Abend. Der Frühling duftete mediterran, und die Amseln sangen von den Wipfeln der Bäume herab. Drüben, auf der Promenade, schwebten Radfahrer auf eine friedliche, anmutige Art vorbei, und man konnte sich vorstellen, dass sie genau so schon damals durch den Garten Eden geschwebt waren. Es war eine heile Welt, in die ich meinen Fuß setzte.

»Hi, willkommen zurück in der Freiheit!«, begrüßte mich jemand, und meine Vision von einer paradiesischen Wirklichkeit zerplatzte wie eine Seifenblase. Jan Gorbitsch.

»Kann ich dich vielleicht mitnehmen, und wir trinken einen auf das neu gewonnene Leben?«

Wie kam der Kerl dazu, sich bei mir so einzuschleimen? »Was für ein neu gewonnenes Leben denn?«, gab ich zurück. »Dank dir sind ja nur noch Scherben übrig. Und die muss ich jetzt erst mal aufkehren.« Damit ließ ich ihn stehen.

»Aber darum geht's doch!«, rief er. »Was denkst du denn, warum ich dir hier aufgelauert habe? Ich hab Mist gebaut und deinen Ruf ruiniert, also habe ich was gutzumachen. Das ist das Mindeste, was ich tun kann.«

»Geschenkt, Gorbitsch.«

»Jetzt komm schon, stell dich nicht so an. Wo willst du wohnen? Was willst du überhaupt machen? Du musst doch ganz von vorne anfangen. Ich hätte da eine geniale Idee und ein freies Zimmer.«

»Zerbreche dir darüber nur nicht den Kopf.« Für wie blöd hielt er mich? »Was stellt ihr Schmierfinken noch an, um an eine Story zu kommen, die ihr euch dann doch nur aus den Fingern saugt?«

»Hey, Ole, ich kann verstehen, dass du sauer bist, das wäre ich an deiner Stelle mindestens auch. Aber …«

»Du kannst verstehen, dass ich sauer bin?« Ich grunzte verächtlich. »Das ist ja wohl das Letzte …«

»Hör zu, ich weiß doch auch, das mit Anke war ein Fehler. Ich habe ihr damals erklärt, dass ich grundsätzlich nicht mit der Frau meines besten Freundes schlafe. Das hat sie dir wahrscheinlich noch gar nicht gesagt.«

»Das hat dich aber nicht davon abgehalten, es zu tun.«

»Schon, aber nur gegen meine Überzeugung.«

»Hör auf, drum herumzureden, Jan! Das war nichts anderes als eine billige Rache für damals.«

»Damals?«

»Die Sache mit Svedlana.«

»Ach die. Hatte ich schon ganz vergessen.«

»Du kannst mich mal, Gorbitsch.«

»Aber weißt du, was ich mir inzwischen überlegt habe?«

Ich schwieg. Er auch. Unglaublich, aber er wartete allen Ernstes darauf, dass ich antwortete.

»Wenn es in einer Beziehung kriselt, dann sucht sich einer von beiden – in diesem Fall war es wohl Anke – eine Möglichkeit auszubrechen. Also hatte das Ganze mit mir eigentlich gar nichts zu tun, verstehst du? Ich war nur eine Art Notanker für eure Beziehung.«

Gorbitsch, der Hobbypsychologe. Früher schon eine Lachnummer, heute zum Kotzen.

»Red weiter«, sagte ich, »und wir haben hier gleich den nächsten Mordfall. Und dieses Mal werde ich nichts abstreiten.«

»Na schön, na schön.« Der Mann, der schon mehrmals mein Partner gewesen war, breitete die Arme aus und zog das unschuldig dreinschauende Gesicht zwischen die Schultern. »Also, warum gibst du mir keine Chance?«

»Eine Chance?«

»Wir werfen zusammen, was wir haben, und machen was draus.«

»Wieder einmal?«

»Was spricht dagegen?«

»Der große Schriftsteller und der große Journalist, was?«, höhnte ich.

Er überhörte die Häme. »So ungefähr könnte man es formulieren.«

»Wie gesagt: Du kannst mich mal.«

»Nur eins noch!«, rief er mir nach, als ich ihn stehen lassen wollte.

Ich drehte mich aber nicht um.

»Dieser Mist von wegen was stellt ihr noch alles an, um an eine Story zu kommen – skrupellose Scheckbuchjournaille und so weiter.«

»Was ist damit?«

»Das ist doch Schnee von gestern. Abgeschrieben aus irgendeiner stumpfen US-Fernsehserie. Man kann es nicht mehr hören.«

»Wenn es aber stimmt.«

»Es stimmt nicht. Dass du im Knast gelandet bist, verdankst du dir allein, mein Freund.« Gorbitsch lachte schnaufend. »Machst den Falschen kalt, weil du gar nicht weißt, mit wem es deine Frau eigentlich treibt. Das ist typisch für dich und außerdem viel zu dämlich, um für eine Story zu taugen.«

»Zum letzten Mal: Ich habe ihn nicht kaltgemacht.«

»Jaja, weiß ich doch«, gluckste mein ehemaliger Partner. »Aber wen interessiert das?«

Zu Fuß brauchte ich eine gute halbe Stunde nach Hause. Wie oft hatte ich mir während der dreitägigen U-Haft den Augenblick ausgemalt, an dem ich endlich wieder diese ausgetretenen Treppenstufen hochstapfen und mir der vertraute Geruch nach getragenen Schuhen und Gemüseeintopf in die Nase steigen würde. Jetzt, da es so weit war, schnüffelte ich vergeblich. Es roch nicht feucht und muffig wie sonst, sondern frisch, wenn auch nicht angenehm frisch. Es war eine säuerliche Frische. Tapete. Farbe. Irgendjemand renovierte. Das Zweite, was mich irritierte, war, dass jemand vergessen hatte, die Wohnungstür zu schließen.

Ich klopfte. »He!«, rief ich. »Jemand zu Hause?« Eigentlich war es mir egal, aber ich konnte mir vorstellen, dass Annabelle es genießen würde, wenn ich sie und ihren Lover im Bett überraschen würde. Doch es war kein Bett da, auch kein Tisch oder Stühle. Die gesamte Wohnung war leer. Bis auf eine Leiter, Farbtöpfe und einen Tapeziertisch.

»Das wurde aber auch Zeit«, meckerte eine junge Frau in einem Maleranzug, der ihr viel zu groß war. »Wir warten schon fast eine Stunde.«

»Hat er dieses Mal die Oliven weggelassen?«, hallte eine männliche Stimme aus dem leeren Wohnzimmer. »Ich hatte nämlich extra ohne Oliven bestellt!«

»Da liegt wohl ein Missverständnis vor«, sagte ich.

»Er hatte aber ohne bestellt«, versicherte die Frau vorwurfsvoll. »Ich war dabei und kann es bestätigen.«

»Ich meine nicht die Oliven. Was machen Sie in meiner Wohnung?«

Ungläubiges Grinsen. »Ihre Wohnung? Sind Sie der Vermieter?«

»Keineswegs.« Ich trat ins Treppenhaus zurück und wies auf das Türschild. »Ole Frings, der wohnt hier.«

Sie deutete auch darauf. »Nein, wir wohnen hier, jedenfalls ab nächsten Montag.«

Ich sah hin. *Tennhumberg*, stand auf der Klingel.

»Aber wer … hat das veranlasst?«, stammelte ich. Blöde Frage, es war doch klar, wer. »Wo sind meine Sachen?«

»Das muss der Knacki sein, von dem sie erzählt hat!«, rief der Mann aus dem Wohnzimmer. »Er soll sie anrufen, hat sie gesagt.«

Die Studentin vergrößerte den Abstand zwischen uns, als wollte sie Ansteckung vermeiden.

»Genau«, sagte ich. »Die Bücherbestie, das bin ich.«

»Sie hat für Ihre Sachen eine Garage angemietet«, erklärte sie. »Tut mir leid, aber sie hat wohl nicht damit gerechnet, dass Sie so schnell wieder entlassen werden.«

»Für mich kam's auch ziemlich überraschend«, sagte ich.

»Aber dann hab ich mir gesagt: ›Es war ja auch nur ein läppischer Mord, von daher gesehen …‹ Sie zuckte zusammen, als ich ihr zuwinkte. »Ich wünsche Ihnen noch eine schöne Renovierung!«

Zurück auf der Straße, überlegte ich für einen kurzen Moment, ob ich die nächste Nacht unter freiem Himmel auf der Promenade verbringen sollte. Dann zog ich mein Handy hervor und wählte eine Nummer.

»Was gibt's?«, meldete sich Gorbitschs Stimme.

»Was ist mit dem Zimmer?«, fragte ich. »Steht das Angebot noch?«

8

Es stand noch, allerdings stellte sich heraus, dass man es nicht großzügig nennen konnte. Während Gorbitsch mich in seinem rostigen Polo heimwärts kutschierte, amüsierte er sich hämisch über meinen Entschluss, doch noch von meinem hohen Ross herabzusteigen, und als wir angekommen waren, präsentierte er mir eine Rumpelkammer, die die Bezeichnung Zimmer nie und nimmer verdiente. »Früher war das mal so was wie ein begehbarer Schrank«, erklärte mein Gastgeber. Von begehbar konnte aber kaum die Rede sein, ich tippte eher auf eine Wandvertiefung, die dafür gedacht war, dass man eine Stereoanlage darin unterbrachte.

Die karge Räumlichkeit befand sich in einem ansonsten eigentlich recht geräumigen alten Gemäuer draußen an der Warendorfer Straße, eine der Hauptdrainagen, die die Innenstadt mit Autos speiste. Zu Hunderten stauten sie sich täglich an den Ampeln, und die roten Rücklichter verliehen Geschäften, Kneipen und Programmkinos das eigentümlich großstädtische Flair. Hier draußen allerdings, kurz vor der Kanalbrücke, hielt sich das Flair in Grenzen. Rücklichterrot erstrahlten biedere Wohnviertel, Lebensmitteldiscounter und hier und da eine Dönerbude.

Das Erdgeschoss des Gebäudes bestand mit Ausnahme der Küche aus einem riesigen Foyer, der als Müllabladeplatz diente, über dem ein vor Kitsch strotzender Kronleuchter baumelte. Eine steile Holztreppe führte nach oben.

»Vorsicht, das Ding ist ein bisschen aus den Fugen«, warnte Gorbitsch und wackelte am Geländer. »Du kennst nicht zufällig jemanden, der so was reparieren kann?«

»Wo steckt Laura?«, erkundigte ich mich beiläufig.

Er zuckte mit den Schultern. »Die kommt selten her. Angeblich, weil sie Unordnung hasst. Finde ich ziemlich übertrieben, wenn du mich fragst.«

»Was? Laura oder die Unordnung?«

Auf dem Küchentisch standen Reste eines Frühstücks oder Mittagessens, das, dem Zustand fortgeschrittenen Verfalls nach zu urteilen, schon so einige Tage zurücklag. Gorbitsch fegte das Essen mitsamt Geschirr mit dem Ärmel vom Tisch in eine Plastiktüte, die er auf dem Boden abstellte, neben einer anderen. »Willst du was trinken? Tee oder Kaffee?«

»Mir ist irgendwie nicht nach trinken«, erwiderte ich.

Mein Gastgeber setzte seine großkotzige Sonnenbrille auf und sah aus wie Elton John mit Lederaufnähern an den Ellbogen. »Ich dachte, wir gehen aus zum Essen«, schlug er vor. »Was hältst du davon? Es ist gleich um die Ecke.«

»Warum nicht?«, meinte ich.

Aber auch dieses Mal wurden meine Erwartungen nicht gerade übertroffen, im Gegenteil. Restaurants gab es hier draußen weit und breit keine, nur eine Imbissbude, die sich »Antalya Grill« nannte. Man konnte draußen an einem Tisch aus Plastik sitzen und den Autofahrern beim Einparken zusehen.

Gorbitsch bestellte sich eine Currywurst und empfahl mir die Spezialität des Hauses: Great Döner Pizza.

»Um noch mal auf mein Angebot zurückzukommen«, sagte er kauend.

»Meinst du die Rumpelkammer?«, fragte ich. »Na, danke jedenfalls, dass du mir Obdach gewährst.«

»Das meine ich nicht. Unser gemeinsames Projekt. Die neue Zusammenarbeit.«

Ich bekam meine Pizza, einen schwärzlich gebackenen Fladen, an dem mit Hilfe von Käse einige Gyrosstücke befestigt waren. »Welche Zusammenarbeit?«

»Das Allerwichtigste ist erst mal, dass du den Kerl nicht umgebracht hast.«

»Nicht?«, wunderte ich mich. »Hattest du in deiner Zeitung nicht etwas anderes behauptet?«

»Jetzt fang nicht schon wieder damit an. Irgendwas mussten wir doch schreiben.«

»Hauptsache, es bringt Auflage, was?«

Jan musterte mich mit einem enttäuschten Blick, so als hätte er mich als weniger langweilig eingeschätzt. »Na schön, gehen wir also nur davon aus, du warst es nicht. Aber das bedeutet: Jemand anderer hat ihn umgebracht. Ein Killer, der frei herumläuft. Können wir uns darauf einigen?«

»Und wenn?«

»Na gut: Wir werden uns den Kerl gemeinsam holen. Der zu Unrecht Verdächtigte auf der Suche nach dem wahren Schuldigen. Und der ›Schmierfink‹ wird exklusiv darüber berichten.«

»Das ist dein Plan?«

»Das ist mein Plan. Investigativer Journalismus. Wie sieht's aus: Bist du dabei?«

»Ich soll also für deine Auflage sorgen?«

»Genau das. Aber auch für deine. Wir bringen deine Story heraus. *Lohengrins letztes Stündlein.* Die Leute werden sie uns aus der Hand reißen.«

»Geht leider nicht. Die ist noch konfisziert. Als Beweismittel sozusagen.«

»Oder noch besser: Mach einen Roman draus.«

»Einen Roman? Wie stellst du dir das vor?«

»Das kann doch nicht so schwer sein. Du bläst das Ganze ein bisschen auf, legst ein paar falsche Spuren und lässt dein Mordopfer länger leiden. Schon hast du einen Bestseller.«

»Klingt nicht so, als ob du viel davon verstehst«, sagte ich überheblich.

»Die Story liest sich auch nicht so, als ob du viel davon verstehst«, konterte er.

»Du hast sie gelesen?«

»Na ja, jedenfalls teilweise.«

»Aber ich habe sie gar nicht veröffentlicht.«

»Veröffentlicht oder nicht. Im Internet kriegst du alles.«

Mein Handy klingelte. Ich legte Messer und Gabel weg und holte es aus der Tasche. »Ja?«

»Sind Sie Herr Frings, den man des Mordes verdächtigt?« Die Stimme kannte ich, aber der Name der Frau fiel mir nicht ein.

»Die Bücherbestie«, bestätigte ich. »Und wer sind Sie?«

»Illbritt Weichberger. Vielleicht haben Sie mich schon einmal im Fernsehen gesehen.«

»Natürlich. ›Zu Gast bei Illbritt‹.«

»Genau. Zu Gast bei mir. Wie denken Sie darüber?«

»Über die Sendung?«

»Nein, darüber, in die Sendung zu kommen.«

»Ich soll zu Ihnen in die Sendung kommen?«

»Morgen Abend. Sie müssen einfach. Ich zähle auf Sie, Frings. Es ist Ihr Thema.«

»Welches Thema?«

»Literatenkriminalität.«

»Sie meinen Kriminalromane?«

»Keineswegs. Über Kriminalromane wird an jeder Ecke geschwatzt. Ich meine nicht Literatur, sondern Literaten. Wie gewaltbereit sind Schriftsteller? So in der Art.«

»Davon habe ich noch nie gehört.«

»Sehen Sie? Dieses Thema wird totgeschwiegen. Und warum? Weil es ein Tabuthema ist. Ein heißes Eisen.«

»Heiße Eisen sind Ihre Spezialität, nicht wahr?«

»Ich sehe, wir verstehen uns, Herr Frings. Und Sie wären sozusagen ein Experte. Dann sagen wir bis morgen Abend, so gegen neunzehn Uhr?«

»Also ich weiß noch nicht …«

»Hören Sie, das ist auch für Sie eine Chance. Sie können sich zu Ihrer aktuellen Angelegenheit äußern und so manches klarstellen. Vor Millionen von Zuschauern. Wann bekommen Sie eine solche Gelegenheit noch einmal?«

Gorbitschs Gesicht war ein einziges Fragezeichen. Ein Stück Currywurst wartete auf der Gabel, Ketchup tropfte auf den Teller. Der Mund stand offen, aber die Gabel rührte sich nicht vom Fleck.

»Herr Frings, sind Sie noch dran?«, drängte Weichberger. Sie hatte offenbar nicht ewig Zeit.

»Also gut: Sagen Sie mir, wo die Sendung aufgezeichnet wird.«

»Wo denken Sie hin? Wir senden live, das ist unser Markenzeichen. Ohne Netz und doppelten Boden. Zweiundzwanzig Uhr fünfzehn im Schlossgarten.«

»An welches Honorar hatten Sie gedacht?«

Kurze Pause. »Fünfhundert Euro wären drin.«

»Tausend«, sagte ich.

»Sehr schön, ich schicke einen Wagen.« Sie legte auf.

»Die gute alte Illbritt, was?« Gorbitsch verschluckte endlich das Stück Currywurst und schüttelte abfällig den Kopf. »Die ist sich auch für nichts zu schade.«

»Tja, immerhin schickt sie einen Wagen.«

»Sie schickt einen Wagen? Wozu? Du hast doch nicht etwa zugesagt?«

»Weshalb sollte ich nicht?«

Das Kopfschütteln meines Gegenübers dauerte so lange, wie er brauchte, den Rest seiner Wurst zu verzehren. »Bist du eigentlich so naiv, oder stellst du dich nur so?«, schimpfte er. »Die Frau will Quote machen. Nur darum geht's!«

»Ja, von mir aus«, meinte ich. »Aber dafür habe ich Gelegenheit, so manches klarzustellen, was meinen Fall angeht. All die Falschmeldungen und Gerüchte, die du in die Welt ge–«

»Blödsinn, einen Scheiß hast du! Sag mal, wie lange guckst du schon Fernsehen, und hast immer noch nicht kapiert, wie der Hase läuft? Denkst du vielleicht, eine Talkrunde dient dazu, Dinge klarzustellen? Denkst du, die Leute interessierten sich auch nur die Bohne für Sendungen, in denen Dinge klargestellt werden? Die wollen Blut sehen. Die Weichberger hat dich nur aus einem Grund eingeladen: weil sie dich fertigmachen will.«

»Quatsch.«

»Kein Quatsch.«

»Du wirst schon sehen.«

»Das kannst du laut sagen.« Jetzt nickte er. »Die Sendung werde ich auf keinen Fall verpassen.«

9

Es war ein lauer Frühlingsabend, und das Auto, in dem mich eine attraktive Mitarbeiterin Illbritt Weichbergers in den Schlosspark kutschierte, war mindestens dreißig Jahre alt, hatte ein offenes Verdeck und Ledersitze. So viel dazu, dass man mich in die Pfanne hauen will, dachte ich hämisch. Schließlich war es ja nichts Neues, dass Gorbitsch zu den Leuten zählte, die einem auch die kleinste Freude vermiesen können. Nach all den Entbehrungen und Demütigungen, die ich in der Haft hatte ertragen müssen – was konnte falsch daran sein, ein wenig Glamour und Medieninteresse zu genießen, ohne gleich allen Leuten Böses zu unterstellen?

Die Gesprächsteilnehmer, mich eingeschlossen, thronten in komfortablen Sesseln, die im Halbkreis platziert waren, auf einem Podium hoch über dem Publikum, das sich vor der großartigen Kulisse des Schlosses in unzählige Stuhlreihen zwängte. Der Name Weichberger zog die Massen an. Eine dezente Absperrung und Sicherheitskräfte hinderten weitere Schaulustige daran, der Veranstaltung im Stehen zu folgen. Die Atmosphäre war ansprechend, fast wie bei einem Kurkonzert in der Provinz, und Illbritt Weichberger, der Star des Abends, sah trotz der gleißend weißen Scheinwerfer perfekt aus.

Eine Liveband spielte die »Zu Gast bei Illbritt«-Melodie. Währenddessen richteten sich Scheinwerfer und die Augen der Zuschauer auf die Moderatorin, die sich routiniert in Pose setzte und ihre sehenswerten Beine übereinanderschlug.

»Neulich geschehen in Gröbenitz in Sachsen-Anhalt«, deklamierte sie: »Während einer Lesung zieht der Autor Hendrik B. eine Achtunddreißiger und knallt alle fünf Zuhörer über den Haufen. Was war der Hintergrund der Tat? Frust darüber, dass nur fünf Leser gekommen waren? Wie unvernünftig, sie zu ermorden, konnten sie doch nichts dafür, dass sie so wenige waren. Dennoch sind Taten wie diese kein Einzelfall. Es stellt sich die

Frage: Diskreditieren solche Gewaltausbrüche den friedfertigen Ruf der deutschsprachigen Literatur? Sind Autoren letztlich eine größere Gefahr als der Islamismus? Dies wollen wir heute Abend diskutieren mit folgenden Gästen: Dr. Gereon Hinkbein, Psychotherapeut und Autor des Buches *Mit dem Auto erschossen – Gewalt und kreative Phantasie*. Er arbeitet seit Jahren mit straffällig gewordenen Literaten und warnt vor einer Verharmlosung des Problems.«

Applaus. Eine der Kameras schwenkte zum nächsten Gast.

»Kris Hoger, Mitglied der Piratenpartei, glaubt, dass es nur einen konsequenten Weg gibt, Urheberrechte abzuschaffen, nämlich indem man die Urheber abschafft, was das Gewaltproblem zwar nicht lösen, aber doch immerhin in andere Hände legen würde.«

Applaus.

»Babette Holm wurde vor Jahren Opfer eines gewalttätigen Literaten und ist der Meinung, dass Straftaten auf dem Papier genauso geahndet werden sollten wie in Wirklichkeit.«

Besonders mitfühlender Applaus.

»Und schließlich Oliver Frings, Krimiautor und erst gestern aus der U-Haft entlassen. Sie sind zu Gast bei Illbritt Weichberger.«

Stürmischer Applaus. Und dann ging gleich die erste Frage an Kris Hoger.

Der Pirat, BWL-Student im zweiten Semester, hatte die letzten Minuten damit zugebracht, seine Fingernägel zu reinigen, und legte jetzt mit cooler Unbedarftheit auseinander, dass er sich über die Frage noch keine Gedanken gemacht habe, es aber ziemlich mutig fände, wenn jemand sich dazu bekenne, von Tuten und Blasen keine Ahnung zu haben, in einer Zeit, in der alle ständig sowohl vom Tuten als auch vom Blasen so viel Ahnung hätten, dass es schon gehörig nerve.

»Wie stellen Sie sich denn das Abschaffen eines Urhebers konkret vor?«, wollte Illbritt wissen.

»Was für eine Frage!«, entrüstete sich Hoger. »Muss man heutzutage immer eine Vorstellung haben? Zeugt es nicht von politischer Arroganz, von allem eine Vorstellung zu haben?« Damit widmete er sich wieder seinen Nägeln.

Hinkbein, der Psychotherapeut, war ein redseliger Mensch in einem Hemd aus Kunstfaser, das stark nach Schweiß roch. Im Gegensatz zu seinem Vorredner hatte er sich zu viele Gedanken gemacht.

»Nehmen wir zum Beispiel Norman Bates im Film ›Psycho‹«, schwadronierte er. »Er trifft eine Frau und will mit ihr schlafen, aber dann wartet er, bis sie unter der Dusche steht, und sticht sie ab. Er sei es gar nicht gewesen, behauptet er, sondern seine Mutter. Dass sie längst tot ist, kommt ihm nicht in den Sinn und ist ihm wohl auch egal. Genau so macht es der Autor: Er erfindet eine Figur, die den Mord für ihn begeht. Ich war es nicht, sagt er später. Er war's. Viele namhafte Autoren wurden so zu Straftätern.«

Wovon laberte der Kerl bloß? Hatte er auch nur den Hauch einer Ahnung, was in einer Phantasiefigur wie Schröder vorging? Abgesehen davon sah man den Leuten im Publikum an, dass sie diese Ausführungen nicht besonders fesselten. Einige hatten ein Smartphone hervorgeholt, spielten mit ihren Apps herum oder sahen den Krimi, der auf dem Konkurrenzprogramm lief. Ich musste an Gorbitschs Bemerkung denken, dass diese Leute gekommen waren, um Blut zu sehen. Was für eine Übertreibung! Der Abend war lau, Blütenduft lag in der Luft, und ich war eine wichtige Person des öffentlichen Interesses. Ein schönes Gefühl, das würde mir keiner nehmen, auch nicht Gorbitsch.

Und dann kam Babette Holm. Eine unscheinbare Frau mit einem vorwurfsvollen Blick, der perfekt mit ihrer leidvollen Vorgeschichte harmonierte. Ich kannte sie irgendwoher, dachte ich jedenfalls, aber mir wollte nicht einfallen, woher.

»Ich möchte zunächst einmal feststellen, dass ich es als Zumutung empfinde, als Opfer einem Täter gegenübersitzen zu müssen«, sagte sie mit einer leicht ins Schrille spielenden Stimme und durchbohrte mich mit ihrem Blick.

»Wollen Sie dazu etwas sagen?«, wandte sich die Weichberger an mich.

»Täter?«, stammelte ich überrumpelt. »Meinen Sie damit mich, oder was?«

Urplötzlich entfuhr Babette ein wieherndes Lachen, dass ich zusammenzuckte. »Genau das meine ich doch!«, verkündete sie und deutete auf mich. »Diese Menschen haben nicht einmal ein Schuldbewusstsein! Sie tun all diese schrecklichen Dinge und denken sich nichts dabei!«

»Aber das stimmt nicht. Ich habe sehr wohl ein Schuldbe–«

»Ha!« Schon wieder das wiehernde Lachen, dazu Applaus aus dem Publikum. Smartphones schwenkten sensationslüstern in meine Richtung und gafften. Allmählich wurde mir warm. Ich feilte noch an einer passenden Entgegnung, da befragte Frau Weichberger schon den Experten Dr. Hinkbein.

»Ein klassisches Reaktionsmuster«, nickte der eifrig. »Genau wie ich vorhin ausführte: Seht doch, sagt der Täter, ich war es nicht. Es war X oder meinetwegen Y, aber nicht ich. Ein schwacher Versuch, sich der Verantwortung für seine Tat zu entziehen.«

»Also vielleicht kann ich dazu auch mal was –«, setzte ich an, aber die Moderatorin erteilte dem Piraten das Wort, der sich allerdings mit einem abfälligen Kopfschütteln begnügte. Mit einem Lächeln bedankte ich mich dafür, dass er mir die Lücke eröffnete, aber da war Illbritt Weichberger schon wieder bei Frau Holm angekommen mit der Bitte, allen zu schildern, was sie durchgemacht hatte.

Und sie legte sofort los. »Alles ging so schnell«, erklärte Babette Holm mit einer belegten Stimme, die nachvollziehen ließ, dass sie während der Schilderung das Erlebte noch einmal durchmachte. »Da war dieser Geruch und das Stöhnen hinter mir. Es war schrecklich.«

»Wir alle können uns sicher nicht wirklich vorstellen, wie schrecklich es war«, sagte Illbritt Weichberger.

»Nein, das können Sie wohl nicht.«

»Aber es gelang Ihnen, Ihrem Peiniger zu entkommen.«

»Ja, ganz knapp. Ich weiß eigentlich gar nicht, wie ich es geschafft habe. Was passiert ist? Ich erinnere mich nicht mehr so recht daran. Alles ging so schnell. Ich riss mich los und dann … bin ich einfach losgerannt.«

Jetzt fiel mir wieder ein, woher ich die Frau kannte. »Moment mal«, meldete ich mich zu Wort, »das Gleiche haben Sie doch schon mal erzählt, als Sie damals die Flugzeugkatastrophe überlebt haben.«

»Flugzeugkatastrophe?«, erkundigte sich Kris Hoger neugierig.

»Genau«, sagte ich. »Da sind Sie auch losgerannt. Lassen Sie sich doch mal was Neues einfallen.«

»Ach, so ist das!« Frau Holm empörte sich erneut. »Darf man jetzt schon nicht mehr losrennen, wenn es brennt? Soll man lieber wie angewurzelt stehen bleiben, damit Menschen wie Sie uns diese schrecklichen Dinge antun können …«

»Abgesehen davon«, riss Weichberger auf routinierte Weise die Gesprächsleitung wieder an sich, »sprechen wir heute nicht über Flugzeugabstürze. Das Thema dieser Sendung ist –«

»Jaja, weiß ich doch«, fuhr ich ihr patzig dazwischen und handelte mir einen rasiermesserscharfen Blick von ihr ein.

»Wollen Sie uns vielleicht einmal erzählen«, schlug sie zurück, »wie Sie Herrn Metternich umgebracht haben, den allseits geschätzten Literaturexperten?«

Innerhalb einer Zehntelsekunde hatte ich die allgemeine ungeteilte Aufmerksamkeit. Hunderte von Digitalkameras reckten sich tentakelgleich in meine Richtung. Hunde hechelten. Leute glotzten. Ich fühlte mich splitternackt. Mein Räuspern klang erbärmlich dünn. »Nein, ich habe ihn nicht umgebracht«, behauptete ich mit trockener Kehle.

»Sie sind sich nicht bewusst, dass Sie ihn umgebracht haben«, präzisierte Dr. Hinkbein hilfsbereit.

»Stimmt«, bestätigte ich, »aber ich habe es auch nicht getan.«

»Soviel Sie wissen.«

»Diese Leute wissen sehr wohl, was sie tun«, widersprach Frau Holm energisch. »Sie tun nur so, als wüssten sie es nicht. Wollen, dass man sie für unzurechnungsfähig erklärt, damit sie der Todesstrafe entgehen.«

Irgendwie brachte das das Fass zum Überlaufen. »Sie!«, rastete ich ohne Vorwarnung aus. »Sie erzählen doch heute das und morgen etwas anderes. Es ist unglaublich. Wie viel bezahlt man Ihnen dafür? Sagen Sie doch mal!«

»Also, das ist ja wohl …«

»Haben Sie nicht Angst, dass diese billigen Horrormärchen, die Sie den Leuten im Fernsehen auftischen, eines Tages wahr werden könnten?«

»Herr Frings!«, drang die Stimme der Moderatorin zu mir durch. »Herr Frings, ich muss Sie bitten, solche Bemerkungen zu unterlassen. Wir sind hier nicht im Ring, sondern sprechen miteinander wie zivilisierte Menschen.«

»Zivilisiert!« Ich wieherte fast so laut wie Frau Holm. »Warten Sie's doch ab: Eines Tages wachen Sie tot in der Badewanne auf, und keiner ist da, der Sie bittet zu erzählen, wie Sie einfach nur weggerannt sind. Also reden Sie mir nicht von zivilisiert –«

»Herr Frings!«

»Ach, hören Sie auf! Sie haben mir versprochen, ich könnte Dinge klarstellen. Aber daran ist hier keiner interessiert. Sie alle wollen doch nur Blut sehen, und darüber bin ich sehr ent–«

»Es tut mir leid, aber Sie lassen mir keine andere Wahl.«

Hände packten mich mit eisernem Griff, zerrten mich unsanft aus meinem Sessel und schleiften mich von der Bühne. Es war ein langer, demütigender Weg, und die Kameras ließen mich keine Sekunde aus den Augen, während ich strampelte und versuchte, in Handgelenke zu beißen. Einzig das Publikum honorierte meinen Abgang mit Johlen und Applaus.

»Stellen Sie sich vor, dass diese Leute fast ihr ganzes Leben vor ihrem Computer verbringen«, drang trotz des Lärms Dr. Hinkbeins Stimme relativ klar zu mir. »Sie leben in ihrer eigenen kleinen Welt. Schreiben den Anfang eines Kapitels und löschen ihn wieder. Fressen alles in sich hinein. Den Frust, die Ablehnung, die Einsamkeit – einfach alles. Da ist es verdammt schwer, psychisch gesund zu bleiben. Nahezu unmöglich, möchte ich sagen.«

Sie konnten mich alle mal.

10

Es war schon erstaunlich, zu welch roher Gewalt die adretten Herrn in den dunklen Anzügen fähig waren, wenn sie zur Hochform aufliefen. Was für verteufelt schlechte Manieren sie hatten. Aber sie waren vortrefflich ausgebildet, außerdem in der Überzahl, sodass ich mich von ihnen über eine Grünfläche schleifen und in einen dieser Büsche werfen lassen musste, unter denen die Hunde der Parkbesucher regelmäßig ihr Geschäft verrichteten.

Als ich mich aufrappelte und den Hundekot so gut es ging von meiner Hose bürstete, standen da einige der Schaulustigen in respektvoller Entfernung und starrten mich argwöhnisch an. »Das ist der Kerl«, zischte es, und »unverantwortlich« und »frei rumlaufen lässt«. Ich machte eine abrupte Bewegung auf sie zu, sie wichen zurück, blieben wieder stehen und starrten weiter. Sie erinnerten mich an Zombies in einem Horrorfilm: Keiner traute sich näher heran, aber sobald ich ihnen den Rücken zukehrte, würden sie über mich herfallen und mich zu einem Untoten machen. Also rannte ich los und stoppte erst wieder, als ich die Warendorfer Straße erreichte.

Für heute hatte ich genug. Ich wollte niemanden mehr sehen, nur noch in meine Schlafkoje klettern und das Licht ausknipsen. Gorbitsch war so höflich, mir seine Häme zu ersparen. Er hatte mir den Schlüssel unter die Matte geschoben und informierte mich auf einem Zettel, der im Flur lag, dass er die Nacht mit Laura zu verbringen beabsichtigte.

Du hast es ihnen ja wirklich gezeigt, schrieb er höhnisch. *Laura war übrigens ganz begeistert von dir.*

»Jaja«, sagte ich, ging nach oben und durchsuchte seinen Kühlschrank. Das Bier war alle, also schnappte ich mir eine halb volle Flasche mit einem undefinierbaren alkoholischen Getränk. Setzte mich an den Küchentisch und verbrachte dort eine ganze Weile, vermutlich einige Stunden. Draußen zwitscherten schon die morgendlichen Vögel, als ich Schritte im Flur hörte. Jemand betrat die Küche. »Hey«, sagte er.

»Nein«, sagte ich. »Das ist jetzt nicht dein Ernst.«

Schröder trug seinen gestreiften Pyjama mit Bügelfalte. Ein albernes Outfit. »Ich musste einfach kommen«, sagte er. »Vergiss alles, was ich über dich gedacht habe: Du bist echt spitze. Das hätte ich dir nicht zugetraut.«

»Ich hab mich zum Clown machen lassen und bin selbst schuld. Ich weiß. Nur höre ich mir diesen Scheiß jetzt nicht auch noch von dir an.«

»Wer redet denn von der Sendung?« Schröder kicherte. »Lass die Leute doch quatschen, egal worüber. Aber schau an: Unser kleiner Schreiberling hat das Zeug zum Mörder, mehr noch, einem Mörder mit Kreativität. Meine Bemühungen waren also doch nicht umsonst.«

»Wovon redest du überhaupt?«

Mein literarisches Alter Ego nickte voller Verständnis. »Natürlich musst du es abstreiten. Nie zugeben, dass du es warst. Das ist der Weg, damit durchzukommen, nicht wahr?«

»Scheiße!«, brüllte ich ihn an. »Dich gibt es überhaupt nicht. Hau ab.«

»Ich meine ja nur.« Schröder stand auf und verzog sich, aber mit einer provozierenden Langsamkeit, als hätte er alle Zeit der Welt. Das ist mir so was von egal, ob es mich gibt oder nicht, schien er zu sagen. Er trat auf den Flur hinaus, dann blieb er stehen und drehte sich noch mal zu mir um: »Bleib cool. Das war eine starke Leistung, lass dir bloß nichts anderes einreden.«

Die Küchentür fiel hinter ihm zu. Allmählich machte ich mir Sorgen um meine geistige Gesundheit. Hier und jetzt fiel mir aber nur ein Mittel dagegen ein: der Schnaps aus Gorbitschs Kühlschrank. Die Flasche war so gut wie leer, aber ein Gläschen ging noch. Bevor ich es hinunterkippen konnte, klopfte es an der Wohnungstür.

Jetzt reichte es mir aber. »Verzieh dich!«, brüllte ich. »Auch wenn ich tausend Leute ermordet habe, dann geht dich das einen Scheiß an.«

»Das sehen wir anders, Herr Frings«, sagte eine bekannte Stimme. Nicht die von Schröder. »Hier ist die Polizei. Öffnen Sie die Tür.«

Herein kamen Hauptkommissarin Willeke, die Frau mit den Haifischaugen, und ein Kollege, Hauptkommissar Truthaan, ein spindeldürrer Kerl mit schütterem Haar und dunkelroter Gesichtsfarbe.

»Herr Gorbitsch ist leider nicht zu Hause«, sagte ich. »Aber ich werde ihm ausrichten, dass Sie da waren.«

»Wir haben Ihre Adresse von Frau Weichberger«, sagte Willeke. »Herr Frings, ich muss Sie bitten, mit uns zu kommen.«

»Aber warum sollte ich? Ich meine, sehen Sie nicht, wie spät es ist, mitten in der Nacht …«

»Es ist kurz nach sieben«, sagte Hauptkommissar Truthaan.

»Ich muss Sie in zwei Dingen korrigieren«, sagte Willeke. Ihr atemberaubender Duft stieg mir in die Nase. »Erstens geht es uns sehr wohl etwas an, wenn Sie tausend Leute ermordet haben. Und zweitens –«

»Aber jetzt hören Sie doch auf, Kommissarin. Tausend Leute. Das sagt man so dahin.«

»Und zweitens«, Willeke zog etwas Silbernes aus der Tasche und ließ es mit einem Klick von meinem Handgelenk baumeln: Handschellen. »Zweitens sind es jetzt wohl tausendeins Leute.«

Frau Holm, der Studiogast, der mich wüst beschimpft und deren Beitrag der Auftakt meiner Blamage gewesen war, lebte in der City, ganz in der Nähe der städtischen Bühnen, im dritten Stock. Sie hatte ein Apartment mit einer kleinen Dachterrasse, die in einen unspektakulären Innenhof schaute. Trotz der bescheidenen Aussicht eine teure Lage, und soweit ich das beurteilen konnte, stammte die Inneneinrichtung nicht aus dem Möbelmarkt. Mir fielen die Fotos auf, die zahlreich und geschmackvoll gerahmt die Wände zierten. Sie zeigten allesamt Ansichten des immer Gleichen: Talkshow-Runden, an denen Frau Holm teilgenommen hatte. Wie Trophäen hingen sie da aufgereiht. Frau Holm in Nahaufnahme, mal engagiert argumentierend, mal betroffen stammelnd, mal nachdenklich schweigend. Meist saß Sörensen, der Mann von der Flugzeugkatastrophe, neben ihr. Und Illbritt Weichberger war so telegen wie immer.

Frau Holm selbst war nebenan, im Badezimmer. Sie lag in der Wanne, voll bekleidet, auch ihr Gesicht war unter Wasser. Die offenen Augen starrten an die Decke.

»Nun, was sagen Sie dazu?«, erkundigte sich Hauptkommissarin Willeke, die mit Handschellen an mich gekettet war.

Mir war nicht gut. Gorbitschs Gesöff hatte einen ekligen Nachgeschmack hinterlassen, und auf der Hinfahrt war mir gehörig schlecht geworden, weil der Beamte am Steuer offenbar den Ehrgeiz hatte, so zu fahren wie die Cops im Fernsehen. Und jetzt auch noch das.

»Ist die Frau ertrunken?«, fragte ich.

»Sehr komisch. Sie haben ihr einen Cocktail aus Schlaftabletten verabreicht«, erklärte Willeke. »Sobald die Wirkung eingetreten war, haben Sie die leblose Frau Holm in die Badewanne gelegt und den Wasserhahn aufgedreht.« Ihre Augen durchbohrten mich. »Die Sache ist doch ziemlich klar, meinen Sie nicht?«

»Nein«, sagte ich.

»Nein?«

»Überhaupt nicht klar«, widersprach ich. »Ich war nämlich noch nie hier.«

»Wie Sie wollen, Herr Frings. Dann schalten Sie den Fernseher ein, ich werde Ihnen etwas zeigen.«

Mit einem Schulterzucken drehte ich mich um und ging voran ins Wohnzimmer. Ich blieb vor dem riesigen Flachbildschirm stehen.

Das schien sie zu erfreuen. »Sie waren noch niemals hier, wissen aber auf Anhieb, wo das Fernsehgerät steht?«, fragte sie listig.

Ich gluckste abfällig. »Aber ich bitte Sie, bloß weil ich weiß, wie ein Fernseher aussieht?«

Jemand betätigte eine Fernbedienung. Es lief »Zu Gast bei Illbritt«.

»Zum Glück«, erläuterte Willeke, »hat die Ermordete die Sendung im Schlossgarten aufgezeichnet.«

Hauptkommissar Truthaan betätigte freundlicherweise den schnellen Vorlauf, sodass ich meine Blamage nicht noch einmal anschauen musste. Dann stoppte er und ließ im Originaltempo weiterlaufen.

Frau Holm empörte sich gerade. »Ach, so ist das! Darf man jetzt schon nicht mehr losrennen, wenn es brennt? Soll man lieber wie angewurzelt stehen bleiben, damit Menschen wie Sie uns diese schrecklichen Dinge antun können …«

Weichberger: »Abgesehen davon sprechen wir heute nicht über Flugzeugabstürze. Das Thema dieser Sendung ist –«

Ich: »Jaja, weiß ich doch.«

Weichberger: »Wollen Sie uns vielleicht einmal erzählen, wie Sie Herrn Metternich umgebracht haben, den allseits geschätzten Literaturexperten?«

Jetzt trat gespannte Stille ein. Aus dieser Perspektive war ich selbst neugierig darauf, was ich zu sagen hatte. Die Weichberger machte ihre Sache verteufelt gut, das musste man ihr lassen.

Ich: »Nein, ich habe ihn nicht umgebracht.« Meine Stimme war dünn, kaum zu verstehen. Außerdem war ich rot geworden.

Hinkbein, die Labertasche: »Sie sind sich nicht bewusst, dass Sie ihn umgebracht haben.«

Ich: »Stimmt, aber ich habe es auch nicht getan.«

Hinkbein: »Soviel Sie wissen.«

Dann wieder Holm: »Diese Leute wissen sehr wohl, was sie tun. Sie tun nur so, als wüssten sie es nicht. Wollen, dass man sie für unzurechnungsfähig erklärt, damit sie der Todesstrafe entgehen.«

Die Kamera raste auf mich zu. Näher als nah. Man konnte jede einzelne Pore meiner Gesichtshaut erkennen.

Ich: »Sie! Sie erzählen doch heute das und morgen etwas anderes. Es ist unglaublich. Wie viel bezahlt man Ihnen dafür? Sagen Sie doch mal!«

Holm, die schon einmal Gedemütigte, die sich so etwas mit Recht nicht gefallen ließ: »Also das ist ja wohl …«

Ich: »Haben Sie nicht Angst, dass diese billigen Horrormärchen, die Sie den Leuten im Fernsehen auftischen, eines Tages wahr werden könnten?«

Weichberger: »Herr Frings!« Die Kamera kehrte zu ihr zurück und gönnte sich einen kurzen Blick auf ihre Beine. »Herr Frings, ich muss Sie bitten, solche Bemerkungen zu unterlassen. Wir sind hier nicht im Ring, sondern sprechen miteinander wie zivilisierte Menschen.«

Ich, mit der Stimme eines außer Kontrolle geratenen Psychopaten: »Zivilisiert! Warten Sie's doch ab: Eines Tages wachen Sie tot in der Badewanne auf und keiner ist da, der Sie bittet zu erzählen, wie Sie einfach nur weggerannt sind. Also reden Sie mir nicht von –«

Der Bildschirm wurde schwarz.

»So viel dazu«, sagte Willeke. »Tot in der Badewanne. Eine klare Ansage, oder wollen Sie das etwa bestreiten?«

»Aber das ist doch etwas ganz anderes …«

»Verstehe. Das sagt man so dahin, ohne es wirklich zu meinen, nicht wahr?«

»Genau. So in etwa.«

»Aber diese Frau im Badezimmer ist tot. Also tischen Sie mir nicht diesen Scheiß auf.«

»Warum hätte ich sie denn ermorden sollen?«

»Weil sie Ihnen in aller Öffentlichkeit die Unterhosen heruntergezogen hat.« Unvermittelt wurde ihre Stimme sanfter, verständnisvoll. »Sie bloßgestellt hat.«

»Das hat sie allerdings«, nickte ich. »Genauso wie diese Illbritt Weichberger. Es war ein abgekartetes Spiel.«

»Da gehen Sie in diese Sendung mit der Erwartung, Ihren Standpunkt erklären zu können. Hoffen, vor der idyllischen Kulisse des Schlossgartens auf gebildete, interessierte Menschen zu treffen, die Verständnis haben und es ablehnen, Vorverurteilungen vorzunehmen. Die sich nicht die üblichen Vorurteile zu eigen machen, mit denen sie die Medien tagtäglich versorgen. Und was passiert? Da hockt diese Zicke neben Ihnen und –«

»Na ja, Zicke würde ich nicht unbedingt sagen …«

»Was denn sonst? Jetzt kommen Sie schon, Frings.«

»Also gut. Zicke. Und was für eine.«

»Sie sitzt da in dem Sessel neben Ihnen, und eh Sie noch begriffen haben, was gespielt wird, hetzt sie die ganze Meute – als etwas anderes kann man diese nette Plauderrunde ja wohl nicht bezeichnen – auf Sie.«

»Tja, das hat sie in der Tat getan ...«

»Und da wollen Sie mir erzählen, Sie sind einfach nach Hause gegangen, genau gesagt in diese seltsame Behausung Ihres Freundes, haben Zähne geputzt und sind ins Bett geklettert?«

»Nein, gewiss nicht ...«

»Soll ich Ihnen erzählen, was ich an Ihrer Stelle getan hätte? Ich hätte mir diese Frau zur Brust genommen. Wie auch immer ich das angestellt hätte. Aber zuerst hätte sie für ihren versuchten Rufmord gebüßt. Und erst danach wäre ich schlafen gegangen.«

»Bravo«, sagte ich.

»Sie geben es also zu?«

Ich schluckte. »Nein. Was denn?«

Willeke wirkte enttäuscht. »Na schön, Frings. Wo waren Sie diese Nacht zwischen dem Ende der Weichberger-Sendung und dem Zeitpunkt, als wir Sie aufgesucht haben?«

»Ich bin nach Hause gegangen. Und dann habe ich in der Küche gesessen und nachgedacht. Ziemlich lange, glaube ich.«

»Nachgedacht«, wiederholte sie ungläubig. »Kann das irgendjemand bezeugen?«

Schröder vielleicht, dachte ich und sagte: »Nein.«

»Also gut: festnehmen.«

11

»Nicklas? Hier ist Ole.«

»Was ist jetzt schon wieder?«

»Ich brauche noch mal deine Hilfe.«

»Was ist mit dem Buch?«

»Welches Buch?«

Sein Schweigen verriet mir, dass ich die falsche Frage gestellt hatte.

»Blöde Frage«, tadelte ich mich selbst. »Klar, ich hab's gelesen. Echt starker Tobak. Ein lupenreiner Thriller.«

»Thriller? Was redest du da? Das ist eine Komödie, Mann. Eine von den ganz großen.«

»Eine Komödie, klar. Natürlich, aber diese Geschichte hat beides, verstehst du, was ich meine? Sie kommt leichtfüßig daher, und gerade das verschlägt einem den Atem. – Also weshalb ich anrufe: Hauptkommissarin Willeke ist wieder einmal auf dem Holzweg.«

»Hast du endlich mit dem Verlag gesprochen?«

»Welchem Verlag?

»Ich glaub's ja wohl nicht, Ole: mit dem Verlag, der sich für mein Manuskript interessiert.«

»Ach der. Mit dem habe ich gesprochen, klar.«

»Na und?« Bork hasste es hörbar, mir jedes Wort aus der Nase ziehen zu müssen. »Gab es irgendein Ergebnis?«

»Tja, weißt du, das wird schon was«, eierte ich, »keine Sorge. Die Sache ist nur die: Im Moment suchen sie ganz konkret einen Thriller. Und wie du ja gerade schon sagtest –«

»Weißt du was, Ole? Du kannst mich mal. Over und Ende.« Es knackte in der Leitung. Dann ertönte das Freizeichen.

Ich wünschte Bork zum Teufel mitsamt seinen lachhaften literarischen Ambitionen. Wie oft hatte ich mir vorgenommen, einen günstigen Moment abzuwarten, in dem er vernünftigen Argumenten zugänglich erschien, und mit ihm darüber zu sprechen, ob nicht auch Tiefseestauchen oder japanische Malerei etwas für ihn sei. Nicht, dass er dafür eine besondere Begabung erkennen ließ, aber das Fehlen jeglicher Begabung war in diesen Bereichen jedenfalls nicht so deutlich ausgeprägt wie bei seinen literarischen Gehversuchen. Pech, dass ich diesen Moment immer verschlafen hatte, jetzt saß ich in der Tinte und brauchte den Kerl.

Dachte ich jedenfalls. Und dann kam es doch ganz anders. Noch während ich mich dazu durchrang, die Kröte zu schlucken, Gorbitsch anzurufen und ihn darum zu bitten, mir Borks unsägliches Manuskript in die Haftanstalt zu bringen – ich wollte prüfen, ob der Text als experimentelle Lyrik durchgehen konnte, wenn man beispielsweise jedes dritte Wort einfach wegließ –, erschien mein ehemaliger Partner in Begleitung der Hauptkommissarin. Ihr Gesichtsausdruck war unbewegt und maskenhaft wie immer, Gorbitsch zwinkerte mir jedoch verheißungsvoll zu und hielt versteckt den Daumen hoch.

»Fürs Erste halte ich Sie nicht weiter fest«, erklärte Willeke kurz angebunden.

»Das heißt, ich bin frei?«, freute ich mich.

»Es sieht danach aus, trotzdem würde ich es nicht so ausdrücken. Wir haben lediglich einen neuen Stand der Dinge, der uns dazu zwingt, noch andere Spuren zu prüfen, bevor Sie Ihren Platz als Nummer eins unter den Verdächtigen wieder einnehmen können. Also freuen Sie sich nicht zu früh.«

Ich bekam meine Sachen zurück. Zusammen strebten wir dem Ausgang zu.

»Wie hat er das wieder hingekriegt?«, fragte ich mich.

»Wer?«

»Bork natürlich.«

»Vergiss diesen Bork. Ich bin dein Mann.«

»Du?«

»Guter Journalismus bringt die Wahrheit ans Licht. Und manchmal kann er sogar etwas erreichen.« Gorbitsch grinste und hielt eine silberne Scheibe hoch. »Das hier ist fast so brisant wie die Watergate-Affäre.«

»Was ist das?«

»Die neue Spur.« Wir traten durch das Haupttor. Er deutete nach links. »Warte im Café nebenan, ich hole meinen PC aus dem Auto.«

Das »Café Einzelhaft« lag direkt neben der Strafvollzugsanstalt. Es wurde von ehemaligen Knackis betrieben und wirkte nach außen eher unscheinbar. Die Inneneinrichtung war bescheiden, aber mit viel Liebe zum Detail gestaltet. Fotos von berühmten Gangstern zierten die Wände – Al Capone, Billy the Kid, Hannibal the Cannibal –, aber auch prominente Straftäter aus neuerer Zeit wie Paris Hilton oder Georg W. Bush hatten ihren Platz. Die Speisekarte war nicht besonders üppig, dafür konnte man auf Wunsch in Handschellen dinieren, und im Hinterzimmer gab es eine Dartscheibe in Form eines Polizistenantlitzes. Als ich eintrat, war es kurz nach vier Uhr nachmittags. Aufgrund des sommerlichen Wetters saßen alle Gäste lieber draußen unter den Sonnenschirmen – mit einer Ausnahme: Laura.

»Herr Frings!«, begrüßte sie mich und winkte mir zu.

»Ole«, korrigierte ich.

Sie runzelte die Stirn. »Herr Ole?«

»Nein, Ole ist mein Vorname.«

Laura trug einen ziemlich kurzen Rock, der ihre langen Beine noch länger erscheinen ließ, worauf sie gekonnt hinwies, indem sie sie übereinanderschlug. Dann legte sie den Kopf leicht zurück und schüttelte ihr Haar. Und wieder hatte es den Anschein, als ob beide Bewegungen, so banal sie waren – das Übereinanderschlagen der Beine und das Zurückschütteln des Haars –, ewig lange dauern würden, sodass man unter keinen Umständen auch nur eine Sekunde davon verpassen wollte. »Setzen Sie sich doch zu mir«, lud sie mich ein.

»Nett, dass Sie mich hier abholen«, sagte ich. »Ich meine, Jan. Dass er es irgendwie geschafft hat, mich rauszuholen.«

»Ich habe Sie im Fernsehen gesehen, Ole«, sagte sie.

Ich grinste. »Tja, schade um den schönen Abend, was?«

»Überhaupt nicht.« Ihr vielsagender Blick streifte mich. »Jan war ja da, da sind wir eh nicht viel zum Zuschauen gekommen.«

Der Barmann mit der Figur eines Schwergewichtboxers nahm neben unserem Tisch Aufstellung. Ich bestellte ein Bier. Er deutete auf ein handgeschriebenes Schild über dem Tresen. »Es gibt nur alkoholfreies.«

»Na gut«, sagte ich. »Von mir aus.«

»Das war so unfair, wie die Sie behandelt haben«, meinte Laura mitfühlend.

»Na ja, ich habe mich aber auch dämlich angestellt.«

»Haben Sie nicht. Diese Frau Holm war schrecklich. Ganz unsäglich. Und die Weichberger genauso, wenn nicht noch schlimmer. Aber Gollum war der Schlimmste von allen.«

»Sie meinen Goliath Speck?«

Laura nickte.

»Wie kommen Sie jetzt auf den? Der war doch gar nicht in der Sendung.«

»Spielt das eine Rolle?«

»Eigentlich schon.« Trotzdem machte der Name mich neugierig. »Sie kennen ihn also?«

»Anders, als die meisten Menschen ihn kennen.« Mein Gegenüber nickte gedankenvoll und nippte an ihrer Apfelschorle. »Und überhaupt, ich erinnere mich nicht gern an ihn.«

»Tun Sie es trotzdem«, bettelte ich. »Für mich.«

Laura beugte sich vor und kam mir mit ihrem überaus luftigen Dekolleté so nahe, dass ich ihre Brüste eingehend bewundern konnte. »Nun, ich kenne ihn nicht so gut wie Chiara, meine Schwester. Sie hatte sich damals nämlich unsterblich in Gollum verliebt. Und eines Tages passierte es.«

»Passierte was?«

»Sie fand ihn in ihrem Bett.«

»Mit einer anderen?«

»Nein. Er trug ihre Unterwäsche.«

Ich bekam mein Alkoholfreies. »Tja, das ist schrill«, meinte ich ein bisschen enttäuscht und prostete ihr zu, »aber es gibt eben Leute, die nicht anders auf Touren kommen.«

In Lauras Blick lag leichtes Befremden, dass ich die Sache so gelassen nahm, wo es doch um ihre Schwester ging, aber da war auch Anerkennung dafür, dass ich Verständnis für den Mann aufbrachte, der mir immerhin Annabelle ausgespannt hatte.

»Das war noch nicht alles«, fügte sie leise hinzu und beugte sich noch näher zu mir. »In seinem Schrank fand sie bergeweise weibliche Unterwäsche. Gebrauchte Unterwäsche. Das war zu viel für sie.«

»Also machte sie Schluss?«

»Das auch.« Kopfschütteln. »Aber für mich steht fest: Goliath Speck trägt Mitschuld am Tod meiner Schwester, nicht im juristischen Sinne vielleicht. Aber im moralischen.«

»Sie hat sich also das Leben genommen?«

»In gewisser Weise.«

»Ich störe ja nur ungern.« Gorbitsch war, von mir unbemerkt, hereingekommen. Er zog einen Stuhl heran und setzte sich an unseren Tisch. »Das, was ich hier habe, solltest du dir ansehen.« Er schaltete den Laptop ein. »Immerhin habe ich dich damit aus den Fängen der Justiz befreit.«

Gorbitsch schob die DVD in den Schacht. Und dann erschien Illbritt Weichberger und begrüßte uns zu einer neuen Talkshow-Folge.

»Nein, nicht schon wieder«, bat ich.

»Wart's doch ab«, sagte Gorbitsch. »Die Sendung ist eine Konserve aus dem Archiv. Ich habe sie ausgegraben, und dafür kannst du mir dankbar sein.«

So richtig glaubte ich ihm nicht, denn die Weichberger blieb nicht das einzige bekannte Gesicht. Herr Sörensen saß rechts neben ihr und die Ermordete zu ihrer Linken.

»Herr Sörensen«, wandte sich die Moderatorin an ihren männlichen Gast, »wie Sie vielleicht wissen, haben die wenigsten von uns einen Flugzeugabsturz erlebt, so wie Sie.«

Sörensen: »Es war schrecklich. Ganz schrecklich. All die Schreie und das Blut …«

Weichberger: »Das glaube ich Ihnen aufs Wort. Aber da die

meisten, die ihn erlebt haben, bedauerlicherweise nicht *über*lebt haben und deshalb heute nicht zuschauen können, sind wir alle neugierig, wie sich eine solche Katastrophe abspielt. Und da möchte ich unseren nächsten Gast begrüßen: Frau Holm. Sie wird uns berichten, wie sie diesen schlimmsten Tag in ihrem Leben erlebt hat.«

Holm: »Der schlimmste Tag? Das war er sicher nicht, davon können Sie ausgehen.«

Weichberger: »Dann gab es also noch einen schlimmeren?«

Holm: »Nicht nur einen, etliche. Dieser Tag war nämlich gar nicht übel. Ich erinnere mich ziemlich genau. Es war ein heißer Sommertag. Wir hatten Gäste zum Grillen. Erst am Abend hat es dann ein wenig getröpfelt. Zum Glück hatten wir diese Zelte aufgestellt, weil sie Gewitter angesagt hatten.«

Sörensen: »Babette!«

Weichberger: »Eigentlich wollte ich von Ihnen wissen, Frau Holm, wie es an Bord der Unglücksmaschine war.«

Holm: »Welche Unglücksmaschine?«

Weichberger: »Waren Sie denn nicht dort?«

Holm: »In einer Maschine? Was für eine Frage – wozu denn? Ich habe Flugangst. Also, wenn es sich irgendwie vermeiden lässt …«

Sörensen: »Aber Babette! Natürlich warst du da.«

Holm: »War ich nicht.«

Sörensen: »Das kannst du doch nicht sagen.«

Holm: »Ach nein? Du siehst doch, dass ich es kann.«

Sörensen: »Wir beide waren da, weißt du nicht mehr? Da waren all der Rauch und die Schreie.«

Holm: »Weder – noch. Kein Rauch und keine Schreie. Hör endlich auf damit. Das hatten wir jetzt lange genug.«

Weichberger: »Wir hatten das lange genug? Was meinen Sie, Frau Holm?«

Sörensen: »Es ist ihre Art, mit dem Schock umzugehen, Frau Weichberger. Sie ist immer noch nicht darüber hinweg. Tut so, als sei alles nie geschehen. Weigert sich beharrlich, darüber zu sprechen. Das ist ganz normal.«

Holm: »Aber natürlich bin ich darüber hinweg, was redest du da. Und ich weigere mich überhaupt nicht.«

Sörensen: »Bist du nicht. Du denkst es vielleicht, aber in Wirklichkeit macht es dir mehr zu schaffen, als du glaubst.«

Holm: »Blödsinn!«

Sörensen: »Kein Blödsinn.«

Weichberger: »Frau Holm, Herr Sörensen, Sie meinen also … Sie denken also …«

Holm: »Doch Blödsinn.«

Sörensen: »Ich verstehe dich nicht. Wie kannst du so etwas tun? Machst alles kaputt, was wir zusammen aufgebaut haben? Warum?«

Holm: »Wir zusammen?« Wieherndes Lachen. »Das ist doch nicht dein Ernst, Ronald. Es war immer dein Ding. Weiß der Geier, was du daran findest, wahrscheinlich weil es so schön kracht und stinkt. All die Schreie und der Rauch. Ich kann es nicht mehr hören.«

Sörensen: »Du bist so … unfair, weißt du.«

Holm: »Mein Gott, wie oft habe ich dich gebeten, dass wir mal was mit Vergewaltigung oder Missbrauch machen. Von mir aus auch Gift in Lebensmitteln. Aber nein, es musste immer dieser dämliche Flugzeugabsturz sein.«

Weichberger: »Vergewaltigung? Missbrauch? Frau Holm, das führt uns, fürchte ich, ein wenig vom Thema weg. Deshalb würde ich jetzt lieber Herrn Professor Laugenbrodt von der Uni Regensburg fragen: Leben wir in einer Zeit, in der Traumata wie diese immer mehr zum Alltag gehören und gerade deshalb verdrängt werden? Und kann es sein, dass die Politik solche Traumata lieber verwaltet, anstatt sie als Herausforderung zu begreifen und unkonventionelle Wege aufzuzeigen, ihnen gerade auf europäischer Ebene den Kampf anzusagen?«

Gorbitsch klickte mit der Maus, der Monitor wurde schwarz und der Computer spuckte die DVD aus.

»Was war das jetzt?«, fragte ich ziemlich begriffsstutzig.

»Verstehen Sie denn nicht, Ole?«, half Laura mir auf die Sprünge. »Das war alles abgekartet.«

»Sörensen und Holm«, erklärte Gorbitsch. »Die beiden sind ein Team. Besser gesagt: Sie waren es.«

»Ein Team? Für was denn?«

»Talkshow-Gäste.«

»Talkshow-Gäste?«

»Denkst du, die sitzen zum Spaß in diesen hässlichen Sesseln? Talkshow-Gast ist ein ernstzunehmender Job, und zwar einer mit Zukunft. Der Markt ist riesig. Du hast eine Story drauf, und wenn die halbwegs gut ist, wirst du von den Redaktionen regelmäßig gebucht. Die Quote muss stimmen, dann bist du im Geschäft und kannst im Idealfall ordentlich Kohle machen. Holm und Sörensen sind alte Hasen, die haben so richtig abgesahnt.«

»Verstehe«, sagte ich. »Und Frau Holm ist ausgestiegen.«

Gorbitsch nickte. »Sie hatte keine Lust mehr auf Flugzeugabsturz, deshalb ist sie in deiner Sendung auch ohne Sörensen aufgetreten. Opfer literarischer Gewalt – das war mal was Neues.«

»Und was wurde aus Ihrem Teamkollegen?«

»Genau das ist der Punkt«, sagte Gorbitsch. »Den hat sie nämlich kalt erwischt. Sörensen hat sich gerade erst letztes Jahr auf Formentera ein Häuschen gekauft und passend dazu eine Jacht, um auf dem Meer herumzuschippern. Seine finanziellen Spielräume sind zurzeit sehr begrenzt.«

»Einfacher ausgedrückt«, ergänzte Laura, »das Wasser steht ihm bis zum Hals.«

»Und ausgerechnet dann kommt seine langjährige Kollegin und sagt, dass sie nicht mehr mitspielen will.«

»Ganz recht. Einen schlechteren Zeitpunkt konnte sie sich gar nicht aussuchen. Sörensen konnte das nicht akzeptieren, er hatte das Geld fest eingeplant.«

»Und die Kripo denkt jetzt …«

Gorbitsch klappte das Notebook zu. »Es gibt Zeugen, die bestätigt haben, dass Sörensen der Holm auf dem Nachhauseweg aufgelauert hat. Dass die beiden heftig miteinander gestritten haben. Sie wollte ihn abfertigen, hat ihn stehen lassen, aber er hat sie immer weiter belästigt. Ihr Gewalt angedroht. Und sie hat ihn ein Weichei genannt und gesagt, dass er sich seine Flugzeugabstürze sonst wo hinstecken soll. Inzwischen wurde er festgenommen und gilt als tatverdächtig.«

»Was ist dann mit Metternich?«, fragte ich. »Hat er den auch umgebracht?«

»Das kriegen wir auch noch hin.« Gorbitsch machte dem Barmann ein Zeichen. »Vertraue einem investigativen Journalisten.«

12

Hochverehrter Graf,
Ihr großzügiges Vorabhonorar ist eingegangen. Ich freue mich, dass Sie meiner Vorgehensweise vertrauen und mir zu verstehen geben, dass Sie meine Arbeit nicht nur für eine x-beliebige Dienstleistung halten, so wie viele andere. Glauben Sie mir, die viel gepriesene Netzgemeinde ist nichts anderes als ein gigantischer Haufen von Schnäppchenjägern. Sie kennen sicher den beliebten Gemeinplatz, dass in jedem Menschen ein Mörder steckt. Mit Verlaub, Hoheit, ich halte das für Unsinn. Es steckt ja auch nicht ein Komponist in jedem Menschen. Oder ein brillanter Staatsmann. Leute, die behaupten, dass jeder zum Mörder werden könne, sind immer solche, die selbst noch nie einen Mord begangen haben, achten Sie mal darauf. Sie wissen nicht, wovon sie sprechen. Meist sind sie der landläufigen Ansicht, einen Mord zu begehen sei einfach: Man besorgt sich eine Wumme, entsichert sie und schießt sein Mordopfer über den Haufen, was soll daran schwer sein? Oder kauft sich ein Messer und sticht denjenigen ab. Überfährt ihn vielleicht oder erdrosselt ihn mit einem Lampenkabel. Was man eben so hört.
Es ist aber lange nicht so einfach, wie man denkt. Allein die banale Frage, wie man Blutflecken beseitigt, denn schließlich ist nicht jeder Schauplatz eines Verbrechens mit einem roten Teppich ausgestattet. Über zwanzig Prozent aller Tatorte verfügen heutzutage über Holzboden der gehobenen Qualität, auf dem Blut, auch wenn es nur leicht angetrocknet ist, noch lange sichtbar bleibt. Dabei reden wir noch gar nicht von den wirklich kniffligen Fragen wie der des richtigen Alibis oder des Ablenkens des Verdachts auf eine andere Person, scheinbar leicht zu regelnde Dinge – nun ja, darauf wollte ich gar nicht hinaus. Vielmehr darauf: Die meisten Menschen reden gern und spielen den Coolen, aber wenn sie dann wirklich dastehen, Auge in Auge mit ihrem Mordopfer, dann kneifen sie. Werfen die Kanone, mit der sie sich angeblich so stark fühlen, in die Ecke und machen, dass sie wegkommen. Ich sage, einem Menschen das Leben zu nehmen ist mindestens so schwer, wie es ihm zu erhalten, nur der ethische Blickwinkel ist ein anderer. Also

ist unsereins so etwas wie ein Arzt, nur umgekehrt, und das sage ich nicht nur im Hinblick auf das von Ihnen zu erwartende Resthonorar.
Mit Dank für Ihr Vertrauen verbleibe ich
V.

Verehrte Vendetta,
natürlich, selbstverständlich. Bisher ist alles so großartig glatt gelaufen. Ich will Ihnen da unter keinen Umständen irgendwie hineinreden. Da wäre nur eine Sache: Früher, es ist schon einige Jahre her, da hat uns in Indien ein Guru von der kosmischen Harmonie gepredigt. Er war ernsthaft der Ansicht, dass man nicht mal eine Mücke an der Wand mit dem Pantoffel erledigen dürfe. Das sei Mord, meinte er. Und neulich nachts bin ich plötzlich aufgewacht, und da schien er neben mir zu stehen, mit einem riesigen Pantoffel in der Hand, mit dem er mich klatschen wollte. Auge um Auge, habe ich ihm gesagt, das ist nicht mehr als fair. Na warte, hat er gezischt. Ich gebe dir gleich Auge um Auge und hat ausgeholt. Dann bin ich aufgewacht – Gott sei Dank.
Edmond Dantès, Graf

Monti, mein Guter,
Auge um Auge – das soll Rache sein? Stellen Sie sich das so vor? Sie gehen in ein Restaurant, lassen sich ein fünfgängiges Menü mit allen Schikanen servieren, trinken und essen, bis Sie platzen, und endlich stehen Sie auf und lassen beim Gehen zwei Zehn-Cent-Stücke als Trinkgeld auf dem Tisch liegen. Nichts anderes ist Auge um Auge: Ich tue dir nur das an, was du mir angetan hast, dann sind wir quitt. Spießbürgerliche, kleingeistige Erbsenzählerei, nur um der Illusion willen, moralisch fehlerlos dazustehen. Echte Rache aber ist etwas ganz anderes.
Nehmen Sie das »Nibelungenlied«. Nur weil Kriemhild sich bloßgestellt fühlte, hat sie sich Attila, dem Hunnen, an den Hals geworfen, und das nicht etwa, weil sie den alten Sack als Mann auch nur annähernd begehrt hätte. Nur zu dem einzigen Zweck, dass der für sie ein ganzes Volk ausrottet, und zwar das ihre. Kriemhild, die nachtragendste Mimose der Weltgeschichte. Viele sehen sie so, halten sie für maßlos, gefühlskalt und skrupellos. Aber ich sage Ihnen: Kriemhild zeigt uns

vielmehr das Einzigartige an der weiblichen Rache: ihre Unstillbarkeit. Die ist die Hauptsache, verstehen Sie? Kälte und Skrupellosigkeit kommen erst viel später. Hagen von Tronje, wäre er an ihrer Stelle gewesen, hätte vielleicht dem ein oder anderen Typen in einer dunklen Gasse aufgelauert und ihm eins über den Schädel gezogen. Dann hätte er die Keule in die Ecke gestellt und wäre zu den anderen Jungs Fußballspielen gegangen.
Auge um Auge. Es ist wie beim Sex: raus und rein, raus und rein, abspritzen und das war's dann. Männer können nicht anders. Danach sind sie fix und fertig und wollen nur noch pennen. Nehmen Sie es mir nicht übel, Graf, aber für die echte Rache fehlen euch die passenden Chromosome.
MfG
Ihre Vendetta

Liebe Vendetta,
bravo! Edmond Dantès kommt voll auf seine Kosten. Jene, die über ihn gelacht und ihn verspottet haben, werden für immer verstummen. Machen Sie weiter so.
Auf bald.

13

Rätselhafte Mordserie so gut wie aufgeklärt!

Ein bekannter Literaturagent kommt unter mysteriösen Umständen ums Leben, und kurz darauf erwischt es eine allseits beliebte Talkshow-Besucherin. Nicht nur ihre zahlreichen Fans, sondern auch Millionen von Lesern des »Schmierfink« fragen sich: Gibt es da einen Zusammenhang?

Unsere Mitarbeiter sind dieser Frage nachgegangen und haben Erstaunliches zutage gefördert. Metternich zum Beispiel. Er ist kein unbeschriebenes Blatt, weiß Gott alles andere als das. Auf der Festplatte seines PCs entdeckten die Ermittler zahlreiche pikante Dateien erotischen Inhalts. Fotos von Frauen in eindeutigen Posen. Wie sich schnell herausstellte, handelte es sich bei den abgelichteten Damen mutmaßlich um junge Autorinnen, denen der Literaturagent eine steile Karriere in Aussicht gestellt hatte. Natürlich geschah dies nicht umsonst. Die Frauen mussten sich nackt fotografieren lassen, mit Metternich Sex haben und ihm seine ausgefallenen Wünsche erfüllen. Skandalös, denn nach Recherchen des »Schmierfink« konnten nur zwei der Kandidatinnen anschließend tatsächlich einen Bestseller landen. Nur, was haben sie heute davon? Nicht genug damit, dass sie sexuell ausgebeutet wurden, jetzt finden sie sich auch noch auf der Liste der Verdächtigen wieder. Denn wer wenn nicht sie hätten ein Motiv, diesen Mann zu töten?

Aber wie steht's nun mit Ronald Sörensen, der ja, wovon die Kripo inzwischen mit ziemlicher Wahrscheinlichkeit ausgehen dürfte, den zweiten Mord beging? Der Babette Holm, seine langjährige TV-Partnerin, kaltblütig mit Schlaftabletten betäubte und sie danach in ihrer eigenen Badewanne ertränkte? Gibt es noch einen Zusammenhang zwischen diesen Taten, außer dass sie verabscheuungswürdig sind und uns, Millionen von Lesern sowie trauernden Fernsehzuschauern, sprachlos und betroffen zurücklassen? Bis jetzt noch nicht, erklärt Hauptkommissarin Willeke von der Mordkommission. Tja, die Mordkommission, die muss sich bedeckt halten, wie jeder weiß, denn alles andere wäre der Wahrheitsfindung abträglich. Die Angst vor Vorverurteilungen, gebotene

Political Correctness und die gute alte Unschuldsvermutung – wer hätte da nicht Muffen davor, zu früh die Hosen herunterzulassen und hinauszuposaunen, was die Spatzen längst von den Dächern pfeifen.
Da ist es doch ein Segen, dass unsere Medienlandschaft über ein Organ wie den »Schmierfink« verfügt, dem man keine halben Wahrheiten auftischen kann, weil er hartnäckig nachhakt. Und er war erfolgreich: Eine der nackten Schönheiten auf Metternichs Computer ist niemand anderes als Gundula Zarge, die, wie der »Schmierfink« herausfand, nicht nur dieselbe Grundschule wie Sörensen besuchte, sondern von der Ersten bis zur Vierten in dieselbe Klasse ging. Da wurden wir natürlich hellhörig. Wenn das keine heiße Spur ist: Ronald S. und Gundula Z, eine Bekanntschaft aus alten Kindertagen. Waren sie wirklich nur Klassenkameraden, oder steckt mehr dahinter? Eine heimliche Schwärmerei? Eine erste Liebe?
Fakt ist: Ronald Sörensen ermordete Frau Holm ja nicht aus persönlichen Motiven. Weder Liebe noch Eifersucht waren im Spiel. Es war etwas rein Berufliches. Er hatte sozusagen keine andere Wahl, denn Frau Holm hatte ihm die Mitarbeit gekündigt und damit seine Existenz von einem Tag auf den anderen ruiniert.
Heißt das, dass dieser Mann gefühlskalt ist? Wohl kaum, denn im Fall Gundula Z. zeigte er sich von einer ganz anderen, emotionalen Seite. Jeder weiß doch, dass die erste Liebe, so unschuldig und kindlich sie auch sein mag, oft die einzige ist, die am Ende zählt. Und was macht Sörensen, als er erfährt, dass seine angebetete Gundula sich von einem schmierigen alten Bock wie Metternich nackt fotografieren und anfassen lassen muss, nur weil sie einen Verlagsvertrag will, was ihr, verdammt noch mal, niemand verübeln kann? Nun, was wohl: Er stattet dem Literaturheini einen Besuch ab, tickt aus und richtet jenes Blutbad an, das die Kripo am nächsten Tag in Metternichs Wohnung vorfand.

Von unserem Redakteur
Egon Krenz

»Na klasse!« Kopfschüttelnd wollte ich das Blatt auf den Tisch werfen, aber es flog seitlich über den Rand hinaus und flatterte auf den Bürgersteig. »Und dann heißt der Kerl auch noch Krenz. Du solltest ihn feuern.«

»Er heißt doch nicht wirklich so«, erklärte Gorbitsch. Es war abends gegen neun und immer noch so schwül, dass die

Abgase der Autos einfach so auf der Straße liegen blieben, ohne auch nur daran zu denken, sich zu verziehen. Gorbitsch hatte mich wieder in seinen geliebten »Antalya Grill« geschleppt. »Es handelt sich um ein Pseudonym«, sagte er. »So wie Peter Panther oder Theobald Tiger, weißt du?«

»Theobald Tiger hat aber nicht so einen Scheiß geschrieben.«

Ein einparkendes Auto rammte unseren Tisch und rüttelte Bier und Pommes ordentlich durch. »Es ist mein Pseudonym«, erklärte Gorbitsch leicht angesäuert.

Ich lachte spöttisch. »Aber du denkst doch nicht im Ernst, dass Sörensen Metternich umgebracht hat.«

»Warum nicht?«

»Das ist doch wohl nicht die Frage, warum er das nicht getan hat.«

»Einer muss es gewesen sein. Wir sind nicht die Kripo, Ole, sondern die Presse. Die Kripo findet heraus, wer es war. Die Presse ist dazu da, ihr auf die Finger zu sehen und Fragen zu stellen. Unangenehme Fragen.«

»Unangenehme vielleicht, aber nicht falsche. Um falsche Fragen zu stellen, dazu ist niemand da.«

»So, und was wären deiner Meinung nach die richtigen?«

»Die richtige Frage wäre die: Wer hat es auf mich abgesehen?«

»Auf dich?« Gorbitsch grinste.

»In beiden Fällen deutete auf wundersame Weise eine Menge auf mich als Täter. Und Frau Willeke ist ja auch darauf hereingefallen.«

»Hereingefallen? Worauf denn?«

»Jemand will mir etwas unterschieben.«

Gorbitsch alias Egon Krenz war anzusehen, dass er das für noch abwegiger hielt als seine eigenen Mutmaßungen. »Hör auf«, meinte er. »Jemand will dir eins auswischen und bringt deswegen zwei Menschen um?«

»Genau.«

»Was soll das denn für ein Kerl sein: Obwohl man sie nirgends kaufen kann, schafft er es irgendwie, deine Story zu lesen und sie als Mordanleitung zu benutzen. Dann sieht er dich im Fernsehen mit der Tussi streiten und denkt sich: ab in die Badewanne mit ihr und alle werden morgen sagen: Er war's.«

»Na gut, aber welche Erklärung hättest du denn dafür, dass ich in diese Morde verwickelt bin?«

»Also erstens: Metternich.« Gorbitsch hob seinen Daumen für die Eins, als sei er tonnenschwer. »Selbst wenn jemand deine Story gelesen hat, wie soll er denn wohl geahnt haben, dass du dich quasi in der Tür irrst und denkst, Metternich würde es mit Annabelle treiben? Keiner kann eine solche Dämlichkeit vorausahnen.« Er grinste breit. »Na ja, außer mir vielleicht. Dann die gute Frau Holm: Hier könnte es natürlich sein, dass ein übelwollender Fernsehzuschauer die Chance gewittert hat, dir einen Mord unterzuschieben.« Gorbitsch lachte selbstzufrieden in sich hinein. »Wenn ich so was schreiben würde, könnte ich ja gleich zur ›Blöd‹-Zeitung gehen.«

Er pulte die letzte Pommes von seinem Teller und wischte damit die Mayoreste auf. Dann hielt er sie in meine Richtung, wie einen fettverschmierten, verschrumpelten pädagogischen Zeigefinger.

»Der ›Schmierfink‹ mag vielleicht nicht so langweilig sein wie eine seriöse Tageszeitung, dem einen oder anderen mag die überbordende Phantasie ein wenig gegen den Strich gehen, aber trotzdem gibt es ja wohl noch einen himmelweiten Unterschied zwischen investigativem Journalismus und Science-Fiction.«

»Weißt du was?«, sagte ich. »Nur weil du als Privatschnüffler lausig warst, heißt das noch lange nicht, dass du es als Zeitungsfritze besser machst.«

Wir blieben so lange, bis im »Antalya Grill« das Licht ausging, das war kurz nach zwölf. Die Autos waren längst weg, ihre Abgase lagen immer noch auf der Straße, und wir hatten ich weiß nicht wie viele Flaschen Bier geleert. Gorbitsch wankte nach Hause, schlurfte die Treppe hinauf und verschwand wortlos in seinen Gemächern. Ich drückte mich unten herum und zögerte noch, in mein Schlafzimmer zu klettern. Lungerte auf dem muffigen Ecksofa herum und starrte auf den schwarzen Fernsehbildschirm. Grübelte über Gorbitschs Argumente nach.

»Schmierfink«-Niveau, das war es ohne Zweifel, mehr konnte man von ihm offenbar zurzeit nicht erwarten. Und trotzdem war da ein Fünkchen Wahrheit. Eins, das ich mit bloßem Auge nicht erkennen konnte. Oder aber ich weigerte mich aus irgendeinem Grund, es wahrzunehmen. Weil es mir nicht in den Kram passte. Irgendwo da unten lag es, versteckt zwischen bloßen Ahnungen und eingehüllt von einem vagen, nebligen Bauchgefühl. War es der Verdacht, dass ich mir selbst den Ahnungslosen nur vorspielte, den zu Unrecht Verdächtigten? Blödsinn, dachte ich, wie soll das gehen, dann müsste ich ja Schauspieler und Zuschauer in einer Person sein. Zwei statt einer. Und trotzdem, je intensiver ich auf das leere Schwarz des Flachbildschirms an der Wand starrte, desto mehr schwante mir, dass ich sehr wohl wusste, wer als Täter in Frage kam, und zwar besser als jeder andere …

Aber erst, als mir ein Geräusch auf dem Flur anzeigte, dass ich nicht mehr allein war, wurde mir klar, worüber ich die ganze Zeit nachdachte.

»Hey«, sagte Schröder. »Hier steckst du also.«

Der Kerl wurde mir zunehmend unheimlich. »Woher hast du das gewusst?«, fragte ich.

Schröder ließ sich neben mir auf das Sofa fallen. »Was gewusst?«

»Das mit dem zweiten Mord. Sonntagnacht bist du hier aufgekreuzt und hast diese Andeutungen gemacht.«

»Andeutungen?«

»Du weißt schon: dass deine Bemühungen nicht umsonst waren und dass ich es auf jeden Fall abstreiten müsste.«

»Das hast du doch hoffentlich getan.«

»Woher wusstest du, dass sie tot war? Zu einem Zeitpunkt, als sie wahrscheinlich noch quietschvergnügt zu Hause saß und ihren nächsten TV-Auftritt plante, gratulierst du mir zum erfolgreichen Abschluss der Bluttat.«

»Negativ.« Schröder schüttelte den Kopf. »Sie war nicht quietschvergnügt. Eher mausetot.«

Fassungslos starrte ich den Kerl an, der neben mir auf dem

Sofa saß. Seine gepflegte Erscheinung mit diesem fast übertriebenen Sinn für Stil. Ich roch sein herbes Männerparfum und machte mir klar: So roch ein Monster. Oder blickte ich gerade in einen Spiegel? Mir wurde schlecht.

»Ich habe dich etwas gefragt«, beharrte ich. »Woher wusstest du davon?«

Schröder hielt Schulterzucken für vulgär, also lupfte er die rechte Augenbraue, so wie Mr. Spock vom Raumschiff Enterprise. »Ich wusste es eben, reicht das nicht? Unsereins weiß eine Menge Dinge, das muss ich dir doch wohl nicht erzählen.«

Ich rückte so weit von ihm ab, wie das Sofa es zuließ. »Ich habe Frau Holm nicht ermordet«, sagte ich mit belegter Stimme.

Mein unheimlicher Gast spitzte die Lippen, faltete die Hände wie zum Gebet und nickte. »Natürlich nicht. Deswegen bin ich auch nicht hier.«

»Du bist überhaupt nicht hier, stimmt's?«

Jetzt war es an ihm, mich anzustarren. Aber nicht, wie man ein Monster anstarrt, sondern eher besorgt, so wie ein Arzt seinen Patienten in Augenschein nimmt.

»Du gefällst mir nicht«, sagte er und runzelte die Stirn. »Ganz und gar nicht. Die Sache scheint dich mehr mitzunehmen, als ich dachte. Vielleicht solltest du mal ausspannen …«

»Aber Frau Holm –«

»Lass uns über Speck reden.«

»Speck? Was soll mit dem sein?«

»Goliath Speck, genannt Gollum. Der Mann, der deine Freundin vögelt, schon vergessen?«

»Nein, das nicht, aber was –«

»Falls du vorhast, Annabelle zurückzugewinnen, solltest du ihn besser nicht ermorden.«

»Aber ich habe überhaupt nicht vor, irgendjemanden zu ermorden!«

»Ich meine ja nur. Mein Rat ist vielmehr folgender: Suche die Freundschaft deines Opfers, lerne seine Schwächen kennen. Habe Geduld und warte auf den richtigen Augenblick zum Zuschlagen.«

»Ich habe auch nicht die Absicht zuzuschlagen.«

Wieder hob sich die Augenbraue. »Ich hab das neulich in einem Krimi gelesen. Die Strategie fußt auf der simplen Erkenntnis, dass so ziemlich jeder eine schwache Stelle hat. Eine Achillesferse. Finde sie, und dein Gegner ist fällig.«

Schröder erhob sich. Bevor er sich davonmachte, sah er mir noch einmal direkt in die Augen. »Auf jeden Fall iss ein paar Möhren«, riet er. »Deinem bleichen Gesicht sieht man ja schon von Weitem den Serienkiller an.«

14

Der Klingelton meines Handys gellte mir im Ohr. Während ich nach der Geräuschquelle tastete, registrierte ich, dass ich mich in dem Wandschrank befand, den Gorbitsch zum Zimmer erklärt hatte. Wie ich dorthin gekommen war, entzog sich meiner Kenntnis. Das Display zeigte neun Uhr fünfundfünfzig.

»Ja?«, meldete ich mich.

»Wie schööön, dass duuu geboren bist …«, schmetterten zwei Stimmen, eine weiblich, eine männlich, in einer schrägen Dissonanz. »… wir hätten dich sonst seeehr vermisst …«

»Das liegt jetzt über fünfzig Jahre zurück«, sagte ich, sobald mir eine Pause die Gelegenheit verschaffte. »Wenn ihr das jetzt erst mitkriegt, müsst ihr mich ja richtig doll vermisst haben.«

»Ich bin's«, sagte Annabelle. »Alles Gute zum Geburtstag, Ole.«

»Beste Grüße auch von mir«, fügte ein Mann mit vollem Mund hinzu. Speck. Der hatte vielleicht Nerven.

»Tja, verbindlichsten Dank«, sagte ich. »Wenn das alles ist …«

»Das ist noch nicht alles«, widersprach Annabelle. »Wir laden dich richtig schick zum Essen ein.«

Nein, dachte ich. Das muss nicht sein. »Danke, aber das muss nicht sein«, sagte ich bescheiden.

»Keine Chance, wir haben schon reserviert«, flötete Annabelle. »Lass dich einfach überraschen. So was kriegst du nicht jeden Tag, meint Goliath.«

»Tja, was soll ich sagen: Eine warme Mahlzeit am Tag, das wäre schon was«, giftete ich. »Wirklich lieb von euch.«

»Und dann könnte er dir vielleicht ein paar Tipps geben. Wie du mehr Bücher verkaufen kannst. Er hat jetzt übrigens auch mit dem Schreiben angefangen.«

»Sensationell«, lobte ich. »Dass er sich so viele Buchstaben draufschafft, in der kurzen Zeit …«

Die Begeisterung in ihrer Stimme kühlte ein wenig ab. »Und

dann können wir auch noch in aller Ruhe besprechen, wann du deine Sachen aus der Garage abholst.«

Ich unterbrach die Verbindung und warf das Handy neben das Bett. Streckte mich aus und sah an die Decke, die höchstens einen halben Meter von meinem Gesicht entfernt war. Mir fiel ein Traum ein, den ich letzte Nacht geträumt hatte: Schröder hatte mir Ratschläge erteilt, wie ich mit Speck fertig werden konnte. Den richtigen Zeitpunkt abwarten und dann, wenn er da ist, zuschlagen. Zuschlagen? ›Ich habe nicht die Absicht zuzuschlagen‹, hatte ich pharisäerhaft behauptet. Wie hatte ich doch gelogen. Heute war mein Geburtstag, und Annabelle und ihr berühmter Filmemacher nutzten den Anlass, um mir vorzuführen, wohin man ausgeht, wenn man mal stilvoll essen will und es einem an nichts fehlt. Fast war ich erschrocken über das Ausmaß an Sozialneid, der in mir rumorte wie das Magma unter der dünnen Erdkruste.

Das Telefon klingelte schon wieder. Okay, dachte ich. Da bleibt nur absagen, besser jetzt als später. »Wirklich lieb von dir, aber ich kann heute nicht«, sagte ich.

»Warten Sie doch erst mal ab, was ich Ihnen anbiete.« Das war nicht Annabelles Stimme. Es war Illbritt Weichberger.

»Sie haben die Stirn, bei mir noch einmal anzurufen?«, blaffte ich wütend. »Erwarten Sie, dass ich das mutig finde? Kein bisschen. Es ist dreist und respektlos.«

»Was haben Sie denn?« Unfassbar: Illbritt klang ehrlich verwundert. »Ich rufe an, um Ihnen ein positives Feedback zu geben, und Sie –«

»Ein positives Feedback!« Mein gellendes Lachen, eingepfercht in dem winzigen Raum, hallte mir in den Ohren. »Also das ist natürlich etwas ganz anderes, wenn Sie wegen eines positiven Feedbacks anrufen.«

»Oh ja, das war schon recht ordentlich«, meinte sie. »Sie haben das Geplapper hoffentlich nicht allzu persönlich genommen. Jetzt sind Sie oben in den Charts, und nur darauf kommt es an.«

»Für Sie vielleicht.«

»Allerdings, ich verstehe ja auch etwas davon, Herr Frings.

Schnappen Sie nicht ein, da würden Sie mich sehr enttäuschen. Lassen Sie uns einen Kaffee trinken und darüber sprechen, wie es weitergeht.«

»Wie was weitergeht?«

»Nun, ich hatte gestern eine interessante kleine Unterhaltung mit Hauptkommissarin Willeke von der Mordkommission. Wussten Sie übrigens, dass sie von Ihnen ziemlich fasziniert ist?«

»Fasziniert?« Ich stutzte. »Was meinen Sie denn damit?«

»Was meine ich denn wohl damit?«, fragte Weichberger zurück, wobei ihre Stimme urplötzlich vom professionellen Tonfall in einen persönlichen, verschworenen wechselte. »Jedenfalls kann sie sich gut vorstellen, mit Ihnen zusammen in einer Sendung aufzutreten. Eine Art TV-Duell, verstehen Sie? Pro und Kontra.«

»Sie kann sich auch gut vorstellen, mich lebenslänglich hinter Gitter zu bringen.«

»Unter anderem um dies zu verhindern, machen wir ja die Sendung.«

»Blödsinn! Sie machen sie einzig der Quote wegen. Blut sehen, das ist es, was Sie wollen.«

»Schade, ich hatte Ihnen eine differenziertere Sicht der Dinge zugetraut. Aber ich habe mich wohl getäuscht.«

»Sie haben sich sogar gewaltig getäuscht«, bestätigte ich.

»Reizt es Sie denn nicht, eine andere Seite der Hauptkommissarin kennenzulernen?«, baggerte sie unbeeindruckt weiter. »Wussten Sie, dass Frau Willeke Single ist und besonders auf Tatverdächtige steht?«

»Auf Tatverdächtige?«

»Wenn einer so gut wie überführt ist, scheint sie das richtig anzuturnen. Sie hatte sogar mal was mit einem Bankräuber.«

»Mit einem Gangster?«

»Frau Willeke hat sich als Geisel zur Verfügung gestellt und es im Fluchtwagen mit ihm getrieben. Romantisch, was? Das hat man bei der Einsatzleitung natürlich nicht gern gesehen, und deswegen wurde sie nach Münster strafversetzt. Aber glauben

Sie mir: Hinter der harten Schale dieser Frau steckt ein faszinierendes, verletzliches Wesen, das sich nach Liebe sehnt.«

»Woher haben Sie denn das alles?«

Illbritt beantwortete die Frage nicht. »Was wird jetzt aus dem Kaffee?«, fragte sie stattdessen.

Zum zweiten Mal an diesem Morgen legte ich einfach auf. Ich kletterte aus dem Schlafzimmer, duschte und zog mich an. Dann ging ich hinunter in die Küche frühstücken. Gorbitsch gesellte sich zu mir, nervte mit seiner Konversation über das sommerliche Wetter und fragte schließlich, was denn los sei, ob ich etwa heute Geburtstag hätte.

»Nett, dass du dran denkst«, nuschelte ich.

»Hab ich gar nicht. Aber ich kenne dich, Ole. Immer wenn du Geburtstag hast, hast du schlechte Laune, das war doch noch nie anders.«

Mit der Laune hatte er recht, aber das lag nicht an meinem Geburtstag, sondern an Speck. Und daran, dass ich etwas vorschnell alles für Unsinn erklärt hatte, was Schröder über ihn gesagt hatte. Suche seine Freundschaft, lerne seine Schwächen kennen. Diese Strategie konnte zum Erfolg führen, das musste ich zugeben. Wobei, abgesehen davon, dass ich über seine Schwächen ja das eine oder andere schon gehört hatte, das mit der Freundschaft am schwierigsten sein durfte. Aber genau deshalb war es ratsam, die Einladung der beiden nicht auszuschlagen. Sie war die Gelegenheit, in puncto Freundschaft suchen einen wichtigen Schritt voranzukommen. Kurz entschlossen griff ich zum Telefon und sagte Annabelle zu.

»Schön«, freute sie sich. »Dann schau doch einfach um halb acht vorbei, und wir fahren zusammen zur Kirche.«

»Zur Kirche?« Ich hatte mich wohl verhört.

»Wart's ab, Ole. Es soll eine Überraschung sein.«

Eine Überraschung, von mir aus. Aber für wen, das würden wir dann noch sehen. Viel hing davon ab, dass ich gut vorbereitet in die Schlacht ging. Also verzog ich mich in Gorbitschs Arbeitszimmer, fuhr den PC hoch und besuchte die Website des berühmten Filmemachers Goliath Speck, eines der vielversprechendsten Talente des deutschen Films seit Langem, wie gleich im ersten Videoclip ein käsegesichtiger Wicht im Rollkragenpulli behauptete, laut Untertitel Gründer einer renommierten Filmakademie. Betrachtete Gollums schmeichelhaftes Porträt, auf dem die dicken Lippen auf schamlose Weise kleinretuschiert, die Plääť mit vollem, wallenden Haar versehen und die Glupschaugen kurzerhand durch kleinere, leuchtend blaue ersetzt worden waren, sodass seine alienhafte Erscheinung fast menschlich aussah. Klickte mich durch Ausschnitte aus seinen frühen Werken, Lobeshymnen von Kollegen, Zuschauern und bekannten Schauspielern, Experten, die ihn mit dem frühen Fellini oder dem späten Orson Welles verglichen, zwischendrin immer wieder Gollums in kurze Videosequenzen gegossene, wenngleich schlecht geschauspielerte Statements der Bescheidenheit, in denen er sagte, dass er sich aus all dem Ruhm nichts mache, nur gute Arbeit abliefern wolle und Geld ihm wenig bedeute.

Ein Link namens »Preise und Auszeichnungen« lotste mich auf eine schier endlose Liste, die meine aus Neid und Spott gestrickte Überzeugung, dass all das hier ja wohl ebenso echt war wie seine leuchtend blauen Augen, immer mehr ins Wanken brachte. Dass sich der Eindruck festigte, der aufgeblasene Angeber habe tatsächlich etwas auf dem Kasten, machte meine Wut auf ihn nicht kleiner, im Gegenteil.

Tja, und dann ließ er sich auf einer weiteren Seite mit dem Titel »Neue Projekte« über seine geplante Karriere als Schriftsteller aus. Eine Romanidee, die bisher nur als Versuch gedacht sei, wie er kokett behauptete. Fraglos ein Versuch, aber was für einer!, lobte ein prominenter TV-Kritiker, sonst Scharfrichter des Feuilletons, der die Zuschauer mit martialisch inszenierten Verrissen bei Laune hielt. Möglicherweise sei dieser Versuch nichts Geringeres als *die* literarische Neuentdeckung des Jahrzehnts, säuselte er.

Mir reichte es. Dass nicht ich, sondern andere Leute Erfolg hatten, war für mich immer schon schwer erträglich gewesen.

Aber dieser Kerl! Durfte ich einfach zusehen, wie er allen philosophischen Weltentwürfen von ausgleichender Gerechtigkeit einen dicken Strich durch die Rechnung machte?

Als ich den Rechner ausschaltete, kannte meine Mordlust keine Grenzen mehr. Ich war fest entschlossen, mich mit dem Fischfresser anzufreunden. Mein Gefühl bei der Sache allerdings war deutlich mulmiger als vorher. Wie sollte David es anstellen, Goliaths Freund zu werden, wenn er, nur um ihm in die Augen zu sehen, schon auf einen Stuhl klettern musste?

Die Herberti-Kirche war so wenig bekannt wie der Heilige, dem sie geweiht war: Der hatte vor etlichen Jahrhunderten Seite an Seite mit dem legendären Luitger unzivilisierte Westfalen zum christlichen Glauben bekehrt, bis die beiden sich eines Tages – es war ein verregneter Samstagnachmittag gewesen – über eine theologische Petitesse für immer entzweit hatten. Jahrhundertelang war dem Kirchlein ein beschauliches Dasein in der Loddenheide beschieden gewesen, bis es sich schließlich mitten in einem Gewerbegebiet wiedergefunden hatte, umzingelt von monströsen Zweckbauten, die ganz oben auf der UNESCO-Liste der im Falle eines Krieges umgehend zu sprengenden Bauwerke standen. Statt St. Herberti – was manche als humaner empfunden hätten – einfach abzureißen, hatte man entschieden, das Kirchlein zu profanisieren und fortan als Restaurant zu nutzen.

Dass das »Bistro Ranitzki« nicht allzu bekannt war, hing damit zusammen, dass man Werbung als billiges Zugeständnis an den Zeitgeist empfand, weshalb man auf Mundpropaganda setzte. So blieb im Übrigen gewährleistet, dass im »Ranitzki« nur Gäste einkehrten, deren intellektuelles Niveau extrem hoch war. Mitunter so hoch, dass sie von da oben für große Kunst schwärmten, die von Nahem besehen nichts als hochgestochenes Geschwafel war. Überflüssig noch zu erwähnen, dass man über Geld nicht sprach und es hasste, als besser verdienend bezeichnet zu werden. Über den Spruch, dass man reich sein müsse, um im »Ranitzki« zu essen, konnte hier keiner lachen.

Abseits vom kulinarischen Geschehen, in den Seitenkapellen, war das fromme Grinsen der Heiligen dem sauertöpfischen Blick Pfeife rauchender Männer in Schwarz-Weiß gewichen. Literarische Schwergewichte von Brecht bis Grass, all die großen und erhabenen Götter des erbaulichen Tiefsinns, hatten die Seitenaltäre okkupiert und gewährten ihren Fans die Gnade, ihnen zu huldigen und Kerzen zu entzünden. Im Mittelschiff dann das eigentliche Restaurant – die übliche feine Lokalität für betuchte Gäste mit weißen Tischdecken, vorgewärmten Tellern und gekühlten Salatgabeln. Die spezielle Kirchenakustik ließ Gemurmel, Klappern von Geschirr und Schmatzgeräusche lauter, allerdings auch feierlicher klingen als sonst wo.

»Na, was sagst du?«, wollte Annabelle wissen, sobald wir an unserem Tisch saßen. Im Vergleich zu den unkonventionellen, verrückten Outfits an den Nebentischen wirkten sie und ihr Begleiter langweilig, geradezu düster – bis mir klar wurde, dass die beiden Simone de Beauvoir und Jean-Paul Sartre waren.

Auf der Tageskarte standen lauter Spezialitäten für den literarisch geschulten Gaumen: Klöße à la Kempowski, Salzhärtling, gebeizter Handke, auf schwäbische Art zubereitet, Dürrenmattfilet mit Ofenkartoffeln und als Dessert Walsertorte an Vanilleeis.

»Das ist ja richtig crazy«, lobte ich begeistert. »Uncooler geht's ja wohl nicht, was?«

Der Kellner nahm unsere Bestellungen auf. Ein stämmiger Kerl, vollbärtig, mit Günther-Grass-haft heruntergezogenen Mundwinkeln, die unmissverständlich kundtaten, dass wahre Literatur eine ernste Angelegenheit war. Annabelle nahm gebeizten Handke, und Speck wählte die Klöße. Ich gab mich mit Böllbällchen in Weißweinsoße zufrieden.

Gollum schenkte mir ein dünnes Lächeln. »He, schön, dass du wieder aus dem Knast bist.« Er hob sein Glas, um mit mir anzustoßen.

»Danke für die nette Einladung«, sagte ich und hob meins.

»Wo ihr doch jetzt so was wie Kollegen seid«, sagte Annabelle.

»Kollegen?« Gollums Schlauchlippen kräuselten sich irritiert.

»Autoren«, erläuterte sie. »Schriftsteller.«

Specks Grinsen war die Überheblichkeit in Reinform. »Weißt du, wie das ist, wenn du auf einmal groß rauskommst? Denk bloß nicht, dass sie dir plötzlich alle zu Füßen liegen oder mit dir schlafen wollen und so weiter. Erst sollst du im Fernsehen auftreten, und dann wieder ein Interview, und schon gibt's den nächsten Preis, und die ganze Chose geht von vorne los. Sei froh, mein Freund, dass du das alles nicht haben musst.«

»Froh ist gar kein Ausdruck«, meinte ich und wünschte Schröder und seine blödsinnige Strategie zum Teufel. Wieso konnte ich den eitlen Kerl nicht einfach abmurksen? Was brachte es, sich bei ihm einzuschleimen?

Ein Kellner kredenzte die bestellten Speisen. Die Portionen waren übersichtlich und brachten zum Bewusstsein, dass man hier zur Erbauung speiste und nicht zur Sättigung. Ein zweiter weiß Livrierter schwenkte eine Weinflasche im Kühler, goss den beiden ein und verzog sich pikiert, als ich ein Bier bestellte.

»Das sieht ja lecker aus«, freute sich Annabelle.

»Die Leute meinen immer, Erfolg käme ganz von allein«, setzte Gollum seine Selbst-Laudatio fort. »Sie beneiden uns um unsere Phantasie und machen sich gar nicht klar, welche Risiken damit verbunden sind.«

»Risiken?«, wunderte ich mich.

»Ich sage nur: mentale Inkontinenz.«

»Das hast du aber jetzt gerade erfunden«, scherzte ich.

Goliath ignorierte meine Bemerkung. »Die Grenze zwischen Phantasie und Wirklichkeit«, dozierte er, »stellt man sich meist als klare Linie vor. Sie gleicht jedoch eher einem Schließmuskel.«

»Also bitte!«, tadelte Annabelle mit vollem Mund. »Das ist wirklich kein Thema für ein Abendessen.«

»Wenn dieser Muskel erlahmt, gelingt es den Phantasieprodukten, sich in der Wirklichkeit zu bewegen, natürlich nur in der Vorstellung des Autors.« Gollum zersäbelte einen Kempowskikloß in mundgerechte Stücke. »Also kommuniziert er mit ihnen und lässt sich zu Dingen überreden, die er sonst niemals tun würde.«

»Morde begehen zum Beispiel?«, fragte Annabelle.

»Nur ein Beispiel«, nickte Speck. »Manchmal sind es auch alltägliche Dinge wie Nasenhaare zupfen oder in der Kneipe ein stilles Wasser bestellen. In einem Fall befahl eine Hauptfigur ihrem Autor, ein ganzes Jahr nur auf einem Bein zu stehen. Das hat er knapp drei Tage durchgehalten, und dann ging's mit Blaulicht in die Geschlossene.«

»Tolle Theorie«, spottete ich, aber es klang nicht halb so spöttisch, wie es sollte, denn sein Gelaber erinnerte mich an etwas, das allmählich nicht mehr komisch war. Ich knurpste ein Grassplätzli, es war etwas bitter für meinen Geschmack.

»Nun aber zu dem, weshalb wir eigentlich hier sind«, quiekte Annabelle urplötzlich. »Dein Geburtstag.« Mit einem vielsagenden Blick schob sie mir auf dem Tisch etwas zu, das in Geschenkpapier eingewickelt war.

»Ein Briefumschlag«, vermutete ich. »Also, das war nun wirklich nicht nötig …«

»Geburtstag ist schließlich Geburtstag.« Annabelle stibitzte mir mit ihrer Gabel ein Böllbällchen. »Jetzt mach schon auf.«

»Ja, mach auf, *Kollege*!« Speck erhob sich und klopfte mir im Vorbeigehen gönnerhaft auf die Schulter. »Ich bin inzwischen mal für kleine Jungs.« Er schlurfte in Richtung ehemalige Sakristei, wo sich die Toiletten befanden.

Der Umschlag enthielt keinen Geldschein, sondern etwas, das wie ein Werbeprospekt aussah.

»Dr. Rütli?«, fragte ich ratlos. »Wer ist das?«

Annabelle nahm mir das Schriftstück aus der Hand. »Das ist ein Schnuppergutschein über fünf Sitzungen«, erklärte sie. »Du bezahlst nichts, brauchst nur einen Termin zu vereinbaren.«

»Was für Sitzungen? Du weißt doch, dass ich mir nichts aus Karneval mache.«

»Therapiesitzungen. Sieh mal hier, da ist eine Liste von Problemen, über die du mit ihm sprechen kannst.«

Angstzustände, Zwänge, sexuelle Funktionsstörungen, Symptomatiken gespaltener Persönlichkeit, Gewaltphantasien, Sozialphobien, las ich.

»Nach alldem, was in der letzten Zeit war«, sagte sie, »dachten wir, das wäre mal etwas, das dir wirklich weiterhelfen könnte.«

»Weiterhelfen? Du denkst also, ich wäre ein Psycho?«

»Nein, Ole, ganz und gar nicht. Ich kenne so gut wie keinen, der nicht regelmäßig zur Therapie geht, das ist ganz normal. Und dieser Dr. Rütli soll wirklich gut sein.«

»Aber ich fühle mich nicht krank.«

»So etwas fühlt man auch nicht.«

»So etwas? Was meinst du denn damit?«

»Nichts, nur dass du es einfach mal versuchen solltest. Weil es immer ein Angang ist, dachten wir, schenken wir es dir einfach zum Geburtstag. Und Goliath sagt –«

»Scheiß auf Goliath!« Ich konnte den Ruck förmlich fühlen, mit dem Schröders Appeasement-Strategie auf Grund lief und endgültig zum Teufel war. »Willst du wissen, wer eine Therapie dringend nötig hat, so nötig, dass sie eigentlich schon zwecklos ist? Gollum, das Riesenmaul, und nicht ich.«

Siehst du, das meine ich mit *so etwas*, erklärte ihr mitleidiger Blick.

»Dein Filmemacher, das Möchtegern-Genie, turnt sich mit Frauenunterwäsche an, die er heimlich sammelt«, sagte ich, etwas zu laut, sodass meine Worte über uns durch die heiligen Gewölbe des »Ranitzki« hallten.

Annabelle sah mich immer noch an, ihr Blick war allerdings nicht mehr mitleidig. Er zeigte keinerlei Regung. »Das haben wir längst ausgiebig geklärt«, sagte sie dann betont ruhig. »Wir beide sind erwachsene Menschen, und jeder von uns hat das Recht, seine sexuellen Phantasien auszuleben, wie es ihm gefällt.«

Ach, wirklich! Jeder hätte ihr das sofort abgenommen. Aber ich kannte sie zu gut. Mich konnte sie nicht täuschen. Das mit den erwachsenen Menschen sagte sie nur, weil sie mir meinen Triumph nicht gönnte. Dass Gollum auf Unterwäsche stand, hatte sie gerade zum ersten Mal gehört.

15

Ich wartete nicht ab, bis Goliath Speck vom Klo zurückkehrte. Ohne mich noch einmal umzudrehen, verließ ich das Restaurant, nahm eine Abkürzung durch den Siegfried-Lenz-Seitenaltar und trat durch das Kirchenportal nach draußen. Zwängte mich durch eine Gruppe Raucher und stieß mit einer Frau zusammen. Auch sie trug etwas Unkonventionelles, Verrücktes. Trotzdem erkannte ich sie an ihrem betörenden Parfum.

»Sie hier?«, wunderte ich mich.

Hauptkommissarin Willeke zuckte mit ihren wohlgeformten Schultern, die ich zum ersten Mal unbekleidet sah. »Mein Bruder ist Deutschlehrer. Er feiert seinen Vierzigsten. Da hatte ich keine Wahl.«

»Also sind Sie wenigstens nicht meinetwegen hier«, war ich erleichtert.

»Dass wir noch nicht genug Beweise gegen Sie in der Hand haben, bedeutet noch lange nicht, dass Sie unschuldig sind.« Sie steckte sich eine Zigarette zwischen die Lippen, ich holte ein Feuerzeug aus der Tasche und gab ihr Feuer.

Zum ersten Mal, seit ich sie kannte, lächelte sie. »Wissen Sie, Frings, ehrlich gesagt, glaube ich nicht, dass Sie es waren. Zwei abscheuliche Morde so kurz hintereinander – das ist nicht Ihre Kragenweite. Dazu besitzen Sie einfach nicht die nötige Kaltschnäuzigkeit.«

»Kaltschnäuzigkeit bedeutet mir nichts«, sagte ich. »Und ich darf es wohl als Kompliment auffassen, dass Sie mich für moralisch nicht so verkommen halten.«

»Ich bin Psychologin, kein Moralapostel«, widersprach sie. »Das mit der Verkommenheit habe ich nicht zu beurteilen. Aber Morde zu begehen ist nicht so einfach, wie man denkt. Dazu gehört der Wille, die Möglichkeit und vor allem Cleverness.«

»Ach, und die besitze ich Ihrer Meinung nach nicht?«, fragte ich pikiert.

»Dr. Hinkbein – erinnern Sie sich an den?« Willeke entließ eine Qualmsäule in den nächtlichen Himmel. »Der Experte aus dem Fernsehen. Er hat eine Theorie entwickelt. Die Theorie von der intellektuellen Inkontinenz.«

»Nein«, entfuhr es mir. »Jetzt kommen auch Sie noch damit.«

»Sehr vereinfacht ausgedrückt besagt diese Theorie, dass Sie es doch gewesen sein können. Eben *weil* sie es meiner Meinung nicht waren. Verstehen Sie?«

»Wozu etwas verstehen, das keinen Sinn ergibt?«

»Sie bilden sich ein, kein Mörder zu sein. Aber in Ihnen existiert noch ein anderer, den Sie für die Ausgeburt Ihrer Phantasie halten. Er mordet ungeniert und ohne Skrupel. Sie stehen daneben und tun so, als ginge Sie das alles nichts an.«

»Selten habe ich so einen Blödsinn gehört«, sagte ich mit ungutem Gefühl.

Das Portal öffnete sich, und ein männlicher Kopf schaute heraus. »Ella, kommst du?«

»Mein Bruder«, erklärte die Hauptkommissarin, ließ die Kippe auf den Boden fallen und trat sie mit dem Schuh aus. »Ich muss leider. Tja, dann sagen wir mal: bis zum nächsten Mord, was?«

Den Heimweg musste ich zu Fuß zurücklegen, was seine Zeit dauerte. Zwar war es noch früh am Abend, aber es sah nach einer lauen Nacht aus, und am Ufer des Dortmund-Ems-Kanals loderten etliche Lagerfeuer. Menschen saßen fröhlich beisammen, feierten, grillten und tranken. Später, wenn sie hackevoll waren, würden sie sich ausziehen und nackt im Kanal planschen, hemmungslosen Sex haben und erst nach Hause gehen, wenn sie sich ausgiebig ins Gras übergeben hatten.

Und ich? Spazierte schon jetzt nach Hause, das nicht mein Zuhause war, sondern nur ein Schrank, den mir mein Expartner aus nicht uneigennützigen Motiven als vorläufige Bleibe überlassen hatte. Dabei war es mein Geburtstag. Ein schöner Geburtstag! Lauwarm schwappte eine Welle aus Wehmut über mich hinweg, und ich fragte mich, wann ich mich jemals so allein gefühlt hatte. Dabei lautete doch die eigentlich spannende Frage: War ich wirklich allein? Oder war ich zu zweit?

Mein Handy klingelte. Laut Display war es Annabelle.

»Wenn du denkst, ich würde mich entschuldigen, kannst du lange warten«, meldete ich mich.

»Wir wollten dir doch nur helfen, Ole.«

»Auf diese Hilfe kann ich verzichten.«

»All diese Dinge in der letzten Zeit: Erst haben wir Schluss gemacht und dann der schreckliche Mord. Und als du in der Untersuchungshaft warst, war ich so garstig zu dir. Dann dein Auftritt im Fernsehen und der zweite Mord – wir haben uns richtig Sorgen gemacht.«

Das war sie wieder: Annabelle und ihr spezielles Verhältnis zu Ex-Beziehungen. Aber ich war heute nicht dazu aufgelegt. »Therapie ist nicht mein Ding, wie du weißt«, sagte ich. »Vielleicht kann man den Gutschein umtauschen in einen Kochkurs oder zum Wildwasserfahren.«

»Es ging nur darum, dass du mal auf andere Gedanken kommst«, meinte sie. »Warum versuchst du es nicht noch mal als Privatdetektiv? Das war doch eine schöne Zeit.«

»Wie willst du das denn beurteilen?«

»Weißt du noch, damals auf Lanzarote, als du gesagt hast, du könntest dir nicht vorstellen, dass es noch etwas anderes gibt als das, was du sehen und anfassen kannst? Und als ich gesagt habe, dass mich diese ignorante Haltung total ankotzt?«

»Klar weiß ich das noch.«

»Und am nächsten Tag bist du angekommen und hast gesagt, du könntest es dir schon vorstellen, und ignorante Haltungen würden dich auch ankotzen. Vielleicht noch mehr als mich.«

»Stimmt. Ich hatte meine Meinung geändert.«

»Quatsch, Ole. Du wolltest mit mir ins Bett, und deshalb hast du erzählt, was ich hören wollte.«

»Na und? Hättest du mich etwa rangelassen, wenn ich dir die Wahrheit gesagt hätte?«

»Wahrheit?« Eine kurze Pause entstand. »Von welcher Wahrheit sprichst du?«

»Das spielt doch jetzt keine Rolle mehr.«

»Ich möchte es aber wissen. Welche Wahrheit?«

»Na, da waren diese esoterischen Sachen, die ihr abgezogen habt: Man besucht einen Workshop und findet heraus, dass man in einem früheren Leben Julius Caesar gewesen ist. Oder meinetwegen Ludwig van Beethoven, Hauptsache, irgendeine Berühmtheit. Das war doch lachhaft. Hätte ich dir das damals aber so gesagt, wäre dann zwischen uns was gelaufen?«

»Mich würde interessieren, was daran lachhaft ist.«

»Annabelle, wie viele gibt es denn wohl, die früher mal Julius Caesar gewesen sind?«

»Weißt du was, Ole: Mach doch, was du willst.«

»Annabelle?«

Sie hatte aufgelegt.

Zweiundzwanzig Uhr: Auf Gorbitschs Küchentisch lag ein Zettel.

Bin auf einem Meeting für Pressefritzen in Dortmund (gäähn!), war darauf zu lesen, *und erst morgen Abend wieder zurück. Fühl dich wie zu Hause, einen schönen Geburtstag noch und – ach ja: Das Klopapier ist alle, könntest du welches besorgen? J. W. G.*
PS: Wie wär's, wenn wir noch mal in Schnüffler machen, so wie früher, hast du schon mal drüber nachgedacht?

Aus Langeweile schaltete ich den Fernseher ein und blieb nach kurzem Zappen wie aus alter Gewohnheit bei der unvermeidlichen Illbritt Weichberger kleben, die mit ihren Gästen über die Frage schwadronierte, ob die Todesstrafe ein geeignetes Mittel sei, die Gewaltbereitschaft unter Jugendlichen einzudämmen, weil sie die Anzahl der gewaltbereiten Jugendlichen ja verringere. Fast hätte ich abgeschaltet, aber dann bemerkte ich Kris Hoger, den Piraten, einen alten Bekannten aus meiner Sendung im Schlosspark. Hoger sprach sich prinzipiell gegen eine Einführung der Todesstrafe aus; für den Fall, dass sie aber doch, natürlich gegen den Widerstand der Piratenpartei, eingeführt werden sollte, forderte er gläserne Hinrichtungen: Sie sollten ohne Einschränkung oder Tabus ins Netz gestellt werden, ohne Rücksicht auf potenzielle Urheberrechte, die möglicherweise von den Angehörigen der Delinquenten geltend gemacht würden. Wer die anderen Gäste waren und was sie absonderten, bekam ich nicht mit, da ich mir inzwischen das dritte Bier aus Gorbitschs Kühlschrank geöffnet hatte. Nach dem vierten stutzte ich allerdings, da mein Name genannt wurde.

»Das ist nur ein Beispiel«, versicherte Illbritt. »Aber der Fall Frings wird nun einmal zurzeit viel diskutiert. Da gibt es Meinungen und Mutmaßungen zur Genüge, und wir haben nicht vor, ihnen noch eine weitere hinzuzufügen. Hier und heute möchte ich einmal die Phantasie der Zuschauerinnen und Zuschauer bemühen und sie darum bitten, sich vorzustellen, es gäbe eine Todesstrafe. Und jetzt meine Frage an Sie: Würden Sie – immer gesetzt, es gäbe die Todesstrafe – ihre Anwendung in einem solchen Fall bejahen oder verneinen? Für ›ja‹ wählen Sie bitte die Nummer mit der Endziffer Null und für ›nein‹ die mit der Eins. Noch einmal: Es geht nicht um pro oder kontra Todesstrafe, sondern um die Frage: wenn schon, wäre sie hier angebracht oder nicht?«

Die Runde plapperte noch eine Weile weiter – ein Kirchenvertreter mahnte, dass allein Gott das Recht habe, Leben zu nehmen, und plädierte für die Praxis des Gottesurteils, welches sich schon bei den Hexenprozessen bestens bewährt habe. Und ein eingeflogener US-Kongressabgeordneter wies darauf hin, dass die Todesstrafe zwar nicht die Zahl der Straftaten verringere, man dafür aber das Problem der Wiederholungstäter in den Griff bekommen habe. Und dann lag das Ergebnis der Abstimmung vor: Über achtzig Prozent hatten die Endziffer Null gewählt.

Medial gesehen war ich so gut wie tot. Diese Frau konnte was erleben. Die Frage war, was konnte ich gegen sie ausrichten? Wieder einmal war ich der Willkür des Massenmediums ausgeliefert. Mir blieb nur die Macht des Wortes. Eines Wortes, das diesen Raum möglicherweise nicht verlassen würde, weil die Geschichte, aus der es stammte, einfach zu schlecht war, als dass sich irgendein Verlagsfritze dazu herablassen würde, es zu veröffentlichen?

Trotzdem. Ich schaltete die Glotze aus, zwang mich, nicht zuletzt mit alkoholischer Hilfe, an den Computer und begann, meine ohnmächtige Wut in eine schlechte Kurzgeschichte zu verbannen. Ein Wort ergab das andere, wuchs zu einem Satz und zum nächsten. Wieder einmal bewahrheitete sich die alte Weisheit, dass Wut ein genialer Schriftsteller ist. Ich tippte wie ein Besessener.

Hauptfigur der Story war eine Talkshow-Queen, die mit Hilfe ihrer Sendung »Zum Abschuss frei« Jagd auf unbescholtene Bürger machte. Ihre sensationelle Quote beruhte darauf, dass sie den Zuschauern in jeder Sendung das Verbrechen des Monats präsentierte und sie dazu einen passenden Täter des Monats wählen ließ. Im Studio saßen Experten und diskutierten den Fall in seiner juristischen, moralischen und kriminalhistorischen Dimension. Sie vergaben Punkte für Planung des Verbrechens, Vorgehensweise, Abschluss und stilistische Stimmigkeit, sahen sich gemeinsam nachgestellte Spielszenen an und fachsimpelten wie eine Runde von Sportjournalisten in der Halbzeit eines Pokalendspiels. Danach wurde das Strafmaß verhängt und zur Jagd aufgerufen, indem Name, Anschrift und Telefonnummer des potenziellen Täters eingeblendet wurden. Zuschauer konnten Preise gewinnen, wenn sie es als Erste schafften, den mutmaßlichen Mörder mit dem Handy abzulichten oder ein Geständnis aufzunehmen. Alles in allem ein stimmiges Format.

Die Queen sonnte sich in ihrer Popularität, bekam so viel Fanpost, dass sie sie unmöglich komplett beantworten konnte, und war zu Gast in anderen Talkshows, wo sie gern über ihren großen Erfolg berichtete. Aber wieso?, sollte sich der Leser fragen. Was brachte eine gut aussehende, attraktive Frau wie Illbritt dazu, so kalt und berechnend zu sein? Die Antwort lautete: ein finsteres Geheimnis in ihrer Vergangenheit. Es lag schon einige Jahre zurück, da hatte sie sich in einen Studiogast verliebt. Anfangs war alles bestens gewesen: Sie war mit ihm aus gewesen, mit allen Schikanen, und schon drauf und dran, mit ihm ins Bett zu gehen, da hatte das Weichei im letzten Moment einen Rückzieher gemacht und ihr einen Korb gegeben. So weit, so schlecht, aber im Ernst: Was war denn Schlimmes passiert? Sex wurde im Allgemeinen doch stark überschätzt. Nun, der Studiogast mochte das vielleicht so sehen, aber nur, weil er Folgendes nicht beachtet hatte: Niemand gab jemandem wie Illbritt Weichberger, der fleischgewordenen Männerphantasie, wie Zuschauerumfragen ergeben hatten, einen Korb. Und wenn doch, dann trug er und nur er die Verantwortung für das, was daraus folgte. Dies also war die Geburtsstunde von »Zum Abschuss frei« gewesen. Gekränkte Eitelkeit und Rachsucht hatten aus der TV-Moderatorin eine heimliche Serientäterin gemacht, die sich ungehindert und straffrei ihre ahnungslosen Opfer suchte.

Aber dann, eines Tages, trat der Mann in ihr Leben, der ihr zum Verhängnis werden sollte: Tom Schröder. Ein wahrer Künstler im Umgang mit Frauen. Virtuos bediente er die Klaviatur jener geschliffenen Komplimente, der besonders jene Frauen erlagen, die sich aus Komplimenten angeblich nichts machten, spann ein verführerisches Netz und ließ sie taub und blind werden für die Gefahr, die ihr drohte. Ein ausgekochter Medienprofi wie Weichberger sank ihm widerstandslos in die Arme und fieberte seinem Kuss entgegen wie ein Teenager beim ersten Date.

Ich schrieb und schrieb. Die Tastatur klapperte, was das Zeug hielt. Zwischendurch klingelte das Telefon, ich ging nicht ran, also sprang der Anrufbeantworter ein.

»Herr Frings, ich grüße Sie.«

Ausgerechnet jetzt, dachte ich.

»Hier ist Illbritt. Ich weiß, es ist ziemlich spät, aber ich bin gerade in der Nähe und würde kurz bei Ihnen vorbeischauen, wenn Sie nichts dagegen haben. Es wäre ja einiges zu besprechen hinsichtlich der geplanten Show. Ich habe mir da was überlegt und bin mir sicher, selbst Ihnen fallen die Ohren ab. Bis gleich.«

Bis gleich, dachte ich. Da kannst du lange warten. Was bildest du dir überhaupt ein?

Wie beim ersten Date. Weiter: Schröder war aber ganz und gar nicht der smarte Lover, für den die eitle und selbstverliebte

Moderatorin ihn hielt. Vielmehr war er ein eiskalter Killer, aber Weichberger in ihrer beispiellosen Eitelkeit war natürlich zu beschränkt, um das zu bemerken. Schröder hatte also leichtes Spiel: Er machte sie gefügig, brachte sie sogar dazu, ihn anzuflehen, mit ihr zu schlafen. Dann nahm er sie und warf sie anschließend weg wie einen alten Lappen.

Es klingelte schon wieder. Dieses Mal an der Tür.

Wo war ich? Richtig: der Lappen. Am nächsten Tag bot sich den Technikern, die sich anschickten, das Studio für eine neue Folge von »Zum Abschuss frei« vorzubereiten, ein schauriges Szenario: Frau Weichberger war schon anwesend. Nackt und tot saß sie auf ihrem Moderatorinnensessel und erwartete ihre neuen Gäste …

Es klingelte. Einmal, zweimal.

»Wie schon gesagt«, rief ich, »da kannst du lange warten!«, und schrieb weiter.

Sie wartete aber nicht lange, sondern klingelte erneut. Wieder und wieder. Dabei konnte man sich unmöglich konzentrieren. Genervt ließ ich von der Tastatur ab und schlurfte zur Tür. »Sie können ein Nein wohl nicht akzeptieren, was?«, schimpfte ich, während ich öffnete.

Da stand gar nicht Illbritt Weichberger, sondern eine geheimnisvolle Schönheit in einem sehr freizügig geschnittenen Kleid. Ich hatte sie bereits als legendäre Haar-nach-hinten-Schüttlerin und sensationelle Beine-Übereinanderschlägerin kennengelernt und erst kürzlich die Gelegenheit gehabt, ihre perfekt geformten Brüste aus nächster Nähe zu bestaunen.

»Warum sollte ich ein Nein nicht akzeptieren?«, hauchte Laura mit ihrer vor Erotik knisternden Stimme. »Los, probier es doch aus.« Sie schob sich an mir vorbei in die Wohnung, wobei unsere Körper sich berührten. »Sag mir ehrlich: Willst du, dass ich wieder gehe? Dass wir diese Gelegenheit verstreichen lassen, heute Nacht, wo Jan nicht da ist und wir endlich das tun können, wovon wir beide schon so lange träumen …?«

16

In beiden Fällen lautete die Antwort »nein«, und Laura akzeptierte es ohne Widerrede. Sie warf mir einen lasziven Blick zu, schwebte göttinnengleich die Treppe hinauf und verschwand in Gorbitschs Badezimmer. Dort verbrachte sie etwa zehn Minuten, währenddessen ich vergeblich versuchte, irgendetwas aufzutreiben, was ich ihr anbieten konnte. Von Gorbitschs legendärem Biervorrat war nur noch eine halbe Flasche übrig, ansonsten gab es einen schalen Energydrink und etwas Dickflüssiges, von dem ich nicht sagen konnte, ob es sich um Tomatensaft oder Kirschjoghurt handelte.

Als sie zurückkehrte, hatte Laura nicht mehr viel an. Einen durchsichtigen, schleierartigen Morgenmantel und Unterwäsche, die das Gegenteil von blickdicht war. Ohne weitere Worte zu verschwenden, begaben wir uns in meinen Wohnschrank, wo ich ihr dabei half, sich der Kleidungsstücke zu entledigen. Die räumliche Enge störte uns nicht, im Gegenteil, sie turnte uns eher an. Für mich war es das erste Mal in einem Schrank.

Das Bedürfnis nach Frischluft verschlug uns anschließend hinaus auf Gorbitschs weitläufige Dachterrasse. Eine lange Weile standen wir da und betrachteten schweigend den grandiosen Sternenhimmel, bis die Stille von einem späten Autokorso auf der Warendorfer Straße jäh beendet wurde.

»Hey, wie wär's jetzt mit was zu beißen«, schnurrte Laura, und ihr Körper schmiegte sich an meinen. »Du weißt doch: Danach schmeckt es immer am besten.«

Vom »Essen danach« hatte ich eigentlich noch nie gehört, aber meinetwegen. Ein weiteres Mal durchstöberte ich Gorbitschs Kühlschrank und stieß schließlich auf eine Portion Shrimpssalat, der erst sichtbar wurde, als ich einen nahezu verwelkten Salatkopf beiseiteschob. Das einzige Nahrungsmittel weit und breit mit gültigem Haltbarkeitsdatum. Ich füllte das Zeug auf einen Teller und lief hinauf auf die Dachterrasse.

Vor dem Badezimmer auf dem Boden lag ein Foto. Ich hob es auf: Es war die abgegriffene Aufnahme einer jungen Frau, die etwas schief in die Kamera lächelte. Ich überreichte sie Laura zusammen mit dem Salat. »Das musst du vor dem Badezimmer verloren haben.«

Laura hatte inzwischen Rotwein und Gläser organisiert, woher auch immer. Wir stießen an – das Zeug war grässlich süß, ein typisches Billigprodukt aus Gorbitschs Beständen. Sie machte sich über die Shrimps her und warf einen Blick auf das Bild. »Das ist Chiara, meine Schwester.«

»Sie sieht dir überhaupt nicht ähnlich.«

»Das ist dir also schon aufgefallen, ja?« Ein Schatten verdüsterte ihr Gesicht. »Man kann nicht sagen, dass Chiara gut aussehend ist, im Gegenteil: Sie ist äußerst schlecht aussehend.«

Ich betrachtete das Bild genauer. »Na ja, das ist aber jetzt krass ausgedrückt.«

»Sieh doch hin: Ihre Nase ist ein richtiger Zinken. Und die Brüste sind zu klein.«

»Dafür trägt sie originelle Ohrringe.«

»Das sind ihre Ohrläppchen. Chiara hat nie Ohrringe getragen.«

Mir waren die Schmeicheleien ausgegangen.

»Begabung, Intelligenz und innere Werte – darauf legten meine Eltern Wert.« La Uras Stimme klang neidisch. »Äußeres war ihnen immer suspekt. Und meine Schwester passte ideal zu ihrer Vorstellung von einer guten Tochter, jedenfalls auf den ersten Blick.«

»Sie haben sie dir vorgezogen?«

»Konnte ich denn etwas dafür, dass ich sensationell aussah? Papa und Mama haben ständig betont, dass sie sich aus dem Aussehen nichts machten. Also habe ich alles Mögliche getan, um hässlich auszusehen. Aber meinen Eltern war ich nie hässlich genug.«

»Euer geschwisterliches Verhältnis war demnach nicht ungetrübt?«, vermutete ich.

Laura musterte mich ungnädig. »Was hat denn die Arme

damit zu schaffen? War sie etwa schuld daran, dass meine Eltern ihre Liebe so ungleich vergaben? Sie litt fast genauso darunter, dass Papa schlechtes Aussehen mit einem scharfen Verstand gleichsetzte. Was den angeht, war sie nämlich der lebende Gegenbeweis.«

Da sie ein wenig fröstelte, führte ich sie zurück in mein Zimmer, wo wir uns unter der Decke aneinanderkuschelten.

»Im Gegenteil: Chiara und ich waren unzertrennlich«, sagte Laura.

»Ihr Selbstmord muss schlimm für dich gewesen sein.«

»Nun ja, das war kein Selbstmord im eigentlichen Sinne. Sie hat sich geopfert.«

»Geopfert?«

»Es war auf einem Survival-Urlaub in der Eifel.« Laura drehte sich auf den Rücken, und ihr Blick schweifte in eine dieser Fernen, in denen etwas liegt, an das wir uns nicht gerne erinnern. »Wir waren eine Gruppe von acht Mädels. Am dritten Tag wollten wir einen Bach überqueren. Es war ein reißender Bach, ein regelrechtes Wildwasser. Einige waren schon auf die Brücke geklettert, als sie plötzlich aus der Halterung riss. Hätte Chiara sie nicht mit aller Kraft festgehalten, wären drei von uns hinweggespült worden.«

»Wie heldenhaft!«, lobte ich.

»Aber das war noch nicht alles: Sie verharrte am Ufer, bis alle drüben waren. Und dann …«

»Was dann?«

»… war niemand mehr da, der die Brücke für sie festhielt.« Lauras Stimme, von der tragischen Vergangenheit eingeholt, brach. »Sie wurde weggespült. Ihre Leiche fand man erst zwei Tage später.«

»Das ist wirklich schlimm«, gab ich zu und sah auch in diese Ferne, um an ihrer Zerknirschung teilzuhaben. Aber eine Bemerkung konnte ich mir doch nicht verkneifen: »Hattest du denn nicht erzählt, sie hätte sich das Leben genommen, weil Speck auf Damenunterwäsche steht?«

»Das mit Speck war doch schon lange vorher.« Laura setzte

sich auf. »Aber jetzt, wo du es sagst, halte ich es für möglich, dass sie es auch deshalb getan haben könnte. Vielleicht zog sie es vor, für ihre Kameradinnen zu sterben, anstatt mit einem solchen Kerl zu leben …«

Laura tat mir leid, wie sie da neben mir saß, so einsam und zerbrechlich, vom grausamen Schicksal gebeutelt. Ihre Einsamkeit und Zerbrechlichkeit machte sie noch begehrenswerter, und ich verachtete mich selbst dafür, dass ich aus der Tragik ihres Lebens erotisches Kapital schlug. »Du solltest dir nicht die Schuld daran geben«, tröstete ich sie.

»Schuld woran?«

»An deinem Aussehen. Du kannst nichts dafür, dass du gut aussiehst. Also solltest du einfach das Beste daraus machen.«

Laura legte sich wieder zu mir. »Du hast recht«, hauchte sie. »Schlaf mit mir. Das bringt mich auf andere Gedanken …«

Das muss so um zwei Uhr nachts gewesen sein. Oder drei. Jedenfalls gab es von da an nur noch uns beide, das knarrende Bett in meinem Wohnschrank und göttlichen Sex.

Präziser formuliert: Ich gehe davon aus, dass er göttlich war. Wenn ich ehrlich bin, muss ich zugeben, dass ich es nicht hundertprozentig bezeugen kann. Schließlich hatte ich, bevor Laura bei mir klingelte, fast Gorbitschs sämtliche Biervorräte vernichtet und konnte somit hochzufrieden sein, wenn überhaupt noch etwas lief.

Als ich mit hämmerndem Schädel aufwachte, war es längst hell. Von der Warendorfer Straße drangen Baustellengeräusche herauf, das Hupen der Autos, Klingeln der Radfahrer. Wie lange hatte ich geschlafen? Meine Armbanduhr zeigte elf Uhr dreißig. Schon fast Mittag.

Es war eng im Bett, enger als sonst. Bei dem Versuch, mir mehr Platz zu verschaffen, bemerkte ich einen rötlichen Haarschopf auf dem Kissen neben mir. Einen weiblichen Haarschopf. Und im selben Moment kam die Erinnerung zurück: die gestrige Nacht, der späte Besuch und Shrimpssalat. Der Rest verlor sich irgendwo im Nebel des Vergessens.

»Laura?« Sie lag auf dem Bauch. Ich zog ein wenig die Decke zurück und streichelte sanft ihren Rücken. »Laura, mein Schatz …«

Dabei fiel mir etwas auf: Soweit ich mich erinnerte, hatte Laura dunkelbraunes Haar. Hatte sie es in der Nacht etwa gefärbt? Möglich, aber schon merkwürdig …

Vorsichtig zog ich die Decke noch weiter zurück. Laura hatte über Nacht nicht nur ihre Haarfarbe gewechselt; sie hatte auch zugenommen. Nun ja, ich hatte nicht vergessen, mit welchem Appetit sie sich über den Shrimpssalat hergemacht hatte. Da sah man wieder einmal, wie sehr sexuelles Verlangen die Wahrnehmung verzerren konnte: Anders als in meiner Vorstellung hatte Laura in Wirklichkeit rotes Haar und roch auch nicht herb, sondern rosensüß. Dann stellte sich allerdings die Frage, worauf man sich überhaupt noch verlassen konnte, wenn es um Frauen ging.

Ein ungutes Gefühl, das ich immer weniger ignorieren konnte, veranlasste mich, Laura vom Bauch auf den Rücken zu drehen. Sie war unerwartet schwer und leblos wie ein Sack Zement.

Jetzt begann mein Herz zu pochen, lauter noch, als es in meinem Kopf hämmerte. Die Frau, die neben mir im Bett lag, war tot. Und das war noch nicht alles: Die Tote war nicht Laura. Sondern Illbritt Weichberger.

17

Wie von der Tarantel gestochen, sprang ich auf und stolperte aus dem Schrank. In meinem Kopf purzelten die Gedanken durcheinander, rasten aufeinander zu und prallten in voller Fahrt zusammen. Der gesamte Gedankenverkehr brach förmlich innerhalb einer Sekunde zusammen, und das Ergebnis waren kilometerlange Staus. Was war das hier – ein Blackout? Eine Verwechslung? Nein, ausgeschlossen, niemand konnte so blind sein, Laura Mancini mit Illbritt Weichberger zu verwechseln! Also gut, dann war es eben keine Verwechslung. Sondern eine mysteriöse Verwandlung?

Eine Eingebung – oder die heimliche Hoffnung, nur geträumt zu haben – ließ mich noch einmal genauer hinschauen. Aber es änderte sich nichts: Die nackte Tote im Bett war und blieb die bekannte Fernsehmoderatorin.

Auf dem Fußboden lagen die Klamotten, die Laura getragen hatte: durchsichtige Unterwäsche und der hautfarbene Morgenmantel. Ich roch daran: süßer Rosenduft. Also Weichberger. Was für ein Film lief hier ab? Ich rannte ins Bad: Lauras Kleid lag säuberlich zusammengelegt auf einem Schemel. Es roch auch nach Illbritt Weichberger.

Am Fuß des Schemels lehnte Lauras Handtasche. Ihr Inhalt: Make-up, Nagelfeile, Spiegel, Parfum, mehrere Visitenkarten, ein Portemonnaie. Kein Foto von ihrer Schwester, auch kein Handy, was ich seltsam fand. Halt, das ist eine Täuschung, und was für eine lausige!, redete ich mir ein. Das stimmt alles nicht. Ich weiß doch wohl noch, mit wem ich Sex hatte. Aber sosehr mir mein Gefühl auch recht gab, gegen die kalte, objektive Wirklichkeit kam es nicht an. Und für die sprach immer mehr. Egal, wie überzeugt ich davon war, mit Laura geschlafen zu haben, in meinem Bett war nur eine gewesen: Illbritt Weichberger. Abgesehen von den vielen Fragen, die sich daraus ergaben, lautete die vordringliche: Wie war sie zu Tode gekommen?

Sekunden – gefühlte Stunden – später: Ich war hinuntergegangen und betrat Gorbitschs Arbeitszimmer. Der Anrufbeantworter blinkte. Ich drückte auf den Knopf. »Hier ist Illbritt«, meldete sich Frau Weichbergers Stimme. »Ich weiß, es ist ziemlich spät, aber ich bin gerade in der Nähe und würde kurz bei Ihnen vorbeischauen, wenn Sie nichts dagegen haben. Es wäre ja einiges zu besprechen hinsichtlich der geplanten Show. Ich habe mir da was überlegt und bin mir sicher, selbst Ihnen fallen die Ohren ab. Bis gleich.«

Meinetwegen, dachte ich, dann war sie eben hier gewesen. Diese Nachricht ließ jedenfalls darauf schließen, obwohl ich mich nicht erinnerte. Ich drückte auf den Löschen-Knopf. Gut, das war schon mal erledigt. Niemand war hier gewesen.

Weiter so, und jetzt in Ruhe. Erst mal runterkommen, Boden unter den Füßen spüren, das war vor allem wichtig. Egal, was ich getan oder nicht getan hatte. Egal, was hier vorging. Was eingebildet war und was real – wer sollte sich jetzt die Zeit nehmen, eins vom anderen zu unterscheiden? Fest stand: Wenn Hauptkommissarin Willeke das zu sehen bekam, dann ging der Alptraum in eine weitere Runde.

Und deshalb musste die Leiche weg. – Nein!, meldete sich meine innere Stimme. Keinesfalls. Nur Mörder beseitigen Leichen. Zu Unrecht Verdächtigte rufen die Kripo, warten geduldig, bis die Tür eingetreten wird, und sagen: Alles ist ein Missverständnis, das sich sicher rasch aufklären lässt. Und die Polizei wird sagen: Dieser Mann kann kein Mörder sein. Er hätte fliehen können und ist doch geblieben, obwohl alle Indizien gegen ihn sprechen.

Träum weiter, antwortete ich der Stimme.

Leiche beseitigen also. Was brauchte man dafür? Müllsäcke. Einen Kofferraum. Scheiße, ich hatte nicht mal ein Auto, woher also einen Kofferraum nehmen? Egal, eins nach dem anderen, erst mal die Säcke. Ich lief hinunter in die Küche und durchwühlte die Schränke. Nichts, nur rollenweise gelbe Säcke für Verpackungsmüll und zusammengeknüllte Lidl-Plastiktüten. Hinter mir hörte ich ein Geräusch und fuhr herum.

»Schröder!«, schrie ich. »Bilde dir bloß nicht ein, du könntest mich mit diesen makabren Spielchen in den Wahnsinn treiben!«

Aber es war nicht Schröder. Ein Schlüssel drehte sich im Schloss, die Haustür öffnete sich, und Gorbitsch trat ein.

»Schröder – ist das nicht der Typ aus deiner Kurzgeschichte?«, fragte er. »Seit wann unterhältst du dich denn mit dem?« Sein Blick fiel auf die gelben Säcke in meiner Hand. »Und was willst du damit?«

»Du musst mir helfen«, sagte ich. »Ich brauche undurchsichtige Säcke, nicht diesen Mist hier. Damit kann ich nichts anfangen.«

»Wofür brauchst du sie denn?« Gorbitsch musterte mich mit einem schrägen Blick. »Sag mal, ist alles in Ordnung mit dir? Du wirkst etwas derangiert.«

»Hör zu«, sagte ich. »Ich dachte, ich hätte letzte Nacht mit Laura geschlafen.«

Gorbitsch bekam große Augen. Sein Mundwinkel zuckte plötzlich, wie immer, wenn er wütend war. »Mit Laura? Sag mal, bist du eigentlich –«

»Ich *dachte* es!«, unterband ich seinen Wutausbruch. »Hör mir doch verdammt noch mal zu. In Wirklichkeit war sie es ja gar nicht, aber das wusste ich zu diesem Zeitpunkt nicht. Mittlerweile aber steht so ziemlich fest, dass ich mit ihr nicht geschlafen habe, sondern mit einer anderen. Kapiert?«

Er starrte mich immer noch an. Langsam und ohne den Blick von mir abzuwenden, zog er sich einen Stuhl heran und nahm Platz, so als sei ich ein gefährliches Raubtier, das bei der geringsten hektischen Bewegung auf ihn losgehen konnte. »Also noch mal«, sagte er. »Wie war das jetzt?«

»Die Frau, die gestern Nacht hier war, war nicht Laura«, erklärte ich. »Obwohl ich sie für Laura hielt, verstehst du? Frag mich bitte nicht, wie so was möglich ist. Aber heute Morgen musste ich feststellen, dass ich mich getäuscht hatte. Das macht mich aber noch lange nicht zu einem Mörder.«

»Zum Mörder? Was redest du für einen Scheiß, Ole?«

Ohne eine weitere Erklärung führte ich ihn hinauf zum

Wohnschrank. Gorbitsch warf einen Blick hinein und erbleichte. »Mein Gott, das ist Illbritt Weichberger«, sagte er.

»Hast du mir überhaupt zugehört?«

»Sie ist tot. Hast du …?«

»Nein, Gorbitsch, ich habe sie nicht umgebracht, wovon rede ich denn die ganze Zeit?«

»Was, zum Teufel, macht sie dann hier?«

»Ich habe nicht die leiseste Ahnung. Als ich aufgewacht bin, lag sie neben mir.«

»Und wie geht es jetzt weiter?«

»Du musst mir helfen.«

»Helfen? Wobei denn?«

»Hör zu, Jan. Wir beide waren früher mal ein Team. Einer für den anderen und umgekehrt. Das war so ein stillschweigendes Einverständnis zwischen uns, und –«

»Stopp, Ole. Keine Predigt. Wenn schon, dann Klartext.«

»Frau Weichberger kann nicht hierbleiben, das ist doch klar.«

Gorbitsch schüttelte den Kopf. »Ich werde dir nicht helfen, eine Straftat zu begehen.«

»Aber ich sage doch, ich bin unschuldig. Denkst du im Ernst, ich hätte diese Frau ermordet?«

»Eine Leiche verschwinden zu lassen ist ein Verbrechen.«

»Keine Sorge, man wird sie noch früh genug finden, und Frau Willeke kann ermitteln, so wie immer. Nur eben nicht gegen mich, sondern ausnahmsweise mal gegen den Mörder. Damit ist doch allen gedient. Aber erst muss ich hier die Spuren beseitigen.«

»Spuren beseitigen?« Gorbitsch schüttelte den Kopf. »Wenn du sie gevögelt hast, bist du fällig, das ist dir doch klar. Ganz egal, ob du hier ein paar Fingerabdrücke abwischst. Die Mühe kannst du dir sparen.«

Damit hatte er recht, aber ich musste es trotzdem riskieren. »Was ist jetzt mit den Säcken?«

Gorbitsch hob die Hand. »Keine Chance, Ole. Mach, was du willst, aber ich weiß nichts davon. Bin gar nicht hier. Also quatsch mir nicht die Ohren voll.«

»Okay«, resignierte ich. »Wärest du an meiner Stelle, könntest du hundertprozentig auf mich zählen, das weißt du. Aber gut, Menschen sind eben verschieden. Dann brauche ich nur noch deinen Wagen.«

Er lachte schnaufend. »Vergiss es.«

»Jetzt komm schon. Willst du etwa, dass ich die arme Frau auf dem Gepäckträger transportiere?«

»Warum nicht?« Mein Expartner grinste böse. »Letzte Woche habe ich in einem Film gesehen, wie einer eine Leiche über Amazon verschickt hat. Die postmoderne Form des perfekten Verbrechens, im wahren Sinne des Wortes.«

»Verdammt, du musst mir die Karre leihen. Außerdem brauche ich Müllsäcke, diese großen schwarzen. Früher hattest du die immer da.«

Gorbitsch machte ein Gesicht, als würde ich ihn um wer weiß was bitten. Dabei hatte er, wie sich herausstellte, alles zur Hand: passende Müllsäcke, sowohl in Schwarz als auch in Hellblau, reißfestes Klebeband, Plastikhandschuhe in verschiedenen Größen und Autoschlüssel. »Kann ich sonst noch was für dich tun?«, erkundigte er sich giftig.

»Danke, du bist ein Schatz«, lobte ich. »Ach ja, da wäre tatsächlich noch was: Wenn ich die Tote verpackt habe, wäre es nett, wenn du kurz mit anfassen könntest. Allein schaffe ich es nicht die Treppe hinunter …«

Nicht nur das, er half mir sogar dabei, Frau Weichberger nach Hause zu bringen. Die Adresse stand auf einer Visitenkarte, die ich in ihrer Handtasche gefunden hatte: ein ehemaliger Kotten draußen auf dem Land, in der Nähe von Drensteinfurt. Natürlich kam Gorbitsch nicht umsonst mit: Den gesamten Hinweg musste ich mir sein skrupulöses Gejammer anhören, ängstliche Bedenken, dass er sich meinetwegen den sicheren Knast einhandele, dass er Beihilfe zur Vertuschung eines Kapitalverbrechens leiste und was für ein katastrophales Bild es im Nachhinein auf unsere gemeinsame Zeit als Privatschnüffler werfe, dass wir jetzt eine Leiche im Kofferraum durch die Landschaft kutschierten.

»Sieh es doch mal von einer anderen Seite«, meinte ich. »Wie lange ist es jetzt her, dass wir gemeinsam was unternommen haben?«

Es war nämlich ein ausnehmend schöner Tag, regelrechtes Ausflugswetter. Das Münsterland zeigte sich von seiner goldenen Seite. Gorbitsch wusste das nicht zu würdigen, er hatte weder einen Blick für die wunderbare Gartenlandschaft, die an uns vorüberzog, noch für die endlosen Karawanen von Radfahrern, die diesen Sommertag für eine Tour nutzten. Familien, Pärchen und Kegelclubs – alle pflückten den Tag und strampelten fröhlich dahin, nicht einer beschwerte sich, dass das Wetter aus der Sicht einer Regentonne eine einzige Pleite war. Aber so war mein Expartner: Egal, wie schön das Leben war, er konnte es nur dann genießen, wenn er was dran auszusetzen hatte.

Illbritt Weichbergers Haus stand allein und war von einem weiträumigen Garten umgeben. Perfekte Bedingungen für das, weshalb wir gekommen waren. Nachdem wir mehrmals geklingelt hatten, um sicherzugehen, dass niemand zu Hause war, hievten wir uns mitsamt der Verblichenen über den Gartenzaun, befreiten sie aus ihrer Verpackung und ließen sie in ihren eigenen Swimmingpool gleiten. Unter den gegebenen Umständen hielten wir es für die beste Lösung, denn so konnten wir uns und der armen Frau Weichberger die umständliche und unwürdige Prozedur des Wiederankleidens ersparen.

»Unter den gegebenen Umständen«, murrte Gorbitsch und verdrehte die Augen.

Ich sah Illbritt Weichberger zu, wie sie sich von der sanften Brise langsam in die Mitte des Pools hinaustreiben ließ. Ein Augenblick der Gelassenheit, des Nachhausekommens. Das erste Mal, dass ich sie entspannt erlebte, nicht unter Strom stehend, in irgendeine Kamera lächelnd oder eine Gesprächsrunde dirigierend. »Ich bin mir sicher, unter den gegebenen Umständen hätte sie es nicht anders gewollt«, beharrte ich.

Gorbitsch zischte missbilligend. »Für dich zählt doch nur eins: nämlich ob du wirklich Sex mit ihr hattest. Wenn ja, dann kriegen sie dich, auch wenn du sie mit Bleigewichten beschwerst.«

»Ach ja? Die haben doch nicht mal eine Speichelprobe von mir.«

»Wart's ab. Die werden sie sich schon noch holen.«

Ich war fest entschlossen, mich von ihm nicht entmutigen zu lassen, und setzte darauf, dass mir dieser Todesfall nicht gleich wieder falsche Anschuldigungen und Untersuchungshaft einbrachte. Gorbitsch malte gern den Teufel an die Wand, darin war er immer schon gut gewesen. Trotzdem schuldete ich ihm etwas, deshalb lud ich ihn, sobald wir zurück waren, zum Mittagessen in den »Antalya Grill« ein.

Wir plauderten ein wenig, probierten einen neuen Krautsalat, und ich schlug vor, angesichts des Sommerwetters im Kanal schwimmen zu gehen.

»Du hast vielleicht Nerven«, meinte er schlecht gelaunt. »Warum hast du nicht eben die Gelegenheit ergriffen, als wir bei ihr am Pool waren?«

»Sehr komisch.«

»Noch nie was vom Fluch der bösen Tat gehört, Ole?« Mein Expartner matschte unwillig in seinem Krautsalat herum. »Der äußert sich in Form von Träumen, die einen nach dem begangenen Verbrechen verfolgen. Du wachst mitten in der Nacht auf, weil dir so war, als hättest du ein Geräusch gehört. Und dann steht sie neben deinem Bett, triefend vom Wasser des Beckens, in das du sie geworfen hast, und starrt dich mit ihren erloschenen Augen an. Deutet auf dich mit ihrem dürren Totenfinger. Und du liegst da, schweißgebadet, und wünschst, du hättest nie getan, was du getan hast, aber es ist zu spät …«

»Was habe ich denn getan?«, ärgerte ich mich. »Hey, Gorbitsch, denkst du jetzt doch, ich hätte sie ermordet?«

Mein Expartner durchbohrte mich förmlich mit seinem investigativen Journalisten-Blick. »Ich weiß nicht, was ich denken soll«, sagte er.

Sein Ton gefiel mir ganz und gar nicht. »Was ist mit unserem Deal: Du beweist meine Unschuld, und ich steigere deine Auflage? Ist der geplatzt, oder was?«

»Nein, ist er nicht. Aber deine Unschuld beweisen gilt nur für den Fall, dass du wirklich unschuldig bist.«

»Ach, so ist das also.«

»Ja, so ist das. Schließlich bin ich als Zeitungsmann der Wahrheit verpflichtet.«

Ich kicherte. »Du und der Wahrheit verpflichtet.«

»Schade, dass du das komisch findest. Denn zweitens ist unser Deal sowieso hinfällig für den Fall, dass du meine Freundin flachgelegt hast.«

»Aber ich habe dir doch klipp und klar gesagt, dass ich –«

»Ich weiß, was du gesagt hast, Ole. Das ist ja gerade das Problem. Gleichzeitig sprichst du mit Typen, die gar nicht da sind, und in deinem Bett liegt eine nackte Tote. Das ist alles ein bisschen viel auf einmal, findest du nicht?«

»Warum fragst du nicht Laura?«, schlug ich vor, obwohl mir nicht ganz wohl dabei war. »Sie wird dir bestätigen, dass zwischen uns nichts gelaufen ist.«

»Hab ich längst getan.« Gorbitsch kaute minutenlang auf seinem eingelegten Weißkohl, als käme er nie im Leben auf die Idee, dass mich interessieren könnte, was sie geantwortet hatte.

»Und?«, fragte ich endlich.

»Natürlich hat sie Nein gesagt. Aber ich kenne sie. Wichtig ist, was sie *nicht* gesagt hat.«

»Blödsinn. Wichtig ist, was sie gesagt hat. Und sie hat Nein gesagt.«

»Und dass du als Mann so ziemlich der Letzte wärst, der sie interessieren würde. Ein Langweiler, der weniger erotische Ausstrahlung besitzt als der Heilige Vater in Rom.«

»Das hat sie gesagt?«

»Das hat sie gesagt. Wortwörtlich.«

»Na vielen Dank«, sagte ich.

»Aber weißt du was: Genau deswegen traue ich ihr nicht über den Weg.«

»Du kannst mich mal, Gorbitsch. Wie man so sein kann wie

du, war mir schon immer ein Rätsel.« Ich warf einen Geldschein auf den Tisch und stand auf. »Und mit so was hab ich mal zusammengearbeitet.«

Sollte er doch an seiner Eifersucht ersticken. Ich hatte insgesamt ein gutes Gefühl, vor allem deshalb, weil Schröder sich bis jetzt nicht hatte blicken lassen. Leider währte dieses Gefühl nur noch bis zum frühen Abend. Kurz nach achtzehn Uhr, Gorbitsch war gerade zu einer Redaktionssitzung des »Schmierfink« aufgebrochen, klingelte es an der Tür. Draußen stand ein spindeldürrer Mann mit rotem Gesicht.

»Truthaan, Kripo Münster«, sagte er mit einer leicht hühnerigen Stimme. »Wir kennen uns ja bereits.«

»Kommen Sie doch herein, Herr Truthaan«, sagte ich, um einen feierabendlichen Ton bemüht. »Was kann ich für Sie tun? Kaffee oder Mineralwasser?«

»Ein anderes Mal«, meinte er. »Jetzt wäre es mir lieber, wenn Sie mich begleiten würden.«

»Sonst gern, Herr Kommissar, aber heute passt es schlecht.«

»Leider muss ich darauf bestehen«, sagte er, ausnehmend höflich wie ein Kellner, der bedauert, dass die Ofenkartoffeln aus sind. »Es geht sehr wahrscheinlich um Mord, und Sie sind einer unserer Hauptverdächtigen. Also machen Sie keine Schwierigkeiten.«

18

»Ich war es aber nicht, Herr Kommissar.«

»Das werden wir noch zu klären haben. Zunächst möchte ich ein paar Dinge von Ihnen wissen.«

Es war etwa eine halbe Stunde später. Wir befanden uns im Vernehmungsraum des Polizeipräsidiums, das für mich schon etwas Heimeliges hatte. Einer der Kollegen musste Geburtstag haben, denn auf dem Nebentisch, außerhalb meiner Reichweite, standen Teller mit Nusskuchen, Erdbeertörtchen und eine Thermoskanne.

»Wie Ewelyn Holtz, die für Frau Weichbergers Termine zuständig ist, ausgesagt hat, war die Verstorbene gestern Abend mit einer Schulkameradin verabredet. Während dieser Verabredung oder anschließend hat sie bei Ihnen angerufen.«

»Ach ja? Woher wollen Sie das wissen?«

Truthaan legte ein Handy auf den Tisch und schob es zu mir herüber. »Darauf ist Ihre Nummer gespeichert.«

»Also gut«, sagte ich. »Sie hat angerufen, jetzt fällt's mir wieder ein. Wir hatten vor Tagen locker ein Treffen verabredet. Sie hat angerufen, um abzusagen, weil sie sich ja mit ihrer ehemaligen Schulfreundin treffen wollte.«

Truthaan legte ein weiteres Gerät auf den Tisch. Es war Gorbitschs Anrufbeantworter. Er betätigte den Wiedergabeknopf. »Hier ist Illbritt«, hörte ich den hinlänglich bekannten Text. »Ich weiß, es ist ziemlich spät, aber ich bin gerade in der Nähe und würde kurz bei Ihnen vorbeischauen, wenn Sie nichts dagegen haben. Es wäre ja einiges zu besprechen hinsichtlich der geplanten Show. Ich habe mir da was überlegt und bin mir sicher, selbst Ihnen fallen die Ohren ab. Bis gleich.«

Truthaan stoppte und sah mich nur an. Kein spöttisches *Wie wollen Sie mir das erklären?* oder *Ich werde das Gefühl nicht los, dass Sie mich anlügen.* Er sah mich einfach nur an.

»Wie haben Sie das hingekriegt?«, wunderte ich mich. »Ich

meine, zufällig kann ich mich genau daran erinnern, die Nachricht gelöscht zu haben.«

»Sie haben nur den Anrufbeantworter ausgeschaltet«, erklärte der Hauptkommissar geduldig. »Wenn Sie löschen wollen, drücken Sie diese Taste: *Nachrichten löschen*. Sehen Sie?« Wieder dieser Blick.

»Also gut, ich erinnere mich jetzt: Sie hat angerufen, ist dann aber doch nicht gekommen.«

»Aus welchem Grund?«

»Woher soll ich das wissen? Sagen Sie mir lieber, woher Sie das Handy haben.«

»Nun, das geht Sie zwar nichts an, aber meinetwegen: Es wurde uns zugestellt.«

»Es wurde Ihnen zugestellt, einfach so? Das macht Sie nicht misstrauisch?«

»Und ob uns das misstrauisch gemacht hat, Herr Frings. Dann wäre da noch etwas.« Truthaan öffnete einen Schnellhefter und entnahm ihm einige lose Blätter. »Auf Ihrem PC fand sich eine recht blutrünstige Geschichte, die uns für den Fall relevant erschien, weshalb wir uns erlaubt haben, sie auszudrucken.«

»Ach die«, sagte ich und erinnerte mich, allerdings nur dunkel. »Schön, dass Sie sich für meine Arbeit interessieren.«

Truthaan zog eine Lesebrille auf und überflog die Seiten. »Literatur ist nicht gerade mein Steckenpferd«, sagte er und lächelte säuerlich. »Aber Hand aufs Herz – damit haben wir es hier auch nicht zu tun, was?«

»Wie wollen ausgerechnet Sie das beurteilen?«

»In Ihrer Geschichte geht es um die Ermordete, die mit ihrer TV-Show Täter zur Strecke bringt. Und am Ende wird ihr der Garaus gemacht. Habe ich das richtig wiedergegeben?«

»So in etwa.«

»Sie beschreiben also den Mord an Illbritt Weichberger und liefern auch das passende Motiv.«

»Ganz und gar nicht«, tadelte ich. »Wenn schon, dann lesen Sie bitte genau und vor allem bis zu Ende. Soweit ich mich erinnere, wird Frau Weichberger tot im Studio aufgefunden. Von Ertrinken ist nirgends die Rede.«

»Von Ertrinken ist auch nicht die Rede«, erwiderte der Kommissar kühl. »Bisher steht lediglich fest, dass Frau Weichberger tot in ihrem Pool gefunden wurde. Der Arzt vermutet Herzstillstand.«

»Ein Badeunfall also?«

»Nicht so schnell, Herr Frings. Ihre Nachbarn haben zuverlässig ausgesagt, dass Frau Weichberger niemals nackt gebadet hat. Aus Angst vor Paparazzi.«

»Ach, das haben sie? Dann frage ich mich, wozu sie noch Paparazzi brauchte, wenn die Nachbarn sowieso immer gespannt haben.«

»Wer sagt, dass sie das getan haben?«

»Wenn nicht, woher wollen sie dann wissen, dass Frau Weichberger nie hüllenlos geplanscht hat?«

»So kommen wir nicht weiter«, meinte Truthaan, jetzt doch leicht verärgert.

»Das ist aber nicht mein Problem«, sagte ich.

»Wenn Sie kooperieren«, erwiderte er, »kann das nur von Vorteil für Sie sein.«

»Ich verlange, von Hauptkommissarin Willeke verhört zu werden.«

»Die Kollegin fühlt sich heute nicht wohl. Abgesehen davon haben Sie nichts zu verlangen, Herr Frings. Wo kämen wir denn da hin?«

»Oder von Düsseldorf. Das wäre überhaupt das Beste. Wo steckt der überhaupt?«

Erst am Abend bekam ich die Gelegenheit zu telefonieren und wählte die Nummer meines Anwalts.

»Bork?«

»Leg nicht auf, hör mir einen Moment zu.«

»Ole, bist du das schon wieder?«

»Nein, hier ist Hoppenstedt von der Anwaltskammer.«

»Dr. Hoppenstedt, ich grüße Sie.«

»Quatsch, ich bin's natürlich, Nicklas. Es geht um deinen Thrillerstoff.«

»Scheiße noch mal, wie oft soll ich dir noch sagen, das ist eine Komödie!«

»Wie recht du hast.«

»Du bist so ein Versager, Ole. Ich hab die anderen von der Literaturwerkstatt zusammengetrommelt. Wir haben eine Unterschriftenliste ausgelegt. Wer dafür ist, dass wir uns einen anderen Coach suchen. Fast alle haben unterschrieben.«

»Klar, Nicklas, kann ich verstehen. Dein Stoff hat mir ja gefallen, aber du hast eine Komödie geschrieben, da ist es geschmacklos, von einem Thriller zu sprechen. Das habe ich Speck auch gesagt. Also werft mich ruhig raus, und du frag am besten einen, der was davon versteht. Ich wünsche dir viel Glück.«

»Moment mal, nicht so schnell: Speck?«

»Goliath Speck, ganz genau.«

»Nur damit ich dich richtig verstehe: Du meinst also *den* Speck? Den Filmemacher?«

»Tja, weißt du, wir kennen uns zufällig. Und er kam vorbei und hat einen kurzen Blick in dein Skript geworfen. Tut mir leid, hätte er natürlich nicht tun dürfen ohne deine Einwilligung.«

»Und?«

»Kommt nicht wieder vor, versprochen. Und wenn ihr mich sowieso absägt …«

»Jetzt hör doch mal auf damit. Was hat er gesagt?«

»›Superthriller‹, hat er gesagt. Natürlich habe ich ihn umgehend aufgeklärt, dass er komplett falschliegt.«

»Der und falschliegen – ich höre wohl nicht recht!«

»Genau, Nicklas. Weißt du, eigentlich lag er nämlich gar nicht so falsch. Bei manchen Stoffen, meint er, bringt es enorm viel, sie gegen den Strich zu bürsten, verstehst du? Natürlich nur in der verfilmten Fassung.«

»Gegen den Strich?«

»Ein Drama als Komödie zu inszenieren. Den ›Herrn der Ringe‹ als Dokusoap oder ›Die kleine Hexe‹ als Actionthriller.

So in der Art. ›Zäume ein Pferd von hinten auf‹, sagt Goliath immer. ›Nur so kannst du herausfinden, wie es ist, rückwärts zu galoppieren.‹«

»Klar, absolut. Der Mann hat was drauf. Und du meinst …«

»Er hat zum Beispiel den ›Terminator‹ als Sitcom produziert. Mit riesigem Erfolg übrigens.«

»Kann ich mir vorstellen.«

»Also gut, Nicklas, wenn weiter nichts mehr anliegt«, sagte ich zerknirscht. »Das wollte ich nur noch loswerden, bevor ich zurücktrete.«

»Quatsch, du trittst nicht zurück! Kommt nicht in Frage. Scheißegal, was die anderen unterschrieben haben. Jetzt lass dich nicht so bitten. Sprich mit ihm.«

»Weißt du, der Mann ist so gefragt, du machst dir keine Vorstellung. Ich glaube kaum, dass er für –«

»Ole, das ist meine Chance, groß herauszukommen. Die *musst* du mir einfach gönnen. Ich verspreche auch, dich herauszupauken.«

»Herauspauken? Wie willst du das machen? Alle Beweise stehen gegen mich.«

»Vertrau mir und vergiss die Beweise. Ich bin Jurist. Wenn du gut bist, kannst du sogar Jack the Ripper herauspauken. Und ich bin gut.«

19

Es war ganz so, wie Gorbitsch mir prophezeit hatte. Ich wachte nachts auf, weil mir danach war, als hätte ich ein Geräusch gehört. Dann schlug ich die Augen auf und sah die Gestalt direkt neben meinem Bett stehen. Nur dass es nicht Illbritt Weichberger war, sondern Schröder. Er trug einen Pyjama mit kleinen Elefanten drauf, die im Dunkeln leuchteten.

»Ich finde, dieses Mal solltest du dir nichts darauf einbilden«, sagte er.

Demonstrativ drehte ich mich auf die andere Seite und starrte die Wand an.

»Zugegeben: Handwerklich betrachtet war es eine recht ansehnliche Aktion. Aber was habe ich dir beigebracht: Wir sind keine Handwerker, wir sind Mörder.«

»Halt den Mund!«, sagte ich gegen die Wand. »Lass mich schlafen.«

»Ein Mord wird von einer Grundstimmung getragen. Dabei spreche ich nicht von Emotion. Emotion ist fehl am Platz, es sei denn, man plant einen Amoklauf. Die Stimmung, die ich meine, trägt den Mord eher atmosphärisch.«

»Blablabla«, sagte ich. »Du bist nicht wirklich, Schröder, und deshalb würde ich an deiner Stelle das Maul nicht so weit aufreißen.«

»Du findest es vielleicht nebensächlich«, fuhr er fort, »aber die entscheidende Frage dieses Mordes ist: Mit wem hast du geschlafen? Wenn man sich nicht einmal erinnern kann, mit wem man vor wenigen Stunden Sex hatte, dann ist Hopfen und Malz verloren.«

»Was zum Teufel verstehst du denn davon …!«, wollte ich ihm ins Gesicht schleudern und drehte mich wieder zu ihm hin.

Aber Schröder war verschwunden.

Was er gesagt hatte, ging mir nicht aus dem Kopf. Denn wieder einmal hatte er recht. Die Frage, mit wem ich Sex gehabt hatte, beschäftigte mich den Rest der Nacht und auch den nächsten Morgen. Ich grübelte noch, als mir Hauptkommissar Truthaan mit seiner Tasse Kaffee wieder gegenübersaß.

»Laura Mancini«, sagte ich. »Sie könnte auch hinter dem Mord stehen. Haben Sie ihr Alibi überprüft?«

Der Kommissar schien nicht begeistert von dieser Idee. »Warum sollte sie Frau Weichberger töten?«

»Ich habe nicht die leiseste Ahnung.«

»Ein ehemaliger Lebensgefährte Frau Mancinis, Trutz Billerbeck, hat ausgesagt, dass sie ihn in der fraglichen Nacht auf den fünfzigsten Geburtstag seines Bruders nach Hamburg begleitet hat.«

»Na gut. Was ist mit diesem Sörensen? Und der ominösen Schulkameradin?«

»Herr Sörensen befindet sich längst auf freiem Fuß. Es haben sich keine weiteren Verdachtsmomente gegen ihn ergeben. Und was die Schulfreundin angeht – das war doch wohl keine ernst gemeinte Frage.«

Truthaans mitleidiger Blick ärgerte mich. Ich fragte mich, was das Mitleid auslöste: die Tatsache, dass ich als Unschuldiger den Schikanen unfähiger Ermittler ausgesetzt war, oder die, dass ich ein geisteskranker Serienkiller war, der kurz davor war, lebenslang in einer psychiatrischen Anstalt zu verschwinden.

»Ich hätte aber noch einen für Ihre Liste der Verdächtigen«, sagte ich.

»Gerne«, meinte er und seine Miene hellte sich ein wenig auf. »Lassen Sie hören.«

»Das Problem dabei ist allerdings, dass er nur mit mir redet.«

»Keine Sorge«, lächelte der Hauptkommissar. »Wir werden ihn schon dazu bringen, uns Rede und Antwort zu stehen. Das kriegen wir hin.«

»Nein, nein, ich meine: Ich bin auch der Einzige, der ihn sehen kann.«

In Truthaans Gesicht zuckte es ganz kurz, so als hätte ich ihm unter dem Tisch einen Tritt gegen sein Schienbein verpasst. »Der ihn sehen kann?«

»Mir ist durchaus bewusst, Herr Kommissar, wie seltsam sich das anhört. Zuerst habe ich gedacht, Schröder ist nur eingebildet, eine Phantasiefigur. Aber wie kann er das sein, wenn er all diese Menschen umbringt? So was schafft doch keine Phantasiefigur, oder was meinen Sie?«

»Nein, das schafft sie wohl nicht«, gab er mir recht. Dass er vergaß, seinen Mund zu schließen, ließ mich vermuten, dass ich ihn aus dem Konzept gebracht hatte. »Und sein Name ist Schröder? So wie der Kerl in Ihrer Geschichte?«

»Korrekt. Tom Schröder. Ich weiß nicht, warum er es getan hat, aber momentan wäre er für mich der Einzige, der in Frage kommt.«

»Okay.« Hauptkommissar Truthaan nickte ausgiebig. Ich musste eine ganze Weile warten, bis er ausgenickt hatte. »Also gut …«, meinte er. »Dann müssen wir uns mit diesem Herrn wohl einmal unterhalten …«

»Ehrlich?«, freute ich mich. »Und es macht Ihnen gar nichts aus, dass er manchmal unsichtbar ist?«

»Überhaupt nicht.« Truthaan schien es plötzlich eilig zu haben, die Vernehmung zu beenden. An dem Blick, den er mir beim Hinausgehen zuwarf, war deutlich abzulesen, dass er sich damit überfordert fühlte, Verdächtige zu befragen, die offenkundig den Verstand verloren hatten.

Immerhin – ein Versuch war es wert gewesen.

20

»Hier spricht Dr. Cornelius Rütli«, sagte der Anrufbeantworter. »Leider rufen Sie außerhalb der Sprechzeiten an. Aber nur zu: Sagen Sie, was Sie auf dem Herzen haben. Wenn Sie einen Termin vereinbaren wollen, brauche ich Ihren Namen und eine Telefonnummer, damit ich Sie zurückrufen kann. Bitte schildern Sie auch kurz den Grund, weshalb Sie eine Therapie erwägen, damit ich Ihre Heilungschancen in etwa abschätzen kann.« Es piepste.

»Hier ist Ole Frings«, sagte ich. »Sicher kennen Sie mich aus der Zeitung. Man wirft mir vor, einige Menschen ermordet zu haben, dabei war es eine andere Person, die ich mir nur eingebildet habe. Einbildung ist aber doch nicht strafbar. Vermutlich handelt es sich um einen Fall von mentaler Inkontinenz. Wenn Sie etwas für mich tun können, melden Sie sich. Sie erreichen mich entweder in der JVA Münster oder mobil unter null, zwei …«

Es piepste wieder.

Warum hatte ich bei dem Kerl angerufen? Weil ich professionelle Hilfe brauchte? Möglich. Dazu kam auch, dass meine Beliebtheitskurve dramatisch nach unten zeigte. Nach Illbritt Weichbergers Ableben waren ermutigende Weiter-so-Botschaften, wie ich sie nach den ersten Morden oft erhalten hatte, fast ausgeblieben, stattdessen nannte man mich ein Monstrum, für das die Todesstrafe noch zu milde sei. Ein schleimiges Insekt, das jeder auch nur halbwegs zivilisierte Einwohner dieser für ihre Anständigkeit so oft gelobten Stadt zertreten müsse, wo immer es ihm auch über den Weg krabbele. Frauen wollten sich nicht mehr nach meiner Haftentlassung mit mir verabreden, sie deuteten vielmehr an, dass ich ihr Gesicht nicht kenne, sie aber sehr wohl das meine, sodass ich bei meinem nächsten Bummel durch die Fußgängerzone sehr darauf achten müsse, wem ich den Rücken zukehre.

Im Internet sah es noch bizarrer aus. Wie Hauptkommissar Truthaan mir berichtete, hatten sich in den sozialen Netzwerken über zwanzig Foren zusammengefunden, die die Frage besprachen, wie man den schändlichen Mord an der beliebten Fernsehmoderatorin vergelten könne. Klassische Methoden wie Erschießen, Erstechen oder Erschlagen wurden ebenso diskutiert wie kreative, darunter zum Beispiel die für den Terrorismus in dieser Stadt so typische Fahrradbombe. Über vierhundert User meldeten sich für eine Mahnwache, die täglich vor dem Eingang der JVA Münster eingerichtet werden sollte, um Hassparolen zu skandieren. Und für den Tag meiner Entlassung gab es eine lange Liste, auf der sich Menschen eingetragen hatten, um mir aufzulauern und mich auf effektive und qualvolle Weise ableben zu lassen.

Mir war schon bald klar, wem ich das alles zu verdanken hatte: Gorbitsch. Entgegen seinen Versicherungen nämlich glaubte er mir nicht, dass ich am Tod der Weichberger unschuldig war, und er verdächtigte mich, ihn mit seiner geliebten Laura betrogen zu haben. Jetzt schlug er auf seine hinterhältige Art und Weise zurück.

Vermeintlich unschuldiger Krimiautor doch eine Bestie?

Wir alle in dieser Stadt befinden uns noch in Schockstarre angesichts dieses neuen unsäglichen Verbrechens. Und weiß Gott, es ist ja auch nicht irgendein schändlicher Mord und nicht irgendeine x-beliebige Tote. Illbritt Weichberger, die weltbekannte Fernsehmoderatorin, ist nicht mehr. Eine weithin leuchtende Ikone des Entertainments – sogar die Bundeskanzlerin äußerte sich irritiert, und der Bundespräsident würdigte in einer Beileidsbotschaft die Verdienste Weichbergers um jene Freiheit, für die er immer gestanden habe, sodass man sie quasi als seine Erfindung bezeichnen könne.

Draußen in Drensteinfurt herrscht eine ganz besondere Atmosphäre, vergleichbar mit der in Manhattan, New York, an jenem denkwürdigen Tag nach dem feigen Mord an John Lennon. Tausende haben sich vor Illbritt Weichbergers Grundstück eingefunden, um Anteil zu nehmen, zu trauern oder einfach nur zu fotografieren. Sie zünden Kerzen an und legen Kränze nieder. Du fehlst uns, Britti, ist darauf zu lesen, oder: Wie sollen wir je wieder fernsehen ohne dich? Blumen, so weit das Auge reicht. Die Abfallwirtschaftsbetriebe haben inzwischen dringend darum ersucht, kein weiteres Pflanzenwerk niederzulegen, da immer mehr Trauernde die Gelegenheit nutzen, im unüberschaubaren Blütenmeer ihren Gartenmüll zu entsorgen.

Noch wissen wir nicht genau, was passiert ist, aber dem aufmerksamen Zeitgenossen kann nicht entgehen, dass wieder einmal, so wie bei den vorhergegangenen Morden, ein Name fällt: Ole Frings. Sosehr man sich auch an die Unschuldsvermutung klammert oder gegen Vorverurteilungen verwahrt: Immer, wenn Blut fließt, hat dieser Kerl angeblich nichts damit zu tun. Fragen wir also weiter: Wer ist Ole Frings? Eine tragische Existenz, ein Schriftsteller ohne nennenswerten Erfolg, bis zur Halskrause vollgestopft mit Frust und Aggression gegen die ihn ablehnende Öffentlichkeit, allen voran das Fernsehen. Natürlich bestreitet er, in die Sache verwickelt zu sein; er habe nur mit der Ermordeten geschlafen. Was kann man ihm überhaupt glauben, und was ist erstunken und erlogen?

Die Kripo geht davon aus, dass Illbritt Weichberger nicht zu Hause starb, sondern schon tot war, als sie in den Pool gelegt wurde. Selbstmord scheidet also aus. Dann ein weiterer Hinweis: Im Haar der Ermordeten fanden sich Sporen, die aus dem südlichen Australien stammen. Führt die Spur also nach Übersee? Keineswegs, sagt der Schmierfink. Ein kritisches Organ seiner Klasse fällt nicht auf falsche Fährten solch plumper Art herein. Die Sporen stammen von einer Getreidesorte, die als Futtermittel für den seltenen Beutelhirsch dient, ein Tier, das mit dem kanadischen Elch verwandt ist, aber nur in Australien vorkommt. Ergo: Die Spur führt nicht auf den Fünften Kontinent, sondern in den Allwetterzoo Münster.

Was verheimlicht Ole Frings, und welche Rolle spielt der australische Beutelhirsch in diesem tragischen Mordfall? Bestellen Sie noch heute ein Schnupperabo zu sensationellen Konditionen. Damit der Schmierfink Sie jederzeit auf dem Laufenden halten kann.

Von unserem Redakteur
Günter Schabowski

Freitagmorgen, kurz nach dem Frühstück, bekam ich Besuch von Nicklas Bork. »Gute Nachrichten!«, trompetete er. »Der Staatsanwalt befürwortet deine Entlassung.«

»Toll«, sagte ich erleichtert. »Wie hast du das hingekriegt?«

»Kleinigkeit. Angeblich gibt es eine neue Beweislage.« Bork senkte seine Stimme zu einem verschwörerischen Raunen. »Aber das kann uns egal sein, was?«

»Egal? Wieso?«

»Ich sage nur: Hellenthal.«

»Hellenthal? Wo liegt denn das?«

»Ich meine den Staatsanwalt. Kurt Hellenthal. Er ist mit im Boot.« Mein Anwalt stupste mich an, da ich mich so begriffsstutzig anstellte. »Er kriegt eine Rolle in dem Film, aber dafür schuldet er uns einen winzig kleinen Gefallen.«

»In welchem Film denn?«

»Na, der neue Film von Goliath Speck. Nach einem Drehbuch von Nicklas Bork.«

»Moment mal, wie kannst du dem Staatsanwalt eine Rolle versprechen? Abgesehen davon, dass du das gar nicht zu entscheiden hättest, weißt du doch noch gar nicht, ob –«

»Hey, bleib cool«, meinte Bork. »Hellenthal ist ein alter Filmfreak, der kennt die Dialoge aller Schwarzenegger-Filme vor- und rückwärts. Und ich hab ihm gesagt, dass die Sache so gut wie wasserdicht ist, da konnte er nicht widerstehen. Wir zählen auf dich.«

Jetzt waren es schon zwei, die auf mich zählten. Ich würde mir etwas einfallen lassen müssen.

Wenigstens machte Bork dieses Mal keine leeren Versprechungen: Gegen Mittag erhielt ich meine Habseligkeiten zurück. Hauptkommissarin Willeke erwartete mich. »Es gibt noch einen anderen Ausgang«, sagte sie. »Aus Sicherheitsgründen.«

Tatsächlich schien der lynchwütige Facebook-Mob keinen Gedanken daran verschwendet zu haben, dass die Haftanstalt über einen Hinterausgang verfügte. Zusammen mit der Hauptkommissarin stieg ich in einen Kleinwagen, dessen Innenraum angenehm nach ihrem Parfum roch, und ließ mich nach Hause kutschieren.

»Ist das Wetter nicht phantastisch?«, schwärmte ich. »Ideal für die Entlassung aus der U-Haft. Ein Tag, an dem sich Ermittlerin und ehemaliger Hauptverdächtiger die Hand reichen sollten. Zur Versöhnung vielleicht gemeinsam eine Eisdiele aufsuchen …«

Ihr Blick fühlte sich an wie eine kalte Hand, die sich mit eisernem Griff um meine Gurgel legte. Ich verstummte, aber nur für eine Weile, weil mich ihr vorwurfsvolles Schweigen gehörig nervte.

»Sie halten mich für einen Mörder, stimmt's? Sie und all diese Leute, allen voran die sogenannte Net-Community – für die ist klar, dass ich ein skrupelloser Killer bin. Ihr macht es euch verdammt einfach: Haltet diesen Kids einen virtuellen Lappen vor die Nase, lasst sie dran schnuppern und sagt: Fass! Und schon geht's los.«

Hämisches Grinsen, Kopfschütteln, aber immer noch Schweigen.

»Was hat mir Frau Weichberger denn getan? Gut, sie war karrieregeil und krankhaft ehrgeizig, keine guten Eigenschaften, wenn Sie mich fragen, aber, mal ehrlich: Sollte ich sie deshalb umbringen? Abgesehen davon ist das gar nicht nötig. Man kann sie ja jederzeit ausschalten.«

»Mordmotive sind selten rational.« Endlich sprach Ella Willeke, wenn auch von oben herab, in belehrendem Ton. »Und sie sind auch nicht so simpel wie der Grund, warum man sich für ein bestimmtes T-Shirt entscheidet oder einen Film ansieht.«

»Okay, Frau Hauptkommissarin, ich erkläre Ihnen, was für mich ein klares Motiv wäre. Goliath Speck, der Filmheini – nur so als Beispiel –, dieser Kerl hat meine Beziehung auf dem Gewissen. Er schläft mit meiner Frau, und sie fährt auf ihn ab, obwohl er einen Froschmund hat und fette, wurmförmige Lippen. Allein die Vorstellung, dass diese Lippen ihre Haut berühren könnten, müsste ihr eigentlich Pickel verursachen. Aber nichts dergleichen: Der Mann kriegt, was er will, und er hat sich meins genommen. Das nenne ich ein Mordmotiv.«

»Wow!«, spottete Frau Willeke. »Sie klingen ja wie ein richtiger Mörder. Ein echter Kerl, der die Schnauze voll hat und sich nichts gefallen lässt.«

»Genau das würden Sie doch gern aus mir machen«, gab ich zurück, wütend, weil es offenbar ihre neue Strategie war: so zu tun, als würde sie mich nicht ernst nehmen. Als ob ich so blöd wäre, darauf hereinzufallen. »Und Sie hätten es auch getan, wenn mein Anwalt mich nicht herausgepaukt hätte.«

Frau Willeke prustete kaum hörbar, dann schüttelte sie den Kopf. »Ihr Anwalt, ja?«

»Dr. Nicklas Bork, richtig.«

»Er hat Sie also herausgepaukt?«

»Ja. Was zum Teufel ist daran amüsant?«

»Da gab es gar nichts zu pauken«, sagte sie. »Wir hätten Sie eh laufen lassen.«

»Wie bitte?«

»Unsere Rechtsmedizin hat keinerlei Hinweis auf Fremdeinwirkung gefunden. Die Todesursache lautet Herzversagen, möglicherweise aufgrund eines allergischen Schocks, aber das wird noch genauer untersucht. Da ist vorerst nichts, was auf Sie als Täter deutet. Die Spur ist kalt.«

»Ein Schock? Was könnte ihr den versetzt haben?«

»Der Genuss von Meeresfrüchten. Es handelt sich nicht um Mord im strengen Sinne.«

»Stimmt, sie hat Shrimps gegessen«, erinnerte ich mich. »Ich meine, natürlich nicht sie, sondern Laura. Denke ich wenigstens.«

»Laura, das ist die Frau, mit der Sie geschlafen haben wollen.«

»Schon, aber inzwischen glaube ich, dass ich gar nicht mit ihr, sondern mit –«

»Vergessen Sie's. Mit Frau Weichberger hatten Sie auch keinen Sex, auch wenn Sie sich vor der Presse damit wichtiggetan haben. Es wurden keinerlei Spermatozoen gefunden.« Wir kamen an einer Ampel zum Stehen, Frau Willeke nutzte den Augenblick, um ihre Haifischaugen auf mich zu richten. »Sie haben nur auf den Putz gehauen.«

»Nein, habe ich nicht.«

»Hören Sie auf, Frings, ich habe Sie längst durchschaut. Alles, die angeblichen Morde, Ihre sogenannten Motive – das sind doch nur jämmerliche Versuche, Ihrem kleinen Autorenleben ein bisschen Bedeutung abzuringen.«

»Nein, so kann man das nicht sagen.«

»Oh doch, man kann. Ich habe Ihnen schon gesagt, dass ich Sie nicht für den Mörder halte.«

»Schon, aber Sie begründeten es damit, dass ich nicht clever genug wäre.«

»Ich habe mich eben getäuscht.«

»Aber Sie glauben doch nicht wirklich, dass ich –«

»Sie und dieses Revolverblatt, der ›Schmierfink‹, ihr steckt unter einer Decke. Haltlose Verdächtigungen, konstruierte Indizienketten – das ist Marketing, nichts weiter.«

»Bitte schön, dann fragen Sie doch Ihren Kollegen, Herrn Truthaan«, wehrte ich mich. »Der ist sich nämlich ziemlich sicher, dass ich ein Mörder bin.«

»Truthaan können Sie vielleicht etwas vormachen, aber nicht mir.« Ella Willeke stoppte ziemlich abrupt, griff über mich hinweg und öffnete die Beifahrertür. »Und jetzt raus mit Ihnen.«

21

Ich erreichte Dr. Rütli dann doch, und es stellte sich heraus, dass er gerade Zeit hatte. Seine Praxis befand sich in direkter Bahnhofsnähe, in einem schäbigen ehemaligen Verwaltungsgebäude, in denen früher Bahnangestellte an Schreibtischen gesessen, aus dem Fenster geschaut und Waggons gezählt hatten. Es roch immer noch nach Radiergummi und Farbband, und von der hohen Decke baumelte das Skelett eines riesigen Ventilators. Rütlis Praxis befand sich in einem Raum – Vorzimmer, Wartezimmer und Sprechzimmer waren lediglich durch spanische Wände voneinander getrennt. Mir war klar, weshalb die üblichen Illustrierten zum Durchblättern fehlten: Je nach Klient konnte das Warten eine spannende und kurzweilige Sache werden.

Rütli war ein kleiner hektischer Kerl unbestimmbaren Alters mit dickem, strähnigem Haar, das einer Grasnarbe ähnelte. Er erwartete mich an der Tür. Seine kleinen Augen musterten mich fragend. »Sie wünschen?«

»Frings«, sagte ich. »Wir hatten vorhin telefoniert.«

»Richtig, Herr Frings«, freute er sich, als hätte ich eine Prüfungsfrage korrekt beantwortet. »Treten Sie näher.«

Wir durchquerten das leere Wartezimmer und begaben uns ins Sprechzimmer. Das Mobiliar bestand aus einem gemütlichen Sessel und einer durchgelegenen Couch. An der Wand hing ein silbern gerahmtes Schwarz-Weiß-Foto: Dr. Sigmund Freud, der »Große Vorsitzende« aller Psychologen.

»Erst einmal möchte ich Ihnen gratulieren, Herr Frings«, sagte Rütli. »Psychische Beschwerden sind eine Sache; damit zum Psychodoktor zu gehen eine ganz andere. Dazu gehören Mut und eine ordentliche Portion Verzweiflung, nicht wahr? Aber keine Sorge: Bei mir sind Sie richtig.«

»Ich habe einen Gutschein«, sagte ich. »Über fünf Schnuppersitzungen.«

»Dann kann ich Ihnen gleich ein weiteres Sonderangebot

machen: Bei zehn Sitzungen gibt es drei gratis dazu. Vielleicht ist das ja interessant für Sie.«

»Das nicht, aber danke. Also, weshalb ich hier bin: Ich habe neulich etwas über mentale Inkontinenz gelesen und –«

»Incontinentia mentalis.« Rütli kicherte belustigt. »Die vergessen wir mal ganz schnell wieder. Es handelt sich dabei um ein reines Modeprodukt der Boulevardpsychologie.«

Mein Blick blieb am Freud-Foto hängen. Genau besehen handelte es sich um eine Fotomontage: Es war gar nicht der berühmte Wiener Doktor, sondern Rütli selbst, wenn auch noch deutlich jünger.

»Meine Methode«, erklärte Rütli, während er mich mit einer Geste aufforderte, es mir auf der durchgelegenen Couch gemütlich zu machen, »ist weniger anamnetisch, eher intuitiv. Für Sie hat das den Vorteil, dass Sie mir nicht haarklein jeden Traum erzählen müssen.«

Er legte beide Handflächen an die Schläfen und schloss die Augen, wie um sich zu konzentrieren. Seine dürren Spinnenfinger zuckten, die Lippen bewegten sich – für einen Moment kam mir die Idee, dass er der Psychopath wäre und ich der Therapeut. Dann schlug er die Augen auf und verwandelte sich wieder in Rütli.

»Und schon kann's losgehen: Sie waren, sagen wir mal, sieben oder acht Jahre alt. Ihre Mutter zwang Sie hin und wieder, Mädchenkleidung zu tragen, nicht wahr?«

»Wie kommen Sie denn darauf?«

»Nun, es braucht Ihnen nicht peinlich zu sein, Herr Frings. Dies ist eine Therapie, da kommen solche Dinge zur Sprache, ebenso wie Bettnässen und Masturbationsphantasien, um nur Beispiele zu nennen.«

»Aber ich habe nie Mädchenkleidung tragen müssen.«

»Wie wäre es mit einem Rollenspiel? Ich müsste Ihre Größe dahaben. Rock, Bluse, BH – was Sie wollen …«

»Hören Sie schlecht?«

»Einverstanden.« Rütli hob beschwichtigend die Hand. »Wenn Sie darüber nicht reden wollen, dann stellen wir dieses Thema erst einmal …«

»Nein, wir stellen überhaupt nichts zurück! Mädchenkleidung ist das falsche Thema.«

»Achtung, Herr Frings: Sie haben Ihre Stimme erhoben. Wenn wir laut werden, gibt es dafür immer einen Grund. Also noch einmal von vorn.« Der Psychiater grinste wie ein Honigkuchenpferd. »Sicher fragen Sie sich, warum ich darauf zu sprechen kam.«

»Worauf?«

»Auf die Episode in Ihrer Kindheit. Ihre Mutter, die Sie zwang, Mädchenkleidung zu tragen.«

»Zum Teufel noch mal!«, brüllte ich. »Niemand hat mich je dazu gezwungen!«

»Sie trugen sie also freiwillig?« Seine Augen funkelten gierig. »Das ist interessant, wenngleich es die Sache psychologisch gesehen nicht leichter macht.«

»Auch nicht freiwillig! Überhaupt nicht. Merken Sie sich das ein für alle Mal.«

Rütli lehnte sich im Sessel zurück und kaute an seinem Bleistift. »Bei mir war es im elften Lebensjahr.«

»Bei Ihnen? Was denn?«

»Meine Tante, bei der ich aufwuchs, war sehr ordnungsliebend. Sie hasste es, wenn man Gläser auf den Tisch stellte, ohne einen Untersetzer zu benutzen. Wegen der Ränder, die das Glas auf der Tischplatte hinterlässt, verstehen Sie?«

»Ja, und?«

»Es passierte natürlich immer wieder, nennen Sie es Nachlässigkeit. Und dafür gab es dann eben eine kleine Strafe.« Rütli lächelte geläutert. »Ich darf wohl sagen, dass es mir nicht übermäßig geschadet hat, bis auf die Tatsache, dass ich bis heute an vorzeitigem Samenerguss leide.«

»Ich würde jetzt gerne endlich auf Herrn Schröder zu sprechen kommen«, drängte ich.

»Auf wen?«

»Ich hatte Ihnen doch am Telefon von meiner Romanfigur erzählt.«

»Richtig! Sehen Sie, Herr Frings, die Sache ist ganz einfach:

Ihr Alter Ego, Herr Schröder, ist ein Teil von Ihnen. Er wünscht sich Anerkennung und Zuneigung. Deshalb tut er all diese Dinge.«

»Er bringt Menschen um?«

»Exakt. Er tut das, wovon er glaubt, Sie damit beeindrucken zu können. Die Kunst besteht einfach darin, beide Seiten zu sehen.«

»Beide Seiten wovon?«

»Bei mir, Herr Frings, ist es eine wunderschöne Frau. Ich versuche seit Jahren, mich mit ihr zu verabreden, aber sie hat keine Zeit, muss plötzlich verreisen oder klagt über Migräne. Alles Ausflüchte. Wollen Sie den wahren Grund dafür wissen, dass ich mir immer einen Korb einhandele? Sie will mich nicht wahrhaben, deshalb.«

»Ihr Alter Ego ist also eine Frau?«

Kopfschütteln. »Was sagte ich gerade, Herr Frings: Sie müssen beide Seiten sehen. Ich bin *ihr* Alter Ego.«

»Moment mal: Wollen Sie damit etwa behaupten, Sie sind gar nicht wirklich?«

»Und wenn – das ist alles eine Frage der Perspektive. Sie müsste sich nur darauf einlassen.«

»Aber Sie sitzen doch hier vor mir, ich meine: Wie können Sie ein Produkt der Phantasie sein?«

»Versuchen Sie, Ihren Blick auf die Welt weiter zu fassen. Nicht so beschränkt, verstehen Sie?«

»Nein.«

»Gut, dann ist das Ihre Hausaufgabe.« Rütli schwang sich aus seinem Sessel und rieb sich die Hände. »Und damit wäre unsere erste Sitzung auch schon beendet.«

22

Vierter Akt.
Liebe Vendetta,
über die Abwicklung von Nummer 4 sollten wir noch einmal sprechen. Warum muss er unbedingt mit auf der Liste stehen? Ich halte das für unklug.
Christo

Re: vierter Akt.
Jetzt wundere ich mich aber über Sie! Zuerst Ihre Bedenken, wenn es gegen Frauen geht, die man schon fast als frauenfeindlich bezeichnen muss. Und jetzt, da wieder ein männlicher Teilnehmer auf der Liste erscheint, hatte ich doch eher das Gegenteil erwartet: Freude, Häme, Euphorie.
V.

Re: Re: vierter Akt.
Es ist auch nicht so, dass ich ihn besonders mag. Er ist ein jämmerlicher Fetischist und Langweiler. Der Einzige, der nicht gähnen muss, wenn er sich reden hört. Also glauben Sie bitte nicht, ich würde aus Mitleid oder Menschlichkeit dafür plädieren, ihn am Leben zu lassen. Aber bedenken Sie, dass er viel Geld verdient. Geld, das auch in diesem unseren Projekt steckt. Wir sollten wenigstens so lange warten, bis er mich als Alleinerben in sein Testament eingesetzt hat. Zugegeben, das kann noch ein paar Jährchen dauern. Aber ich habe immer davon geträumt, später mal eine Jacht zu besitzen.

Re: Re: Re: vierter Akt.
An Eddie Dantès:
Wenn Sie eine Perle aus dem Arrangement herausnehmen wollen, hat der Schmuck seinen Zauber verloren. Der Rest ist nur noch was für Banausen. Lassen Sie eine Note aus einer Symphonie weg, und schon hört sich das Ganze banal an, öde und belanglos. Das musikalische

Gesamtkonzept fällt in sich zusammen. So arbeite ich nicht. Sie sollten mich inzwischen kennen.
V.

Re: Re: Re: Re: vierter Akt.
Ich bitte Sie, Vendetta: Das mit der Note und der Symphonie – wie oft hatten wir das jetzt schon? Stellen Sie sich doch nicht so an. Sie sind schließlich nicht Ludwig van Beethoven.
C.

Re: Re: Re: Re: Re: vierter Akt.
Was wollen Sie denn damit sagen?

Re: Re: Re: Re: Re: Re: vierter Akt.
Nichts. Gar nichts wollte ich damit sagen.

Re: Re: Re: Re: Re: Re: Re: vierter Akt.
Doch, doch, machen Sie bloß keinen Rückzieher. Ich bin nicht Beethoven: Abgesehen davon, dass das rein formal zutreffen mag, was sollte das zwischen den Zeilen heißen?

Re: Re: Re: Re: Re: Re: Re: Re: vierter Akt.
Da war nichts zwischen den Zeilen. Tut mir leid, wenn ich da bei Ihnen etwas losgetreten haben sollte …

Re: Re: Re: Re: Re: Re: Re: Re: Re: vierter Akt.
Jetzt kommen Sie schon, Montibaby, raus mit der Sprache: Sie halten mich für eine Handwerkerin, die sich bloß einbildet, Künstlerisches zu leisten. Was bildet diese Zicke sich ein? Dass sie ein Genie ist, dabei macht sie nur unschuldige Leute kalt. Das ist es doch, was Sie denken, oder?

Re: Re: Re: Re: Re: Re: Re: Re: Re: Re: vierter Akt.
Nein, überhaupt nicht. Wie kommen Sie nur darauf?

Re: Re: Re: Re: Re: Re: Re: Re: Re: Re: Re: vierter Akt.
Was denn dann? Aber merken Sie sich eins: Wer war Beethoven denn

schon: ein menschliches Wrack, übellaunig und stocktaub, der nur komponieren konnte, wenn er sternhagelvoll war. Wer will schon so sein?

Re: Re: Re: Re: Re: Re: Re: Re: Re: Re: Re: Re: vierter Akt. Genau. So war er. Niemand will so sein, da bin ich mir ganz sicher. Und Sie, Vendetta, sind ganz anders. So frisch, voller Ideen. Und ganz und gar nicht taub. Das wollte ich damit sagen.

Re: Re: Re: Re: Re: Re: Re: Re: Re: Re: Re: Re: Re: vierter Akt. Sie können mich mal, Sie aristokratischer Schnarchsack. Machen Sie Ihren Scheiß doch allein.

23

Ich trat auf die Straße, atmete warme Stadtluft und roch an meinen Klamotten: Radiergummi und altes Farbband. Aber vielleicht bildete ich mir das auch nur ein.

Jemand zupfte an meinem T-Shirt. »Das hätte ich fast vergessen«, sagte Rütli, der mir nachgekommen war, und hielt mir eine Packung mit Pillen unter die Nase. »Die sind rein pflanzlich und helfen angeblich gegen alles Mögliche, darunter auch mentale Inkontinenz.«

»Aber sagten Sie nicht eben, dieses Leiden sei eine Erfindung der Boulevardpsychologie?«

»Na und? Man kann doch nie wissen.« Rütli wedelte mit der Packung. »Los, nehmen Sie nur, es ist eine Gratisprobe. Morgens und abends jeweils zwei, am besten vor dem Essen.«

»Schönen Dank, Doktor.«

»Danken Sie mir nicht zu früh.« Rütli grinste säuerlich. »Gegen vorzeitigen Samenerguss hat das Zeug jedenfalls nicht geholfen.«

Drei spektakuläre Morde, ein ehemaliger Partner, der eine ganze Stadt auf mich hetzte, eine Hauptkommissarin, die zwar atemberaubend duftete, sich aber nicht dazu herabließ, mich zu verdächtigen. Meine Beziehung war den Bach hinuntergegangen, die Wohnung futsch, und jetzt kam auch noch diese psychische Krankheit dazu, die mich selbst an meiner Unschuld zweifeln ließ. Und ich hatte nichts als ein paar jämmerliche Pillen, die auch noch rein pflanzlich waren.

Sollte ich einfach so tun, als sei alles so wie immer? Laura anrufen und sie fragen, ob ich mit ihr geschlafen oder es nur geträumt hatte? Gorbitsch besuchen, ihm ein Eis spendieren und die missliche Sache mit Laura klären? – Da konnte er lange warten. Sein Zeitungsauftritt als Günter Schabowski hatte mein schlechtes Gewissen in gerechten Zorn verwandelt. Wenn überhaupt, dann war es an ihm, mir ein Eis zu spendieren. Egal, wie er es anstellte, aber er hatte gefälligst dafür zu sorgen, dass ich das Image der blutrünstigen Bestie loswurde. Falls ich es nicht zu Recht besaß …

Ich setzte meine Sonnenbrille auf, damit man mich nicht erkannte, und trottete hinüber zum Bahnhofsvorplatz. Mietete mir ein Touristenfahrrad und strampelte ohne konkretes Ziel stadtauswärts, weil ich allein sein und meinen Gedanken nachhängen wollte. Sobald ich im Sattel saß, fühlte ich mich gleich besser. Höher. Akzeptiert als einer der Hiesigen. Radfahrern ging es hier wirklich gut. Wie man herausgefunden hatte, waren mit Abstand die meisten guten Menschen in dieser Stadt überzeugte Radfahrer. Unfallstatistisch wirkte sich das allerdings nicht so aus, dass es in Münster weniger Verkehrstote gegeben hätte als anderswo: Der Anteil der Fußgänger, die durch Fahrräder zu Tode kamen, war deutlich höher. Ob es schlussendlich besser war, niedergeradelt oder überfahren zu werden, war wohl Geschmacksache.

Ein entgegenkommender Radfahrer, der mir ein Vögelchen zeigte, erinnerte mich wieder an den seltsamen Psychologen. Rütli war nicht so, wie man sich einen Psychiater vorstellte, keine Frage. Eher wie einer seiner eigenen unheilbaren Fälle. Aber mit einem hatte er recht: Schaden konnten die Pillen nicht. Wenn sie mir nur Schröder vom Hals schafften, war das schon eine ganze Menge.

Beim Grübeln hatte ich nicht auf den Weg geachtet und fand mich schließlich am Kanal wieder. Es war früher Nachmittag, schwülwarm, und die Grünflächen beiderseits der Wasserstraße wimmelten von Menschen. Viele planschten im Wasser oder trieben auf bunten Luftmatratzen dahin. Die Luft roch nach Sonnenmilch und Grillgut. Was hatte die Bücherbestie in dieser westfälischen Strandidylle verloren?

Wollte sie etwa in Erinnerungen schwelgen? Erinnerungen an unsere erste Zeit, gleich nachdem Annabelle und ich aus Lanzarote zurückgekehrt waren. An sommerliches Wetter und tagelanges Dösen am Kanal. Wie wir immer gewartet hatten, bis alle anderen sich verzogen hatten und das Ufer mitsamt dem hinterlassenen Müll nur uns gehört hatte. Leidenschaftliche Nächte voller Mückenstiche …

Da war sie auch schon: unsere Stelle. Etwas weiter vom Ufer entfernt, abseits der Badenden, die Handtuch an Handtuch lagen und sich gegenseitig mit Musikkonserven auf die Nerven gingen. Gegen allzu neugierige Blicke geschützt, ideal für Pärchen, die unbeobachtet sein wollten. Eine beliebte Stelle, die auch jetzt besetzt war, wie ich im Vorbeiradeln bemerkte.

Ich stoppte so abrupt, dass die Radlerin hinter mir auffuhr. »Hey, kannst du nicht aufpassen, du Penner?«

Nein, konnte ich nicht. Denn da drüben, an unserer Stelle, hatte es sich nicht irgendein Pärchen gemütlich gemacht. Ich erkannte Annabelle in ihrem weißen Bikini, der ihr schon immer etwas zu knapp gewesen war. Neben ihr döste Goliath Speck in blutroten Badeshorts, farblich passend zu seinen fetten Schlauchlippen, die sich auf obszöne Weise in die Sonne reckten. Die beiden hatten sich auf unserem Strandhandtuch niedergelassen, dem meerblauen mit den roten Krabben drauf, das ich ihr damals in Lanzarote geschenkt hatte.

Schluss mit der Sentimentalität! Ich hatte hier nichts verloren. Nicht darauf zu warten, bis die beiden mich entdeckten, winkten und mich großherzig einluden, ein paar von ihren Keksen zu naschen. Zuzusehen, wie sich Gollums Wurmlippen auf Annabelles weiße Haut pressten und dabei widerlich schmatzten wie gierige Blutegel. Wenn ich irgendwo hinwollte, dann an den Ort, der am weitesten von diesem hier entfernt war …

Eine oder anderthalb Stunden später: Immer noch hätte ich es vorgezogen, an jedem beliebigen Ort im Universum zu sein, nur nicht hier, am Dortmund-Ems-Kanal, auf dem lauschigen kleinen Rasenstück südlich der Warendorfer Straße. Unerklärlicherweise jedoch hatte ich mich inzwischen keinen Meter von hier wegbewegt. Das Fahrrad lag neben mir im Gras, ich hockte am grünen Ufer, einer von Hunderten in dem Trubel, auch wenn ich kein Badezeug trug, keine Grillwurst verschlang und kein dämliches Strandspiel spielte. Der Nachmittag neigte sich allerdings seinem Ende zu: Immer mehr Kleinkinder quengelten, immer mehr Eltern gaben auf und packten zusammen.

Gollum und Annabelle dachten noch nicht daran. Sie schienen in einen hochintellektuellen Disput verstrickt zu sein, wahrscheinlich überlegten sie gerade, ob sie anschließend noch ins »Ranitzki« rübermachen wollten, um sich an pochiertem Dürrenmatt mit Pfifferlingsoße zu ergötzen. Annabelle schien nicht besonders viel von dieser Idee zu halten. Eine Bemerkung ergab die andere und eskalierte zu einem hässlichen Streit. Natürlich konnte ich kein Wort verstehen, aber als Gollum seine Hand auf ihre Schulter legte, stieß sie sie weg. Dann setzte sie sich auf, kehrte ihm den Rücken zu und schlang die Arme um ihre Knie.

Mist, jetzt sah sie direkt zu mir herüber, und ich war ohne Deckung! Die Menschenmasse, in der ich mich bis jetzt versteckt hatte, war auf ein paar Grüppchen zusammengeschrumpft. Ich ließ mich bäuchlings ins Gras fallen, verbarg mein Gesicht in meinen Armen und gab vor, fest eingeschlafen zu sein. So verharrte ich vorerst in der Hoffnung, dass Annabelle sich hinlegte und ich wieder freien Blick hatte.

Ich weiß nicht, wie lange ich den Schlafenden mimte. Irgendwann tippte mir jemand an die Schulter, und ich musste reagieren, schließlich wollte ich ja keinen Toten spielen. Also drehte ich mich auf den Rücken.

Neben mir ragte Gollum auf, fix und fertig angezogen. »Hey«, sagte er.

»Goliath! Na, das ist vielleicht ein Zufall!«, tat ich überrascht und warf einen kurzen Blick zu unserer Stelle, was Gollum nicht entging.

»Sie ist weg«, sagte er. »Scheiße, warum musst du uns auch noch nachschnüffeln.«

»Euch nachschnüffeln? Wie kommst du darauf? Ich bin zufällig hier vorbeigeradelt, und da dachte ich …«

Sein zerknirschter Blick machte mir klar, dass die beiden

mich vom ersten Augenblick an bemerkt haben mussten. »Ist ja auch egal«, sagte er. »Ich hab's gründlich vermasselt.«

Gute Nachrichten, dachte ich erfreut. »Tja, das wird schon wieder«, sagte ich und versuchte möglichst nicht ermutigend zu klingen. Ich stand auf und schnappte mir mein Fahrrad. »Also, ich muss dann los …«

»Warte doch mal, Ole!«

Meinen Vornamen hatte er noch nie benutzt, also blieb ich neugierig stehen.

Speck kam hinter mir her. »Hey, tut mir leid, wenn das zwischen uns bis jetzt blöd gelaufen ist.«

Mir tat es nicht leid.

»Was hältst du davon, wenn wir ein bisschen quatschen und uns kennenlernen? Natürlich nur, wenn du nichts anderes vorhast.«

Ich hatte keinerlei Interesse an Gollums Bekanntschaft. Nichts war ermüdender, als sich mit Erfolgsmenschen zu unterhalten. Andererseits: Was ich neulich vergeblich versucht hatte, nämlich die Gunst meines Gegners zu gewinnen, um seine Achillesferse zu finden, bekam ich hier auf dem silbernen Tablett serviert.

»Also, wenn du Stress mit Annabelle hast und denkst, ich könnte da was für dich richten, dann vergiss es.«

»Schon klar.« Ohne seine gewohnte Arroganz wirkte Speck anders als sonst, verletzlich und hässlich zugleich, wie ein Igel ohne Stacheln.

»Na schön«, sagte ich und nahm mir vor, auf der Hut zu sein. »Warum nicht? Lass uns irgendwo ein Bier trinken …«

24

Der Plastiktisch wackelte, so viele Bierdeckel man auch unter seine Füße stopfte. Getränke gab's nur aus der Flasche, und eine bunt flackernde Lichterkette sorgte für eine spezielle Art von Gemütlichkeit: Der »Antalya Grill« erschien mir als passende Antwort auf das »Ranitzki«. Mein Plan ging aber nicht auf, denn Speck fühlte sich nicht lange fehl am Platz. Mahmud, der Besitzer, erwies sich als Speck-Fan und bestand auf einem Foto mitsamt Autogramm, das er in einen silbernen Rahmen stecken und neben die Anzeigetafel mit den Sonderangeboten hängen wollte. Gollum bekam den bequemsten Plastikstuhl und Gratis-Schnaps, so viel er wollte. Wenn jemand fehl am Platz war, dann ich – schon wieder.

Nach einer halben Stunde fragte ich mich allmählich, was Goliath unter »ein bisschen quatschen« verstand. Das Gespräch verlief schleppend. Bis jetzt hatte er nur dreimal »Ich hab's gründlich vermasselt« gebrummt und dann weiter vor sich hin gestarrt. Der Alkohol machte ihn nicht gerade gesprächiger.

»Das wird schon wieder«, sagte ich. »Wart's ab.«

»Das ist voll scheiße gelaufen«, nickte er vor sich hin. »Ich hab's vermasselt, da kannst du sagen, was du willst.«

»Was denn?«, fragte ich endlich, um diesem typischen Gespräch unter Männern eine andere Richtung zu geben. »Was hast du vermasselt?«

Gollum kippte noch einen Kurzen. Dann hob er seine leere Bierflasche. »Dafür brauch ich aber erst noch eins«, meinte er. Sobald Mahmud sich blicken ließ, bestellte er gleich zwei für jeden von uns.

Schweigend warteten wir auf die Lieferung. Erst nach einer weiteren halben Flasche wurde er mitteilsamer. »Stell dir vor, du machst einen Film, und alle finden ihn super«, meinte er. Seine Zunge hatte merklich an Gewicht gewonnen. »So weit, so gut, aber wie geht's dann weiter?«

»Wie es weitergeht?«

»Genau! Du machst noch einen, aber fragst dich natürlich: Ist der jetzt super oder scheiße? Wenn er super ist: Die Leute applaudieren und alles ist bestens. Aber was, wenn er scheiße ist? Wenn du nur gedacht hast, er wäre super, dabei ist er scheiße. Verstehst du, was ich meine?«

Ich gab mir jedenfalls Mühe. »Also reden wir von einem Scheißfilm, von dem du gedacht hast, er wäre super?«

Sein dicker Finger zeigte auf mich. »Exakt«, sagte er. »Was dann?«

»Dann applaudieren die Leute trotzdem«, meinte ich. »Die haben doch eh keinen Schimmer von Kunst.«

Gollum überlegte einen Augenblick, dann ließ er seine Flasche an meine knallen. »Hey, du kennst dich im Business aus«, lallte er anerkennend. »Hätt ich dir gar nicht zugetraut.«

»Das wird schon wieder«, sagte ich dankbar. »Wart's ab.«

Der Filmemacher kämpfte sich aus seinem Plastikstuhl und deutete vage auf die neben uns geparkten Autos. »Und jetzt muss ich aufs Klo.«

Er war kaum weg, da drehte sich der Mann am Nebentisch zu mir um. Es war Schröder. »Bravo«, lobte er. »Das hätte ich selbst nicht besser machen können.«

»Lass mich in Ruhe.«

»Wiege dein Opfer in Sicherheit, mache es zu deinem Freund – genau so muss es laufen.«

»Ich werde Speck nicht umbringen, Ende der Durchsage.«

Schröder zuckte mit den Schultern, als sei ihm das völlig gleichgültig. »Der Mann fickt deine Frau, schon vergessen? Und überleg mal: Er wäre längst tot, wenn du dich nicht in der Person geirrt hättest.« Er warf sich eine Handvoll Erdnüsse in den Mund und knurpste. »Soll wegen einer dummen Verwechslung alles umsonst gewesen sein?«

»Keine Ahnung, was du meinst«, erwiderte ich eisig. »Übrigens mache ich eine Therapie deinetwegen.«

Der Mann am Nebentisch lachte zischend. »Therapie wird heutzutage stark überschätzt.«

»Was verstehst du denn davon?«

»Also noch mal zu Speck: Machst du ihn kalt, oder kneifst du?«

»Goliath ist gar nicht übel«, sagte ich. »Ich hab ihn ganz falsch eingeschätzt.«

»Wie süß«, spottete Schröder.

»Hast du denn eine Ahnung, was es heißt, berühmt zu sein? Machst du dir auch nur eine Vorstellung von dem Druck, dem er täglich ausgeliefert ist? Dankesreden halten, Preise absahnen, Lesungen vor ausverkauften Häusern, Autogramme schreiben, mit weiblichen Fans schlafen – unsereins stellt sich das bunt und lustig vor. Aber so ist es nicht.«

»So ist es also nicht?«

»Nein. Es ist hart und auslaugend. Der direkte Weg zum Burn-out.«

»Burn-out. Noch etwas, das überschätzt wird.«

Goliath Speck kehrte an den Tisch zurück. Sein Orientierungssinn schien eingeschränkt zu sein. Er stolperte über einen Plastikstuhl und versuchte, wohl um weitere Kollisionen zu vermeiden, einen großen Bogen um die Sitzmöbel herum zu machen, geriet dabei auf die Bordsteinkante und wäre um ein Haar niedergeradelt worden. »Lass uns hier abhauen«, schlug er vor, als er es schließlich an unseren Tisch geschafft hatte.

Ich sah auf die Uhr. Es war zwei oder drei oder irgendwas dazwischen. »Hier in der Gegend hat aber nichts mehr offen«, sagte ich.

»Okay, dann lade ich dich zu mir ein. Ist gar nicht weit.«

Ich fand schon, dass es ganz schön weit war, aber vielleicht täuschte ich mich. Möglicherweise war Gollum auch so besoffen, dass er vergessen hatte, wo er wohnte. Was mich anging, so war ich jedenfalls zu besoffen, um bei der Suche nach dem Weg eine Hilfe zu sein. Wir überquerten den Kanal, versuchten eine Ewigkeit lang, stur geradeaus zu gehen und das wütende Klingeln der Radfahrer zu ignorieren. Schließlich überquerten wir auch die Promenade, rasteten in einem friedlichen kleinen Garten mit Sandkasten und Kinderschaukel und fanden uns endlich in der Altstadt wieder, irgendwo zwischen Überwasser und Lamberti. Gollum wohnte im Penthouse eines schicken, kernsanierten Hauses mit mittelalterlicher Fassade direkt über der Aa.

»Wer nicht Filmemacher ist, kann sich so was nicht leisten«, versicherte er, besoffen grinsend. »Aber so ist diese Stadt: Sie betet Filmemacher an.«

Um diese Zeit saßen wir schon eine ganze Weile auf seiner Dachterrasse. Zum Greifen nahe ragte der Dom auf, wie ein riesiger schwarzer Elefant in der hereinbrechenden Morgendämmerung. Auf dem Tisch stand eine eisgekühlte Flasche Ouzo. Die Gläser, die Goliath befüllt hatte, waren deutlich größer als beim »Antalya«.

»Ich will ja gar nicht sagen, dass sie spießig ist«, sagte er. »Oder gehemmt, weißt du?« Er schüttelte den Kopf. »Doch, das ist sie. Gehemmt ist gar kein Ausdruck.«

»Du sprichst von Annabelle?«, fragte ich. »Wo steckt sie überhaupt? Müsste sie nicht längst zu Hause sein?«

Schulterzucken. »Neulich im Fernsehen haben sie einen Typen gezeigt, der kann nur kommen, wenn er das Geräusch einer Klospülung hört. Sonst ist bei ihm tote Hose. Seine Freundin hat ihm zu Weihnachten eine CD gebrannt. Die läuft immer mit, wenn sie eine Nummer schieben.«

Ich nickte müde.

»Soll er mit seiner Klospülung selig werden, warum denn nicht? Der springende Punkt ist, dass jeder sein Ding ausleben sollte.«

»Ganz meine Meinung«, sagte ich.

»Hier, nimm noch einen.« Goliath schob mir die Flasche herüber und warf mein Glas dabei um. »Weiß der Geier, wie sie das rausgekriegt hat. Irgendwer muss es ihr gesteckt haben. Glaub mir, wenn ich den Kerl erwische, dann …«

»Was denn gesteckt?«

»Seitdem ist unser Sexleben eine Katastrophe. Sie bewacht ihre Wäsche, als wären es die Kronjuwelen. Jeden Abend zählt sie sämtliche Slips und BHs und sichert ihre Schubladen mit

Vorhängeschlössern. Ich sag dir was: Die Vertrauensbasis für eine Beziehung stelle ich mir ganz anders vor.«

»Schon mal daran gedacht, dir selbst welche zu besorgen?«, schlug ich vor.

»Nagelneue Ware.« Gollum war angeekelt. »Wen turnt das schon an?«

»Du kriegst sie auch gebraucht. Sogar ungewaschen. Ist natürlich teurer.«

Der Filmemacher stand abrupt vom Tisch auf und stürzte Hals über Kopf zur Toilette, um sich zu übergeben. Als er zurückkehrte, war sein Gesicht so bleich wie der junge Morgen.

»Annabelle hat mich in der Hand«, murmelte er, »daran gibt's nichts zu rütteln. Sie hat Fotos von mir gemacht und droht damit, sie ins Internet zu stellen. Dann ist es aus mit dem großen Filmemacher. Aus und vorbei.«

Schröder schoss mir durch den Kopf. Sein triumphierendes Grinsen. Aus mit dem Filmemacher, sagte er. Das wolltest du doch. Endlich bist du am Ziel, also worauf wartest du noch?

»Aber bevor sie das tut, werde ich ihr zuvorkommen und einen Abgang machen.«

»Einen Abgang? Was meinst du damit?«

Mein Gastgeber kämpfte sich mühsam von seinem Stuhl hoch, schleppte sich an die Brüstung der Dachterrasse und ließ seinen Arm in die Tiefe baumeln. »Siehst du den Fluss?«

Ich schleppte mich neben ihn und starrte in den Morgendunst. »Nee«, sagte ich.

»Die Aa«, erklärte er. »Ich nenne sie den ›River of no return‹. Und weißt du, wieso?«

»Keine Ahnung.«

»Wenn du von hier oben springst, lässt du dich einfach treiben. Von der Aa in die Ems, von der Ems in die Nordsee.«

»Blödsinn«, sagte ich. »Der Fluss ist viel zu klein, wie willst du den von hier aus treffen? Vorher kommt ein Seitenweg mit Bank und Mülleimer, da musst du erst mal rüber.«

»Scheiß auf den Mülleimer!«, hallte Gollums Stimme durch die Nacht. In einem der Häuser gegenüber ging ein Licht an.

»Annabelle hat mich genug verarscht, klar? Nicht nur sie, alle. Und die dämliche Filmemacherei – als wenn es nicht tausend Dinge auf der Welt gäbe, die spannender sind. Mit dem Abgang bin ich alles auf einen Schlag los.«

»Hey, da fällt mir was ein«, sagte ich, um ihn auf andere Gedanken zu bringen. »Wie wär's, wenn ich die Wäsche für dich besorge? Garantiert getragen. Du müsstest nur aufpassen, dass Annabelle sie nicht in die Finger kriegt.«

Goliath Speck bekam große Augen. »Das würdest du echt für mich tun?«, fragte er.

»Sag mir einfach, welche Farben du bevorzugst, ob's eher klassische Schlüpfer sein sollen oder Stringtangas.«

»Mann, ich weiß nicht, was ich sagen soll.« Der Filmemacher war so gerührt, dass ihm eine Träne über die Backe kullerte.

»Ich kenne das doch aus eigener Erfahrung: Annabelle und Sex, das war immer schon eine komplizierte Sache. Dagegen sind der Teufel und das Weihwasser geradezu ein Dream-Team. Also hat sie es gerade nötig, mit ihrer Unterwäsche herumzuzicken, was?«

Gollum torkelte auf mich zu. »Du bist ein echter Freund«, jaulte er gefühlsselig und schlang seine Arme um mich.

»Klar«, sagte ich. »Also überleg dir das mit dem Abgang noch mal.«

Die Arme erschlafften urplötzlich. Gollum sank in sich zusammen wie ein Mehlsack. Schon eine Sekunde später schnarchte er so laut, dass der Fußboden vibrierte. Fünf, allerhöchstens zehn Minuten, bis die ersten wütenden Nachbarn sich wegen Lärmbelästigung beschweren würden.

»Also ich werde dann auch mal los«, lallte ich, stolperte über den Schnarchsack und machte mich auf den Weg. Aber es war gar nicht so leicht, nach Hause zu gehen. Die erste Tür, die ich öffnete, führte ins Bad und nicht nach draußen. Die zweite öffnete einen Schrank. Darin stand Schröder, der sein mintfarbenes Jackett auf einen Kleiderbügel zog. »Wenn du mich nicht hättest«, sagte er mit einem milden Lächeln, »dann würdest du nie nach Hause finden, was?«

»Na dann raus mit der Sprache«, brabbelte ich barsch. »Ich muss nur wissen, wo die Wohnungstür ist, den Rest schaffe ich allein.«

»Gern«, sagte er. »Vorher muss ich aber noch eine Kleinigkeit erledigen …«

25

»Hey, du Arsch! Mach'n Abgang. Du kannst dich hier nich ausbreiten.«

»Lass mich«, brummte ich. »Du hast versprochen, dir das mit dem Abgang zu überlegen, wenn ich dir dafür Unterwäsche besorge.«

»Welche Unterwäsche? Scheiße, du Perverser! Das ist mein Platz.«

Ich schlug die Augen auf. Da stand ein Kerl, den ich noch nie gesehen hatte. Er war unrasiert, trug einen alten, fleckigen Lodenmantel und schob einen Aldi-Einkaufswagen ungeduldig gegen die Parkbank, auf der ich lag.

»Tut mir leid, Mann«, sagte ich und setzte mich auf. »Woher sollte ich denn wissen, dass ich hier bin und nicht zu Hause.«

Er schimpfte weiter auf mich ein, aber ich achtete nicht auf ihn, stand auf und schleppte mich den Aaseitenweg entlang. Es war morgens, meine Uhr zeigte kurz nach zehn Uhr. Die Aa plätscherte friedlich neben mir. Ein schöner Morgen, bis auf die hämmernden Kopfschmerzen.

Anders als bei der Nacht mit Illbritt Weichberger konnte ich mich dieses Mal gut an das Vergangene erinnern. Ich war mit Gollum zusammen gewesen, hatte mit ihm gezecht, bis er schlapp gemacht hatte, noch bevor er mich zur Tür bringen konnte. Auch ich war zu diesem Zeitpunkt nicht mehr frisch gewesen und weit davon entfernt, allein hinauszufinden. Glücklicherweise war Schröder so freundlich gewesen, mir den Weg nach Hause zu weisen …

Schröder! Ein dumpfes Gefühl beschlich mich, die Vorahnung von etwas Ungutem, sie schob sich wie eine dunkle Wolke über den schönen Morgen und vermischte sich mit der allgemeinen Übelkeit, die unser nächtliches Besäufnis hinterlassen hatte. Ich blieb stehen und wandte mich um, dorthin, wo Speck wohnte. Mir fiel auf, dass ein Auto den Kiesweg blockierte, obwohl eigentlich nur Fußgänger erlaubt waren. Ich lief ein paar Schritte in die Richtung, und mein Unwohlsein verstärkte sich: Es handelte sich um einen Einsatzwagen der Polizei. Und dann sah ich, dass dahinter die Aa mitsamt Grünstreifen abgesperrt war.

Was immer hier passiert war, ich hatte nichts damit zu tun. Festgenommen werden, Untersuchungshaft, zähe Verhandlungen mit Bork – das alles musste nicht schon wieder sein. Also drehte ich um, kehrte der Aa den Rücken und wollte das Haus auf der Straßenseite passieren. Auch hier das gleiche Bild: Absperrband und zwei uniformierte Polizeibeamte.

Hatte der verrückte Kerl doch noch einen Abgang gemacht? Wie hatte er das nur geschafft, so volltrunken, wie er gewesen war? Meine Neugier ließ mich näher treten.

Die Beamten waren aber nicht besonders auskunftsfreudig.

»Entschuldigen Sie, meine Herren«, sagte ich höflich. »Was ist hier passiert?«

Der größere von beiden, Typ harter Cop mit Sonnenbrille, Schnäuzer und unablässig arbeitenden Kaumuskeln, schnüffelte meine Fahne. »Verzieh dich«, sagte er. »Wir haben hier zu tun.«

»Jemand hat sich von seiner Dachterrasse in die Aa gestürzt, stimmt's?«

»Was interessiert dich das? Zisch ab.«

Es war tatsächlich Speck. Etwas weiter weg hatte sich nämlich ein Typ vom Lokalfernsehen aufgestellt und probte noch ohne Kamera ein Statement über den weltberühmten Filmemacher, der nicht mehr war. Anschließend stritt er mit seiner Kollegin herum, die seine Stimme zu smart fand, zu wenig heiser und betroffen. Und er beschwerte sich, dass alles viel zu eng sei. »Eine bescheuerte Location ist das.«

»Hab ich sie vielleicht ausgesucht?«

»Kein Platz für ein Blumenmeer. Wo sollen die Leute denn weinen? Jeder einzeln, einer nach dem anderen? Das kannst du vergessen.«

In diesem Moment bemerkte ich Hauptkommissarin Willeke. Sie kam gerade aus Gollums Haus, entdeckte auch mich und eilte heran. Zu spät – die Chance, nicht angepöbelt zu werden, war also vertan. Aber was ich befürchtete, traf gar nicht ein. »Da sind Sie ja«, sagte sie aufgeräumt. »Das nenne ich einen reibungslosen Ermittlungsauftakt.«

»Ich war als Letzter mit dem Toten zusammen«, gab ich, von ihrer Heiterkeit überrumpelt, zu und berauschte mich an ihrem Parfum.

»Dabei war Ihr Verhältnis, soweit ich mich erinnere, nicht das beste, stimmt's?«

»Gelinde ausgedrückt«, bestätigte ich. »Aber gestern Nacht haben wir Freundschaft geschlossen.«

»Das hört man gern.« Die Hauptkommissarin lächelte, was mich misstrauisch machte. »Was halten Sie von einem Kaffee, und Sie erzählen mir alles der Reihe nach?«

Wir begaben uns hinein, und wenig später saß ich wieder, einen Plastikbecher Kaffee in der Hand, auf Gollums Terrasse, während ihre Kollegen um uns herum Spuren einsammelten.

»Herr Speck äußerte also die Absicht, sich das Leben zu nehmen?«, erkundigte sich Ella Willeke, die sich dort platziert hatte, wo mir noch vor wenigen Stunden Goliath seine Unterwäsche-Krise gebeichtet hatte.

»Er wollte sich in die Aa stürzen und bis in die Nordsee treiben lassen. Ich hielt das für Gerede. Schließlich hatte er schon einiges intus.«

»Gerede.« Die Hauptkommissarin nickte ernst. »Aber es kommt der Wirklichkeit doch recht nahe, nicht wahr? Er hat das Wasser nur um wenige Meter verfehlt.«

»Genau das habe ich ihm gesagt. Dass er das nie schaffen würde.«

Willeke erhob sich, trat an die Brüstung der Dachterrasse und warf einen Blick in die Tiefe. Da stand sie, blond und zierlich, in Hose und Bluse, die selbst für eine Hauptkommissarin recht unspektakulär waren, und schaffte es trotzdem, äußerst sexy auszusehen.

»Der Filmheini, der Ihre Beziehung zerstört hat … Wissen Sie noch? ›Der Mann kriegt, was er will, und er hat sich meins genommen. Das nenne ich ein Mordmotiv.‹« Sie deutete mit dem Plastikbecher auf mich. »Ihre Worte.«

»Touché«, räumte ich ein. »Aber da sieht man mal wieder, wie viel es bringen kann, wenn man miteinander redet und Ressentiments abbaut, anstatt sich gegenseitig umzubringen.«

Wieder lächelte Frau Willeke, ich lächelte zurück und nutzte die Chance des günstigen Augenblicks: »Hätten Sie übrigens mal Zeit – ich meine, wenn das hier alles vorbei ist?«

Das Lächeln verschwand aus ihrem Gesicht, so wie die Sonne hinter eine Wolke verschwindet, allerdings nur für einen kurzen Moment. »So schnell ist das aber noch nicht vorbei«, sagte sie. »Zufällig sind da nämlich ein paar Dinge, die nicht ganz zu Ihrer Version vom Beginn einer wunderbaren Freundschaft passen.« Sie zerknüllte ihren Becher und überließ die Entsorgung ihrem Kollegen. »Folgen Sie mir.«

Der Weg zu Gollums Arbeitszimmer führte durch ein großzügiges Schlafgemach, dessen Mittelpunkt ein riesiges rundes Bett bildete. Kein Schlafplatz, eher eine Spielwiese, auf dem sich Specklippe und Annabelle wohl so manches Mal vergnügt hatten. Arbeitszimmer traf es auch nicht ganz: Mit Dartscheibe und Basketballkorb an der Wand wirkte der Raum eher wie das Kinderzimmer eines Zehnjährigen. Gollums PC war eingeschaltet, und auf dem Monitor flimmerten Großbuchstaben: *7 JAHRE SIND UM, UND DIR GEHT'S AN DEN KRAGEN. DENK AN MONTE CHRISTO!*

»Na und?«, sagte ich. »Für mich zählt einzig und allein, dass Sie keine Kurzgeschichte aus meiner Feder gefunden haben.«

»Dafür aber etwas anderes.« Willeke wies auf einen Stapel loser Blätter neben dem PC. Auf dem obersten stand fett gedruckt: *Schweinebacke – ein Scheißleben.*

»Der Entwurf für ein Drehbuch«, vermutete ich. »Da haben Sie's doch: Scheißleben. Genau das hat er gemeint. Die Filmemacherei ist ihm ganz schön auf den Senkel gegangen.«

»Nicht so schnell, Frings.« Die Hauptkommissarin zog die erste Seite weg. Zum Vorschein kam ein kurzer Text mit der Überschrift *Worum es geht.* »Der Film ist nicht autobiografisch.

Er handelt von einem ebenso unsympathischen wie erfolglosen Schreiberling, der sich einredet, ein Genie zu sein, nachdem er sich lange Zeit als Privatdetektiv versucht hat. Übrigens ebenso wenig erfolgreich. Na, kommt Ihnen das bekannt vor?«

Ich zuckte mit den Schultern. »Wenn Sie alle erfolglosen Schreiberlinge, die Privatdetektiv waren, überprüfen wollen, dann haben Sie eine Menge zu tun. Der Name dürfte die Menge der Verdächtigen allerdings erheblich einschränken.«

»Der Mann in dem Drehbuch heißt nicht Schweinebacke, er benimmt sich nur so. Schreibt so dies und das – na ja, vielleicht gar nicht mal soo schlecht. Seine Texte sind jedenfalls ordentlich formatiert, das muss man ihm lassen. Nur das Inhaltliche, verstehen Sie? Künstlerisch gesehen unterfliegt er sozusagen sämtliche Standards, und das führt dann dazu, dass –«

»Hören Sie auf!«

»Sie freunden sich mit Herrn Speck an und finden dieses Drehbuch. Blättern es durch und sind so sauer auf Ihren neuen Spezi, dass Sie ihn kurzerhand über die Brüstung der Dachterrasse schubsen.«

»Egal, was ich sage: Sie verdächtigen mich doch so oder so, stimmt's?«

»Ich verdächtige niemanden grundlos, schon aus Prinzip.« Abgesehen davon, dass das ja wohl selbstverständlich war, sagte sie es in dieser bestimmten Art und Weise, in der Frauen etwas sagen, wenn sie etwas völlig anderes meinen. Mir fiel wieder ein, was Illbritt Weichberger über die Hauptkommissarin getratscht hatte. Dass sie sich von Verdächtigen sexuell angezogen fühlte.

»Also gut«, versuchte ich es noch mal, »vielleicht wäre ja auch schon vorher was zu machen. Ich meine: bevor das alles hier vorbei ist. Wir könnten schön essen gehen und danach ins Kino …«

»Haben Sie Goliath Speck umgebracht, ja oder nein?«

»Aber Sie selbst stellten doch neulich mit Recht fest, dass ich gar nicht fähig bin, jemanden umzubringen.«

Wieder dieses offenherzige Lächeln. »Richtig, Herr Frings. Einen Mord minutiös planen und ihn eiskalt ausführen ist eine

Sache. Ganz sicher nicht Ihre. Beleidigt sein, weil jemand sich in einem Drehbuch über mich lustig macht, und ihn dann hinterrücks vom Balkon stoßen aber eine andere.«

»Trotzdem: Ich war's nicht. Auch wenn Sie mich fraglos zu Recht verdächtigen«, fügte ich schnell hinzu.

»Angenommen, Herr Frings, Selbstmord scheidet aus. Sie waren als Letzter mit Speck zusammen. Also, wer käme dann noch in Frage?«

»Ich wüsste schon jemanden.«

Neugierig hoben sich ihre Augenbrauen. »Nämlich?«

»Haben Sie inzwischen mit Ihrem Kollegen, Herrn Truthaan, gesprochen?«

»In welcher Angelegenheit?«

»Ihm gegenüber erwähnte ich meinen Verdacht hinsichtlich einer gewissen Person, die bisher an allen Tatorten anwesend war. Einziger Haken bei der Sache ist, dass er nur für mich sichtbar ist.«

Die Sonne verschwand endgültig aus Frau Willekes Gesicht. Plötzlich war sie wieder die Alte, und die Kälte ihrer Haifischaugen ließ mich frösteln.

»Herr Schröder war zur Tatzeit hier, daran erinnere ich mich genau«, beharrte ich. »Ich traf ihn in einem Schrank …«

»Okay, Herr Frings …«

»Ole für Sie.«

»Danke, aber das reicht mir jetzt erst mal.«

»Was meinen Sie damit: Es reicht?«

»Dass wir an einem Punkt angelangt sind, an dem wir Ihren behandelnden Arzt hinzuziehen sollten.«

»Welchen behandelnden Arzt? Ich habe doch gar keinen.«

26

»Hauptkommissarin Willeke, Sie leiten die Mordkommission, die in jenen Mordfällen ermittelt, die uns seit einiger Zeit in Atem halten. Haben wir es mit einem genialen Serientäter zu tun?«
»Wissen Sie, ich mag den Begriff Serientäter nicht. Gerade angesichts überhandnehmender TV-Serien sollten wir uns vor Augen halten, dass das Leben keine Serie ist und der Tod schon gar nicht. Vielleicht wird er das eines Tages sein, aber dann bin ich mit Sicherheit im Urlaub.«
»Mögen Sie denn den Begriff genial?«
»Oh ja, es ist ein sehr schöner Begriff, nur erscheint er mir hier fehl am Platz. Sehen Sie sich die Morde doch mal genauer an. Keine gemeinsame Linie, kein Spannungsbogen. Da ist keine Strategie am Werk, sondern blanke Improvisation. Wenn das genial sein soll, dann ist Ihr Blatt Weltliteratur.«
»Dann haben wir es also mit mehreren Tätern zu tun?«
»Auf jeden Fall mit mehreren Persönlichkeiten.«
»Der Mann ist geistesgestört? Bildet sich ein, jemand anderer zu sein?«
»Daran arbeiten wir, und Sie werden verstehen, dass ich schon im Interesse der Aufklärung dieser Verbrechen einem Revolverblatt wie dem Ihren nicht jede Neuigkeit auf die Nase binde.«
»Also Revolverblatt, na ja …«
»Stimmt es etwa nicht, dass Sie Ihre Auflage zu steigern versuchen, indem Sie jemanden, der möglicherweise nicht einmal zurechnungsfähig ist, von Ihren Lesern – oder sollte ich besser sagen: Durchblätterern und Fischeinwicklern – in vorverurteilender Art und Weise zum Straftäter des Jahres wählen lassen wollen?«
»Ich will ja gar nicht bestreiten, dass es Pläne in diese Richtung gibt, aber wie konkret sich diese gestalten, das werde ich einer kleinen Provinzbeamtin nicht auf die Nase binden.«
»Das wird Ihnen noch leidtun. Ich könnte Sie belangen wegen Beamtenbeleidigung.«
»Bitte sehr, vergreifen Sie sich ruhig an der Pressefreiheit.«
»Presse! Dass ich nicht lache.«
»Frau Willeke, wir danken Ihnen für dieses Gespräch.«

Sie lesen den Schmierfink, und mein Name ist
Walter Ulbricht

Mein behandelnder Arzt war angeblich Rütli. Die Hauptkommissarin hatte ihn kommen lassen, aber ich weigerte mich, mit ihm zu sprechen. Er redete trotzdem auf mich ein, wollte meinen Fall auf einem Symposion vortragen, wozu er allerdings meine Einwilligung benötige. Ich gab sie ihm nicht, und er rächte sich, indem er Frau Willeke veranlasste, einen ausführlichen Gesundheitscheck durchführen zu lassen. Blutdruck messen, Urinproben, Hautproben, Speichelproben, Blut abnehmen, Sehtests, Hörtests und Reaktionstests – es nahm kein Ende.

Was vom Sonntag übrig blieb, verbrachte ich mit einer weiteren Sonderausgabe des »Schmierfink«. Darin berichtete eine Redakteurin namens Margot Honecker, dass der stadtbekannte Anwalt Nicklas Bork mich des Mordes an Goliath Speck bezichtige. Ich, Ole Frings, sei komplett unfähig, jemand anderem Erfolg zu gönnen, und habe den Filmemacher nur deshalb ermordet, um die Verfilmung eines Drehbuchs zu verhindern, an dem Bork gerade schreibe. Ein Drehbuch, das unter anderem den Herrn Staatsanwalt für eine tragende Rolle vorsehe. Überdies sei es eine schreiende Ungerechtigkeit, dass die Filmstiftung NRW vielversprechenden Projekten wie diesem den Boden unter den Füßen wegziehe, während sie andere schamlos fördere, wie zum Beispiel eine ebenso langweilige wie mehrteilige Doku der ARD über das kranke Leben eines Serientäters. Wieder einmal zeige sich, dass man es in diesem Land nur mit kriminellen Handlungen zu etwas bringen könne.

Bork, dieser talentlose Schreiberling, der den Kontakt zur Realität verloren hatte. Möglicherweise lag er ja gar nicht so falsch, trotzdem hatte ich nur Mitleid für ihn. Was wusste der schon von kranken Serientätern? Hatte er eine Ahnung, wie man sich fühlte, wenn man der Erkenntnis, einer zu sein, nicht mehr ausweichen konnte?

Was mich anging, so fühlte ich die Bestie in mir anwachsen, und das stündlich. Es hatte damit angefangen, dass ich ein Machtwort gesprochen hatte. Machtwörter sind wichtig für das soziale Miteinander multipler Persönlichkeiten. Mir reicht es, hatte ich gesagt. Schluss damit, sich immer wieder herauszuwinden. Schluss damit, mich zu fragen, bin ich Frings oder Schröder. Ein radikaler Schnitt muss her. Ich habe all diese Leute umgebracht, das ist nicht schön, und nicht jeder von ihnen hatte es verdient. Aber es lässt sich nun einmal nicht mehr rückgängig machen. So weit, so gut. Ich mochte mich damit etwas besser fühlen, aber die Bestie in mir beeindruckte das wenig. Im Gegenteil: Sie wuchs, ergriff noch mehr Besitz von mir.

Am nächsten Morgen fand ich mich auf dem Fußboden meiner Zelle wieder, in der Ecke kauernd und sinnlos monologisierend mit einer zischenden, speichelerfüllten Stimme. Das Paradebeispiel eines geistesgestörten Paranoikers. Einmal sah ich Schröder, er betrat kurz die Zelle, stand da mit verschränkten Ellbogen, dann drehte er sich kopfschüttelnd um und ging hinaus. Sein unverschämtes süffisantes Grinsen brannte sich in mein Gedächtnis, und das bisschen Verstand, das in meinem Schädel noch schwelte, schwor feierlich, dass er der Nächste war, dem ich das Licht auspusten würde.

Erst eine Ewigkeit später schaute einer der Vollzugsbeamten vorbei, und ich verlangte nach Rütli. Er hatte gewonnen: Von mir aus sollte er sein Symposion haben, aber er war der Einzige, der mich momentan verstehen konnte. Er war wie ich.

Und dann kam er doch nicht.

»Hey, du hast Besuch. Schon bemerkt?«

Es muss nachmittags gewesen sein, am gleichen Tag noch oder von mir aus einen Tag später. Ich saß im Besucherzimmer, und jemand hatte schon vor geraumer Weile mir gegenüber Platz genommen: Gorbitsch. Sein Anblick war so ziemlich der letzte, den ich momentan ertragen konnte.

»Hau ab«, sagte ich. »Von mir aus besuch jemand anderen, hier sind genug, die sich darüber freuen. Aber zwischen uns gibt es nichts mehr zu sagen.«

Er schwieg eine Weile. Ich fragte mich, ob er beleidigt war. Zwar hatte er kaum Grund dazu, aber hatte ihn das je gestört? Dann hörte ich, dass er ein Liedchen vor sich hin pfiff. Unglaublich! War das wirklich Gorbitsch?

»Eigentlich hätte ich ein bisschen Dankbarkeit von dir erwartet«, sagte er.

»Dankbarkeit? Wofür denn? Dass du diese Hetzartikel über mich schreibst?«

Er nickte. »Dafür, dass ich dich reinwasche.«

»Sieh mich doch an: Ich bin ein Killer. Wie willst du das reinwaschen?«

»Wart's ab, alter Freund. Ich habe alles im Griff. Vertrau meiner Strategie.«

»Deine Strategie«, kicherte ich höhnisch.

»Exakt.« Gorbitsch beugte sich so weit vor, dass sein Grinsen mein gesamtes Gesichtsfeld ausfüllte. »Ich habe dich jetzt genau da, wo ich dich haben will.«

Ich schreckte zurück. Nur weg von diesem Grinsen. »Wusste ich's doch.«

»Nichts wusstest du, Ole. Bringe die Leute dazu, dass sie dich am liebsten kreuzigen würden. Und dann beweise ihnen, dass du unschuldig bist. So und nicht anders werden Heilige geboren, sag ich dir.« Gorbitsch grinste fachmännisch. »Eine alte Grundregel des Journalismus.«

Ich ließ ihn eine Weile schmoren und versuchte, ihm meine aussichtslose Lage zu vermitteln, indem ich meinen Mundwinkel zucken ließ, unkontrollierte Kopfbewegungen ausführte und vor mich hin murmelte.

»Sehr beeindruckend!«, lobte Gorbitsch.

»Hey, danke, dass du was für mich tun willst«, sagte ich. »Das passt so gar nicht zu dir. Aber die Sache ist klar: Ich bin ein mehrfacher Mörder.«

»Das glaubst du doch selbst nicht.«

»Was ich glaube, ist in diesem Fall leider nicht relevant.«

»Hey, Ole, dreh jetzt bitte nicht kurz vor dem Ziel durch. Wirst du mir nur diesen Gefallen tun?«

»Kurz vor dem Ziel? Vor welchem Ziel denn?«

Er machte ein Gesicht, als fasse er es nicht, dass ich, selbst für den Fall, dass ich wirklich durchgeknallt war, nicht von selbst darauf kam.

»Vor dem Ziel, wo der ganzen Welt klar wird, dass man dich zu Unrecht verdächtigt hat«, erklärte er. »Du bist der Star der Medien, dein Buch landet auf der Bestsellerliste, und für ein Interview verlangst du mehr, als der FC Bayern für seine ausländischen Stars berappt. Na, wie klingt das?«

»Nicht schlecht«, sagte ich, »wirklich lieb von dir. Aber lächerlich.«

»Dann ist da noch die andere Sache«, fügte er nach einer weiteren Weile hinzu, während er schon aufstand, so als sei es das Nebensächlichste von der Welt, »dass ich vor meiner Hochzeit hässliche Mordfälle wie diesen gern aus der Welt hätte.«

Hochzeit?, wollte ich rufen. Das ist ja wohl der Witz des Jahrhunderts! Aber ich hielt mich zurück, schließlich hätte ich damit zugegeben, dass ich ihm überhaupt zugehört hatte. Stattdessen schwieg ich, hielt jedoch nicht lange durch. »Das ist nicht dein Ernst, oder?«

»Ich und Laura. Was sagst du dazu?«

»Sie will *dich* heiraten?«

»Was soll die Frage? Wir sind ja nicht die Schöne und das Biest. Warum sollte sie mich nicht heiraten wollen?«

»Hast du ihr denn vergeben? Ich meine, schließlich ist doch nicht geklärt, ob ich und sie …«

»Ach was, das ist Schnee von gestern. Es schmeichelt ihr übrigens, dass du von einer Nacht mit ihr geträumt hast. Aber sie würde natürlich niemals …«

»Natürlich«, sagte ich.

Er winkte, während er hinausging. »Halt die Ohren steif, Partner!«

Halt die Ohren steif. Jan Willem Gorbitsch mochte vieles sein, aber nicht der Typ, der einem Mut machte. So lange ich den Kerl kannte, hatte er es immer nur geschafft, einem die Stimmung zu vermiesen. Ich beschloss also, umso mehr auf der Hut zu sein.

27

Montag, neun Uhr fünfzehn. Die nächste Vernehmung. Hauptkommissarin Willeke trug einen weiten, wehenden Rock und ein sommerliches Top mit dünnen Trägern. Dieses Mal saß sie mir in Begleitung Dr. Rütlis gegenüber.

»Reden wir also über diesen Schröder«, begann Ella Willeke und goss sich Kaffee ein. Rütli nippte an seinem Kräutertee und beschränkte sich darauf, hin und wieder vielsagend zu nicken. »Warum sollte er Herrn Speck umgebracht haben?«

»Ich weiß es nicht«, antwortete ich. »Aber Fakt ist, dass er im ›Antalya Grill‹ am Tisch neben uns gesessen hat. Und sobald Goliath auf dem Klo war, hat er auf mich eingeredet, den Mord zu begehen. Ich habe mich natürlich geweigert.«

»Natürlich.«

»Und später dann war er in Gollums Wohnung. Zur Tatzeit.«

»Das ist auch Fakt?«

Ihr Ton gefiel mir nicht. Auch nicht die kleine verräterische Pause, die sie eingelegt hatte, bevor sie das Wort »Fakt« ausgesprochen hatte. »Sie glauben mir kein Wort, nicht wahr?«

»Doch, doch, jedes einzelne.« Sie genoss ihren Kaffee. »Nur zu, erzählen Sie weiter.«

»Hinter diesem Spiegel sitzen Ihre Kollegen und lachen sich schlapp. Sie schließen Wetten auf meine Antworten ab. So ist es doch, oder?«

Keine Antwort, natürlich nicht.

»Was glotzt ihr so blöd? Warum hackt ihr immer nur auf mir rum? Schnappt Schröder, der war's!«

Hauptkommissarin Willeke antwortete nicht. Sie tauschte einen Blick mit dem Kobold neben ihr und wartete geduldig, bis ich mich wieder beruhigt hatte.

Ich starrte in das verspiegelte Fenster, hinter dem die kichernden Kollegen saßen, aber ich sah nur in das Gesicht eines Mannes, der dabei war, den Verstand zu verlieren. Einer, der nicht mehr lange brauchte, um so zu werden, wie Leute wie Rütli ihn schon immer gesehen hatten. Also versuchte ich mich zu beruhigen.

»Ich habe noch einmal über die Schrift auf dem Monitor nachgedacht«, sagte ich.

Sie starrte mich weiter an.

»›Denk an Monte Christo‹. Der Graf von Monte Christo. Das ist ein Roman, der davon handelt, dass einer unschuldig eingesperrt wird und später grausame Rache an denen nimmt, denen er das verdankt.«

Sie nickte. »Genau, wie es da steht, nicht wahr?«

»Vielleicht, aber jetzt kommt's: Auf dem Monitor ist die Rede von sieben Jahren. Dabei waren es bei ihm vierzehn.«

»Was bedeutet?«

»Ich meine nur: Die Zahl Sieben muss etwas Bestimmtes bedeuten. Sie hat nichts mit dem Buch zu tun.«

Das Fernsehen war wirklich schnell, Bork hatte nicht übertrieben. Am Montagabend lief die erste Folge über meine Kindheit als Serientäter. Nicht sehr eindrucksvoll, nur das Übliche. Zeitgenossen und Nachbarn, die ich zum ersten Mal in meinem Leben sah, beteuerten wieder einmal, niemals auf die Idee gekommen zu sein, dass in dem stillen, nicht besonders cleveren Jungen so viel Böses stecke.

Ich auch nicht, musste ich zugeben und zappte weiter zu den Privaten. Landete bei einer Dokusoap, die von weit angenehmeren Dingen handelte, zum Beispiel von Frau B. sowie ihrem Entschluss, sich beim kosmetischen Chirurgen den G-Punkt aufspritzen zu lassen. »Heute ist der große Tag«, sagte eine Off-Stimme. »Janine B. betritt die Praxis Dr. Stuckradts, der sich seit Jahren auf G-Punkt-Aufspritzungen spezialisiert hat. Janine, wie fühlen Sie sich?« – »Nun ja, ein wenig aufgeregt bin ich schon.«

Es klopfte. Ich schaltete den Fernseher aus. Die Tür wurde aufgeschlossen und Rütli trat ein.

»Sie, Doktor?«, wunderte ich mich. »Arbeiten Sie denn noch so spät, oder sitzen Sie etwa auch hier ein?«

»Nun ja, Herr Frings, Sie haben da heute einen interessanten Punkt angesprochen.«

Ich wies ihm den Platz neben mir auf der Pritsche zu, aber er zog es vor, auf und ab zu gehen. »Die Zahl Sieben. Wussten Sie, dass es sich um eine heilige Zahl handelt?«

»Natürlich«, sagte ich. »Das weiß doch jeder.«

»Und multiplizieren wir diese Zahl mit sich selbst, dann ergibt das genau mein Alter.« Die kleinen Äuglein funkelten verheißungsvoll. »Wie auch immer – lassen wir das Multiplizieren sein und addieren stattdessen eine Sechs – freilich keine heilige Zahl, aber nichtsdestotrotz ein Symbol für Vollkommenheit –, dann ergibt dies exakt dreizehn. Und voilà: das Jahr, in dem wir leben. Das ist doch seltsam, finden Sie nicht?«

»Vielleicht«, sagte ich. »Ich bin mir nicht sicher.«

»Aber das ist nicht der Grund meines Besuchs. Sie erwähnten den Grafen von Monte Christo. Dumas' Roman, der vorrangig von einer Sache handelt.« Wieder ruhte sein prüfender Blick so lange auf mir, bis mir klar wurde, dass er auf eine Antwort wartete.

»Flucht aus dem Knast?«, schlug ich vor.

»Neid. Es geht um Neid und Missgunst, mein Guter. Und davon verstehe ich etwas, denn ich habe zu diesem Thema eine Fortbildung absolviert. *Die weibliche Intrige als dramatische Kunst* – so lautete das Thema.« Rütli unterbrach seinen Gang und nahm neben mir Platz. Ich rückte ein wenig von ihm ab. »Sie müssen wissen, ich habe damals aus therapeutischen Gründen einer Frauengruppe angehört.«

»Sie?«

»Meine kleine Vorliebe, die Frauenkleider. Wir sprachen doch davon. Keine der Teilnehmerinnen hat etwas bemerkt. Und so lernte ich von Frau Mancini, unserer Kursleiterin, dass Gewaltphantasien nicht immer schlecht sind, solange man sie zulässt beziehungsweise auslebt.«

»Mancini?«

»Und als Sie heute diese Schrift auf dem Monitor erwähnten und den Grafen, der unschuldig eingesperrt wurde, da kam mir der Gedanke, dass wir vielleicht am falschen Ort suchen, verstehen Sie? Wir suchen den Schlüssel lieber unter der Laterne, wo es hell ist, als dort, wo wir ihn verloren haben. Denken über frühkindliche Zwänge nach, über die Lust daran, in Frauenkleider zu schlüpfen, anstatt auf das Naheliegende zu kommen.«

»Meinen Sie Laura Mancini?«

»Genau die.« Rütli fuhr mit seiner Hand in die Innentasche seines speckigen Jacketts und förderte eine Visitenkarte hervor. »Es könnte durchaus etwas bringen, wenn Sie sich mit ihr mal unterhalten würden.«

Frauen sind anders, stand auf der Visitenkarte, darunter: *www.we-are-female.de*. Keine Telefonnummer.

»Tja, und jetzt«, der Psychiater erhob sich und klatschte in die Hände, »packen Sie rasch Ihre Sachen zusammen, damit ich Sie nach Hause bringen kann.«

»Ich darf gehen?«

»Da staunen Sie, was? Ich habe mich persönlich für Sie verwendet«, behauptete Rütli stolz und grinste, was schräg aussah. Er hatte nicht das Gesicht, in das ein Grinsen passte. Dann zwinkerte er auch noch mit dem rechten Auge. »Das war doch nur Spaß. In Wirklichkeit gibt es einen Zeugen, der Sie beim Verlassen des Hauses beobachtet hat, mein Guter. Und das war lange bevor Goliath Speck in die Aa stürzte.«

28

Draußen schien es noch gar nicht so spät zu sein – seltsam, wie man in der Strafvollzugsanstalt das Gefühl für Zeit verlor. Der Mond ging gerade auf, und drüben auf der Promenade radelten Radfahrer, einige sogar mit Beleuchtung. Frieden und Beschaulichkeit dieser kleinen Stadt rührten jemanden fast zu Tränen, der im Bewusstsein, ein mehrfacher Mörder zu sein, niemals wieder an diesem Frieden und dieser Beschaulichkeit würde teilhaben können.

»Es ist unverantwortlich, dass sie mich gehen lassen«, beschwerte ich mich.

»Keine Sorge, bei uns gilt immer noch die Unschuldsvermutung«, sagte Rütli. »Niemand kann einfach behaupten, ein Mörder zu sein. Auch Sie nicht, Frings.«

»Ich behaupte es nicht. Ich fühle es. Und deshalb stelle ich mich freiwillig.«

»Freiwillig stellen – so leicht ist das nicht. Wir sind hier nicht in den USA, wo man Unschuldsvermutungen mit prophylaktischen Hinrichtungen den Boden entzieht, verstehen Sie? Bleiben Sie unter meinen Fittichen, dann passiert niemandem etwas.«

Ich wollte noch nicht nach Hause, mich interessierte vielmehr, wie dieser schräge Psychodoktor dazu kam, Laura zu kennen. Er ließ sich gern darauf ein, meine Haftentlassung mit einem Bier im »Café Einzelhaft« zu feiern. Heute gab es nicht nur alkoholfreies.

»Erzählen Sie mir von der Frauengruppe«, forderte ich ihn auf.

»Nun, das war in der Tat eine schöne Zeit«, schwärmte der Therapeut. »Eine Zeit neuer Erfahrungen und wichtiger Impulse. Wir haben uns als Frauen ganz neu kennengelernt. Und zwar nicht nur das übliche Programm: Mondphasensingen, Weinen in der Gruppe, Menstruationsgedichte. Oh nein: weibliche Solidarität – das ist etwas, das Sie bei Männern vergeblich suchen. Ein spezielles Gefühl der Zusammengehörigkeit, die nur wir Frauen haben.«

»Wir Frauen?«

»Also schön: Frauen haben es. Und in diesem Workshop haben wir in uns nachgespürt und das Bedürfnis nach Vergeltung als produktiven, ich möchte sagen: als kreativen Impuls verstehen gelernt. Weiblich gesehen ist er nichts anderes als der Sinn für Gerechtigkeit. Ihnen ist übel mitgespielt worden, und Sie wollen, dass demjenigen, der Ihnen übel mitgespielt hat, das Gleiche geschieht.«

»Dass ihm auch übel mitgespielt wird?«

»Exakt. Übrigens habe ich später herausgefunden, dass diese Frau eine faszinierende Persönlichkeit ist. Nicht nur für den männlichen Blick, sondern auch für den therapeutischen. Den vor allem.« Rütli starrte mich an, als wollte er mir eine Kostprobe des therapeutischen Blicks geben. Und ich starrte auf den kleinen Bart aus Bierschaum, der seine Oberlippe zierte.

»Nehmen wir vor allem das Trauma ihrer Kindheit«, erklärte er. »Ihre Schwester Chiara wurde ihr vorgezogen.«

»Ich weiß«, sagte ich.

»Sie wissen?«

»Für die Eltern waren Begabung, Intelligenz und innere Werte wichtiger als das Äußere. Laura wurde ihr atemberaubendes Aussehen zum Verhängnis.«

Rütli schien nicht erbaut davon, dass ich ihm das Wort aus dem Mund genommen hatte. »Tja, wenn Sie sowieso schon alles wissen …«

»Sie hat es mir selbst erzählt.« Und zwar in jener Nacht, die wir zusammen verbracht hatten. Jene Nacht, die ich mir nur eingebildet hatte. Aber dann musste ich mir doch auch eingebildet haben, dass sie mir das erzählt hatte. Wieso hatte ich also davon Kenntnis?

»Tja, und dann das mysteriöse Verschwinden ihrer Schwester«, fuhr Rütli fort und kostete noch einmal von seinem Alkoholfreien.

»Es war nicht mysteriös«, sagte ich. »Sie opferte sich für die anderen Mädchen einer Ferienfreizeit. Rettete ihr Leben und kam selbst dabei zu Tode.«

»Sicher.« Rütli wiegte den Kopf hin und her. »Diese Geschichte kursierte auch in der Frauengruppe. Ein schönes Märchen, wenn Sie mich fragen. Heroisch, wie das Leben sein sollte, nicht wahr?«

»Ein Märchen?«

»Es gibt auch andere Versionen.«

»Erzählen Sie schon, Doktor.«

»Nun, was den Ausflug angeht, so ist der durchaus verbürgt. Chiara war die Seele der Gruppe, als Freundin begehrt wie keine andere. Laura dagegen lief als Außenseiterin mit. Manchmal ließ sie sich zurückfallen, hundert Meter oder einen halben Kilometer. Niemand vermisste sie. An der bewussten Brücke hat keiner auf sie gewartet. Die Mädels wanderten fröhlich schwatzend weiter und kümmerten sich nicht darum, ob der Nachkömmling es heil über den reißenden Fluss geschafft hatte.«

»Das hört sich allerdings schon anders an«, nickte ich düster.

»Chiara verschwand eines Tages spurlos. Die anderen fanden lediglich ihren leeren Schlafsack. Der Rest der Wanderung wurde zum Alptraum, den die Mädchen bis zu ihrem Ende niemals vergessen haben dürften.«

»Bis zu ihrem Ende?«

»Eines nach dem anderen kam in den folgenden Jahren auf mysteriöse Weise zu Tode.« Rütli schenkte mir einen betroffenen Blick, schon wieder hatte er einen Schaumbart.

»Aber das glauben Sie doch nicht?«, fragte ich.

Der Therapeut zuckte mit den Schultern. »Eine andere Geschichte handelt davon, dass Laura einen Freund hatte, einen Typen von der Filmakademie, angehender Schauspieler. Sie waren unzertrennlich, bis der Kerl Chiara kennenlernte. Er verfiel ihrem unvorteilhaften Aussehen und hatte nur noch Augen für sie. Laura wurde wieder einmal ausgebootet.«

»Und was wurde aus dem Schauspielschüler?«

»Er wurde eines Tages mit entstelltem Gesicht aufgefunden.

Für ihn waren nur noch Rollen drin wie Quasimodo, Frankensteins Monster oder Derrick. Chiara legte ein Gelübde ab und ging als Missionarin nach Afghanistan, wo sie von den Taliban entführt wurde und seitdem verschollen ist.«

»Und Laura?«

»Sie tröstete sich mit einem neuen Freund. Einem eitlen Kerl, der sich viel zu wichtig nahm. Er wollte nur ihren Körper, der Inhalt interessierte ihn nicht.«

»Inhalt? Was meinen Sie denn damit?«

»Na, alles, was in einer Frau so drin ist. Was man nicht sehen kann. Das Wesentliche, für die Augen unsichtbar. Daniel, der Schönling, wusste nicht mal, wie man das schreibt, obwohl er vorhatte, Schreiberling zu werden.«

»Daniel hieß er?«

Rütli nickte. »Daniel Metternich, der Mann, den Sie angeblich umgebracht haben. So schließt sich der Kreis, was?«

»Welcher Kreis?«

»Hören Sie erst noch die dritte Version: Laura hat alles darangesetzt, so unvorteilhaft auszusehen wie ihre Schwester. Ihre Bemühungen sollen von gutem Erfolg gekrönt gewesen sein. Aber dann traf es sie wie ein Schlag: Als Abi-Geschenk erhielt Chiara von ihren Eltern einen Gutschein für eine Schönheits-OP. Laura rastete aus, tötete ihre Eltern und danach sich selbst.«

»Also wenn etwas ein Märchen ist, dann doch das«, sagte ich. »Denn es steht ja wohl außer Zweifel, dass Laura quicklebendig ist.«

Rütli warf mir einen enttäuschten Blick zu. Zum ersten Mal hatte ich eine seiner Prüfungsfragen falsch beantwortet. »Ja glauben Sie denn, Chiara hat den Gutschein einfach verfallen lassen?«

»Wollen Sie damit sagen, Laura ist in Wirklichkeit Chiara?«

»Suchen Sie sich eine Version aus.« Mein Gegenüber wischte sich den Schaumbart mit dem Ärmel ab. »Welche auch immer zutrifft: Die Frau ist eine faszinierende Persönlichkeit, so viel steht fest.«

Es war spät. Das »Einzelhaft« machte dicht. Rütli war nicht

der Typ, mit dem man kurzerhand eine Kneipe weiterzog. Abgesehen davon fürchtete ich, dass man ihn dann morgen früh tot aus der Aa fischen würde.

»Vielleicht haben Sie recht, Doktor«, sagte ich zum Abschied. »Ich sollte mich mit Laura Mancini mal zusammensetzen.«

»Tja, wenn die Sache nicht nur einen winzigen Haken hätte.«

»Und welchen?«

»Sie therapiert grundsätzlich nur Frauen.«

»Wenn schon«, sagte ich. »Sie haben's schließlich auch geschafft.«

29

Sehr geehrte Vendetta,
vergessen Sie alle meine Einwände. Was Sie da für mich gezaubert haben, ist erstklassig. Wie kleinlich meine Bedenken, die lediglich finanzieller Natur waren! Ich schäme mich so dafür. Was bedeutet denn schon Geld, wenn es um große Kunst geht? Um eine Inszenierung, die ihresgleichen sucht? Mir jedenfalls fällt nichts ein, das sich mit Ihrem Projekt messen könnte – selbst Nero, der das brennende Rom besingt, wirkt provinziell und blass gegen Ihr Feuerwerk. Mein Rachebedürfnis ist befriedigt, das fühlt sich gut an, warm und erfüllt. Eigentlich müsste ich erschöpft sein und mich danach sehnen, eine Runde selig zu schlafen. Aber Sie werden's mir nicht glauben: Ich könnte gleich schon wieder. Wie machen Sie das nur, meine Gute?
Monte Christo, Graf

Meine lieber Dantès,
danke für den Applaus, den Sie mir zu Recht spenden. Wiewohl ich mir durchaus bewusst bin, Großes zu schaffen, darf ich ja wohl erwarten, dass man mir dafür hin und wieder ein wenig Anerkennung zollt. Selbst Persönlichkeiten meines Formats wissen dies zu schätzen. Sicher ist Ihnen nicht entgangen, dass ein ausgeklügelter Rachefeldzug wie dieser sein Potenzial erst nach und nach freisetzt, einer Oper gleich, die sich langsam, aber sicher zum Punkt ihrer Kulmination steigert, zum höchsten der Gefühle – aber gleichwohl gebe ich Ihnen den Rat, sich nicht zu früh befriedigt zu fühlen. Mir ist klar, dass Sie als Mann gewohnt sind, ins Bad zu schlurfen, Ihre Blase zu entleeren und dann mit einer Fluppe im Mund auf der Bettkante zu hocken. Deshalb glauben Sie einer Frau, die Ihnen sagt: Der Höhepunkt steht noch aus. Es ist nie genug, und Sie sind nie befriedigt.
Denken Sie an die Sternstunden weiblicher Tötungskunst: Klytämnestra, die ihren Gatten Ägisth in der Badewanne ermordete. Judith, die Holofernes während des Geschlechtsaktes den Kopf vom Rumpf trennte. Das ist es, was meine Kunst ausmacht: Die größtmögliche körperliche

Nähe ist der Zeitpunkt, an dem wir zuschlagen. Je intimer, desto besser.
V.

Bravo, das haben Sie sehr schön gesagt. Der Mord als intimer Akt. Wie könnte es anders sein?
MC.

Schön und gut also. In diesem unseren Fall wird es allerdings etwas anders ablaufen.

Anders ablaufen? Was meinen Sie, Vendetta? Hören Sie, kommen Sie bloß nicht auf die Idee, Spielchen mit mir zu spielen, ich habe Ihnen schon zu viel Geld in den Rachen geworfen. Planänderungen sind jetzt nicht mehr drin. Sie sind schließlich keine Billig-Airline.

Beruhigen Sie sich, Graf, werden Sie nicht gleich hysterisch. Ich spreche doch nur davon, dass wir in diesem Fall nicht den direkten Weg wählen. Sondern den indirekten. Der ist uns Frauen ohnehin der vertrautere.

Ich verstehe nicht ganz, wovon Sie sprechen. Ehrlich gesagt, überhaupt nicht. Wenn Sie die Güte hätten, sich etwas klarer auszudrücken.
Christo

Na schön, Monti,
da ist eine gewisse Salome, die vor König Herodes strippte und ihn derart scharfmachte, dass ihm der Geifer aus dem Mundwinkel tropfte. Sie hätte ihm befehlen können, sich selbst ans Kreuz zu nageln und dabei mit den Zehen zu wackeln – er hätte es ohne Widerrede getan. Aber sie begnügte sich damit, ihm zu befehlen, Johannes den Täufer hinzurichten und ihm seinen Kopf auf einem silbernen Tablett zu überreichen. Oder Lady Macbeth, die sich entschloss, ihren Gatten so lange nicht mehr ranzulassen, bis er König Duncan gemeuchelt hatte und sie Königin von Schottland werden konnte.
Was ich damit sagen will: Frauen sind eigen, was das Mordwerkzeug angeht. Ihr Männer gebt euch mit Messern zufrieden, benutzt

Golfschläger oder Revolver mit möglichst großen Schalldämpfern. Wir Frauen dagegen bevorzugen – Männer.

Männer als Mordwaffe. Das ist cool.
MC.

Außerdem muss Verrat dabei sein.
V.

Verrat? Weshalb denn?
MC.

Ein Mord, der Lust verschaffen soll, mein Guter, benötigt gewisse Komponenten, emotionale Beigaben, die Sie nicht bekommen, wenn Sie Ihr Opfer einfach kaltmachen, ohne sich etwas dabei zu denken. Es soll schließlich leiden, nicht mehr aus noch ein wissen und sich von Gott und der Welt verraten fühlen. Ein Judaskuss zur rechten Zeit, das ist mein Motto. Glauben Sie nicht, wir Frauen könnten besser küssen als Judas?

Wenn nicht ihr Frauen, dann aber Sie. Sie können es bestimmt besser, davon bin ich überzeugt.

Da haben Sie wahrscheinlich recht. Ich danke Ihnen für das in mich gesetzte Vertrauen, das mehr als gerechtfertigt ist. Also freuen wir uns auf den Showdown, den Kuss des Judas. Vergessen Sie den Kick multipler Orgasmen – was Sie von mir bekommen, ist ungleich lustvoller. Das Männchen der Gottesanbeterin wird verspeist. Die Natur kommt zu ihrem Recht. Und Sie, mein Lieber, werden zum ersten Mal in Ihrem Leben erfahren, was Wollust wirklich bedeutet, darauf können Sie Gift nehmen.
Ihre Vendetta
PS: Eine detaillierte Abschlussrechnung geht Ihnen in den nächsten Tagen per E-Mail zu.

30

Am nächsten Morgen traf ich Gorbitsch am Treppenabgang, wo er sich am Geländer zu schaffen machte. »Wieder mal auf freiem Fuß?«, wunderte er sich, als er mich bemerkte.

»Nett von dir, dass du mir Obdach gewährst«, sagte ich. »Wenn ich mich irgendwie revanchieren kann, sag mir Bescheid.«

»Liebend gern.« Er hielt mir den Akkuschrauber hin. »Du könntest das Geländer reparieren.«

»Du weißt, dass ich nicht der Handwerkertyp bin«, ruderte ich zurück. »Es ist zwar lange her, aber erinnerst du dich noch, was das für ein Drama war, in unserem ersten Detektivbüro den Teppich anzunageln?«

»Egal wie, Ole, mach's einfach.«

Gorbitsch war nicht gut drauf. Aber das galt für mich ebenso. In der Nacht hatte ich wenig geschlafen. Die meiste Zeit hatte ich damit zugebracht, über den verschiedenen Versionen von Chiaras Schicksal zu grübeln, sie wieder und wieder zu durchleben und mich verzweifelt zu fragen, welche zutraf. Laura, da musste ich dem Psychomann recht geben, war eine verstörende Persönlichkeit. Und es war kaum zu fassen, dass sie ausgerechnet einen Kerl wie meinen Expartner zu heiraten gedachte.

»Wie lange kennst du Laura eigentlich?«, fragte ich Gorbitsch. Er hatte sich nach unten in die Küche begeben und schlürfte einen Kaffee. Ich gesellte mich zu ihm.

»Ein paar Monate«, meinte er. »Wir haben uns kennengelernt, kurz nachdem du und ich die Detektei an den Nagel gehängt haben.«

»Du meinst, kurz nachdem du es mit Anke getrieben hast.«

Er zuckte nur mit den Schultern.

»Und wie habt ihr euch kennengelernt?«

»Nichts Weltbewegendes. Die klassische Situation halt.«

»Welche klassische Situation?«

»Sie steht mit ihrem Rad auf der Promenade, ihre Kette ist abgesprungen. Er hält an und fragt, ob er vielleicht helfen könne. Diese klassische Situation. Laut Statistik lernen über achtzig Prozent aller Münsteraner Paare sich auf diese Weise kennen.«

»Und hast du nie drüber nachgedacht, dass sie dich vielleicht ausgewählt haben könnte?«

»Ausgewählt? Wovon redest du?«

»Dieser Trick mit der abgesprungenen Kette. Als ob sie gewollt hätte, dass du sie ansprichst und anbaggerst.«

»Klar wollte sie das, was denkst du denn?«

»Ich meine doch: zu einem bestimmten Zweck. Ihr geht es in Wirklichkeit um etwas ganz anderes.«

»Und um was?«

»Das würde ich gern wissen.«

»Nein, *ich* würde das gern wissen.«

»Du bist auf sie hereingefallen, Gorbitsch, so sieht's aus.«

»Quatsch, du hast zu viele Agentenfilme gesehen! Sie ist überhaupt nicht drauf eingegangen und hat mich Steinzeitmacho genannt, der sich die Überzeugung, dass Frauen nichts mit Technik und schon gar nichts mit Fahrrädern am Hut haben, tief ins Hirn gemeißelt hätte.«

»Und wie ging's weiter?«

»Sie wollte sich ihre Finger nicht schmutzig machen, also habe ich die Kette aufgespannt, und sie fand das cool. Der Rest ist Geschichte.«

»Klar, genau so, wie ich gesagt habe«, nickte ich. »Übrigens kannte sie Metternich. War sogar mit ihm zusammen.«

»Wusste ich.«

»Und das macht dich nicht stutzig?«

»Hör zu«, gab er genervt zurück, »wenn mich irgendwas stutzig macht, dann deine Fragerei.« Gorbitsch goss den Inhalt seiner Tasse in den Ausguss und holte sich stattdessen ein Bier aus dem Kühlschrank. »Und die Hochzeit natürlich. Die macht mich auch stutzig, und frag nicht, wie sehr.«

»Wie sehr denn?«, fragte ich trotzdem.

»Du hattest recht, Ole, du weißt, wie schwer es mir fällt, das zuzugeben. Aber ich bin nicht der Typ, der heiratet. Nur kann ich jetzt nicht mehr zurück.«

»Soll ich mal mit ihr reden?«, schlug ich vor.

»Wenn du das tust«, warnte er, »kannst du dir gleich eine neue Bleibe suchen.«

»Du meinst, einen neuen Wohnschrank.«

Gorbitsch schnappte sich sein Bier und stand auf. »Ich muss arbeiten«, sagte er. »Und du kümmerst dich um das Treppengeländer.«

»Aye, aye, Sir.«

Was war bloß in ihn gefahren? Wozu die Geheimnistuerei? Wenn er mir Lauras Adresse nicht geben wollte, na gut. Ich musste ja nur auf der Website nachsehen. We-are-female.de. Aber Fehlanzeige: Die Seite strotzte von ermüdenden Ausführungen zum Thema Weiblichkeit, die ich mir von Dr. Rütli schon hatte anhören müssen, doch Lauras Adresse tauchte nirgendwo auf. Also durchwühlte ich Gorbitschs Sachen, auch das ohne Erfolg. Kein Handy mit Nummernspeicher, kein Notizbuch mit Adresseintrag. Was mich aber nur in meinem Entschluss bestärkte, Laura zu sprechen. Ich musste wissen, was in jener Nacht, die mit Illbritt Weichbergers Tod geendet hatte, wirklich geschehen war. Und wenn es tatsächlich darauf hinauslaufen sollte, dass ich Dr. Jekyll war, der höchstpersönlich Mr. Hyde zur Strecke brachte.

Ich besann mich auf meine alten Schnüfflertugenden. Bewaffnet mit Gorbitschs Präzisionskamera, die er von seiner Tante geerbt hatte, begab ich mich in die Innenstadt und bezog mit meinem Rad Posten gegenüber den »Schmierfink«-Redaktionsräumen. Sie befanden sich im ersten Stock eines heruntergekommenen Gebäudes, direkt über einem Ein-Euro-Laden. Und dann blieb mir nur abwarten.

15.46: Endlich konnte es losgehen. Gorbitsch kam heraus und bestieg sein Rad. Ich folgte ihm unauffällig. Wir verließen die Innenstadt in Richtung Ägidiistraße, überquerten die Weseler Straße. Passierten die Aasee-Kugeln und radelten auf dem

Modersohnweg am südlichen Ufer des Sees entlang. Umfuhren Joggerinnen mit Kinderwagen, wichen Hunden aus und rasten beinahe in eine Kompanie im Gleichschritt marschierender Nordic-Walker. Unterfuhren schließlich die Torminbrücke. Wenige hundert Meter weiter bog Gorbitsch in Richtung Mecklenbecker Straße ab, stoppte kurz darauf und parkte sein Rad.

War das etwa ihre Adresse? Ein schickes Apartmenthaus mit unverbaubarem Aasee-Blick. Nichts für Leute mit Geldsorgen. Die vitrinenartige Bauweise mit Komplettverglasung auf der Seeseite kamen mir als Schnüffler sehr entgegen: Ich brauchte nicht lange, um Laura zu entdecken, wie sie in der Wohnung, erster Stock, linke Seite, von ihrem Schreibtisch aufstand, zur Tür ging und Gorbitsch öffnete.

17.09: Die beiden schienen zu streiten. Gorbitsch stand da mit den Händen in den Taschen, während Laura gestikulierend auf und ab ging. Junges Glück, das sich anschickte, den Bund fürs Leben zu schließen, sah anders aus. Türen knallten, beide verzogen sich in verschiedene Zimmer. Für mich als Observierer keine zufriedenstellende Situation. Aus Langeweile schluckte ich ein paar von Rütlis Tabletten, die ich in meiner Hosentasche fand. Sie hatten einen leichten Pfefferminzgeschmack. Der Streit wollte kein Ende nehmen. Ich schoss ein paar Fotos, aber schließlich brach ich die Observierung ab und beschloss, später noch einmal zurückzukehren.

19.30: Kaum war ich wieder auf dem Posten, hatten Gorbitsch und Laura erneut Zoff. Wäre schön gewesen zu wissen, worum es ging, aber ich hatte keinen Ton. Und dann sah ich mich außerdem gezwungen, mit einer älteren Dame zu diskutieren, die es unmoralisch fand, mit einer Kamera in fremde Wohnungen zu starren. Ich vertraute ihr unter dem Siegel unbedingter Verschwiegenheit an, dass ich vom Verfassungsschutz sei und wir den dringenden Verdacht hätten, dass es sich um eine konspirative Wohnung handele, in der islamistische Fundamentalisten ihr Unwesen trieben, worauf sie sich nicht nehmen ließ, nach Hause zu gehen, um mir ihr Fernglas zur Verfügung zu stellen.

20.02: Der Feldstecher der alten Dame war ein wahres Präzisionsgerät. Endlich hatte ich perfekte Sicht und beobachtete Gorbitsch dabei, wie er in einem Sessel lümmelte, in der Nase bohrte und die Tagesschau ansah. Während ich mich mit Wurstbroten, die mir die alte Dame freundlicherweise geschmiert hatte, stärkte, machte ich mich auf die Suche nach Laura. Seltsam, wo steckte sie nur …

20.05: Bingo! Laura hatte das Schlafzimmer betreten, offenbar vom Badezimmer aus, denn sie trug nichts als ein blaues Badetuch. Und auch das nicht lange. Das Tuch sank zu Boden, und da stand sie, splitternackt. Ich hielt den Atem an und hätte mich beinahe an meinem Wurstbrot verschluckt. Seelenruhig schritt Laura ihre Schränke ab, auf der Suche nach der richtigen Garderobe. Ich beglückwünschte die Planer der Wohnanlage zu ihrem unkonventionellen Konzept, das die gewöhnlich streng getrennten Lebensbereiche von Intimität und Öffentlichkeit auf anregende Weise miteinander verschränkte. Der Begriff »sozialer Wohnungsbau« bekam hier einen ganz neuen Klang.

Laura indes ließ sich Zeit, immer wieder probierte sie Sachen an und legte sie wieder ab. Gorbitsch schien allmählich ungeduldig zu werden, die Nachrichten im Fernsehen waren zu Ende. Er rief etwas Ungeduldiges, Laura rief zurück, vermutlich verbat sie sich, zur Eile angetrieben zu werden. Inzwischen hatte sie ein cremefarbenes Top übergezogen und stieg auf ihre unnachahmliche Weise in einen halblangen dunklen Rock. Noch aß ich mein Wurstbrot nicht weiter, schließlich wollte ich nicht verpassen, wie sie ihren Slip anlegte. Doch es geschah das Unglaubliche: Laura sparte sich den Slip und verließ nach einem kurzen Blick in den Spiegel das Schlafzimmer. Nebenan fing sie wieder mit Gorbitsch Streit an, so als wäre nichts gewesen.

20.24: Die alte Dame war mit zwei Freundinnen zurückgekehrt. Und einem mutmaßlichen Islamisten, den sie aufgegriffen und überwältigt haben wollten. Ich sollte ihn seiner gerechten Bestrafung zuführen. Es brauchte seine Zeit, bis ich den Verdächtigen als Anglistikstudenten im zweiten Semester aus Wiesbaden enttarnt hatte, der sein Palästinensertuch während eines

Urlaubs auf Djerba erstanden hatte. Das Fernglas gab ich seiner Besitzerin zurück und konnte die alten Tanten dazu bewegen, ihre Terroristenjagd woanders fortzusetzen. Dann wollte ich mich wieder dem widmen, weshalb ich hergekommen war, aber wie sich herausstellte, gab es nichts mehr zu bespitzeln: Laura und Gorbitsch hatten inzwischen die Wohnung verlassen.

Meinetwegen, sollten sie doch – ich hatte, was ich wollte. Hauptsache, ich wusste, wo Laura Mancini wohnte. Und sobald es mir gelang, sie ohne Gorbitsch zu erwischen, würde sie mir einige Fragen beantworten müssen.

Bevor ich mich auf mein Fahrrad schwang, kramte ich noch ein paar von den Pillen aus der Tasche und warf sie ein. Wozu auch immer sie gut waren – sie schienen einen klaren Kopf zu machen und mir dabei zu helfen, die Dinge aus einer neuen Perspektive zu betrachten. Gorbitsch und Laura, dieses seltsame, angeblich so verliebte und doch ständig streitende Paar – was lief zwischen den beiden ab? Allein die Tatsache, dass ein Langweiler wie er ohne etwas dafür zu tun bei einem solchen Klasseweib landen konnte. Paarungen mit derart krassem Attraktivitätsgefälle ließen einen misstrauisch werden. Dass ihm das nicht zu denken gab, war wieder einmal typisch. Aber ich durfte auch nicht unfair sein. Gorbitsch eine kritische Selbstwahrnehmung zuzutrauen war ungefähr so, als würde man von einem Meerschweinchen Grundkenntnisse in der deutschen Rechtschreibung erwarten. Von daher ergab die Sache doch wieder einen Sinn: Jan Willem Gorbitsch war das ideale Opfer für eine Frau, die nur ein paar erotische Signale aussenden musste, um seinen Verstand zu torpedieren. Erst wollte er unbedingt heiraten, dann wieder nicht – er eierte herum, während sie nebenan nackt vor dem Spiegel posierte und auf Unterwäsche verzichtete.

Sicher konnte man endlos darüber diskutieren, ob jemand wie Gorbitsch es verdiente, vor seiner eigenen Dummheit bewahrt zu werden oder nicht. Aber eines erschien mir immer klarer: Er war verloren, wenn nicht jemand verhinderte, dass dieser rein schwanzgesteuerte Idiot in Lauras Händen zur willigen Marionette wurde. Notfalls musste das eben sein ehemaliger

Partner sein, auch wenn dieser schon längst nichts mehr außer Mitleid für Gorbitsch empfand.

Ich radelte die Promenade entlang, die Luft war erfüllt vom Duft italienischer Gewürze. Und die Promenade war erfüllt von Joggern, Skatern, Walkern und Radfahrern, die an diesem milden Sommerabend irgendwo in der Stadt zum Grillen verabredet waren. Kurz bevor der Radweg unter der Warendorfer Straße hinwegtauchte, bremste ich ab und stoppte, als ich eine Frau bemerkte, die offenbar eine Radpanne hatte. Sie stand auf dem Grünstreifen und hielt ihr Fahrrad, als hätte sie noch nie davon gehört, dass es sich um ein Fortbewegungsmittel handelte. Und sie sah atemberaubend aus, als sie mich hilfeheischend anlächelte.

»Die blöde Kette ist abgesprungen«, sagte sie.

Die Frau war Laura Mancini.

31

»Hi«, sagte ich. »Soll ich mir das mal ansehen?«

Laura trug eine dunkle Sonnenbrille und verzog den Mund zu einem amüsierten Schmunzeln. »Weil Frauen keine Ahnung von Technik haben und von Fahrrädern schon gar nicht? Meinst du das?«

»Vielleicht«, sagte ich. »Aber keine Angst, ich bin kein Steinzeitmacho.«

»Das habe ich auch nicht gesagt.« Sie hob ihre Hände. »Ich würde es ja selbst tun, aber die Schmiere geht so schlecht wieder ab.«

»Klar«, sagte ich, »kann ich verstehen.«

»Was für ein Zufall«, meinte sie, während ich mich mit der Kette abmühte. »Dass man sich hier trifft …«

»Tja, ich hatte heute eine Observierung.«

»Als Schriftsteller?«

»Wir observieren zu Recherchezwecken. Wie willst du das wirkliche Leben beschreiben, wenn du es nicht beobachtest.« Ich hatte die Panne behoben und beschloss, die Gelegenheit beim Schopf zu packen. »Hast du gerade etwas Dringendes vor?«

»Nicht wirklich.« Laura lächelte überirdisch. »Warum fragst du?«

»Ich hätte dich gern ein paar Dinge gefragt. Aber wahrscheinlich bist du mit Jan verabredet und ihr wollt schick essen gehen …« Als ich den Namen aussprach, sah ich wieder das gestresste Gesicht von vorhin, als ich sie durchs Fernglas beobachtet hatte.

»Nein, in dieser Richtung ist gar nichts geplant«, sagte sie kühl und lächelte unvermittelt. »Im Gegenteil.«

»Im Gegenteil?«

»Wir beide fahren jetzt zurück und machen einen gemütlichen Abendspaziergang um den See. Dann können wir in Ruhe reden. Was hältst du davon?«

Lauras neue Sonnenbrille sah obercool aus, trotzdem wunderte es mich, dass sie sie nach Sonnenuntergang immer noch auf der Nase behielt. Mittlerweile war es nämlich kurz vor zehn, hinter den braunen Gläsern musste es schon elf sein, und sie suchte Körperkontakt, um im Dunklen nicht zu stolpern.

Es war ein romantischer Abend. Feuer um Feuer brannte drüben auf der Westseite des Sees, man konnte glauben, der berüchtigte Fürstbischof sei mit seinen Heerscharen zurückgekehrt, um die Stadt noch einmal einzunehmen und alle, die nicht katholischen Glaubens waren, auf das Rad zu flechten. Aber es waren nur Studenten, die die Sommernacht für eine Grillparty nutzten, und die Luft war gesättigt von jener Standardmarinade, die das Fleisch vom Discounter so einzigartig macht.

»Also, was wolltest du wissen?«, fragte Laura.

»Zum Beispiel, ob du mir neulich von deiner Schwester erzählt hast.«

»Neulich? Wann sollte das gewesen sein?«

»Als du bei mir warst. Ich meine natürlich, bei Gorbitsch. Die Nacht, die wir gemeinsam verbracht haben.«

»Haben wir das?« Laura lächelte geheimnisvoll, als sei die Vorstellung, so abwegig sie war, gar nicht unangenehm. »Wunsch und Realität haben viel miteinander zu tun, doch sie sind nicht dasselbe, nicht wahr?«

»Aber was ich nicht verstehe: Wenn ich mir diese Nacht nur eingebildet habe, wie kann ich dann von deiner Schwester wissen?«

Falsches Thema. Laura wandte sich von mir ab und schaute auf den Aasee hinaus, dessen Konturen mehr und mehr in der Dämmerung verschwanden. »Alle fragen mich nach ihr. Chiara und immer wieder Chiara. Ich bin es satt, ständig nur über sie zu reden. Ich habe mein eigenes Leben, verstehst du?« Sie zog ihre Sonnenbrille vom Gesicht, und ich war schockiert: Ihr rechtes Auge verunstaltete ein dicker Bluterguss.

»Wie ist denn das passiert?«

Laura zuckte mit den Schultern. »Ich bin mit einem Verkehrsschild zusammengestoßen.«

»Ein Verkehrsschild? Was für ein Verkehrsschild?«

»Ich weiß es nicht mehr. Irgendein Verbotsschild, ich glaube, es war eingeschränktes Halteverbot. Ist denn das wichtig?«

»Nein. Aber ich glaube dir nicht.«

»Was glaubst du denn, Ole?«

»Dass dich jemand geschlagen hat.«

Sie setzte die Brille wieder auf. »Ich finde nicht, dass wir uns schon gut genug kennen, um solche Dinge zu besprechen.«

Also gingen wir die nächsten Minuten schweigend nebeneinander her. Danach schienen wir uns offenbar etwas besser zu kennen.

»Es könnte alles so schön sein«, seufzte Laura, »wenn seine Eifersucht nicht wäre.«

»Gorbitsch und eifersüchtig?«, wunderte ich mich. »Ich kenne ihn schon lange. Er ist Weltmeister im Einschnappen. Aber Eifersucht?«

»Genau das habe ich Babette damals auch gesagt. Aber sie meinte: Lass dir nicht alles von ihm gefallen. Du bist nicht sein Eigentum. Ich hätte auf sie hören sollen.«

»Babette?«

»Babette Holm. Du weißt schon, die Frau, die ermordet wurde.«

»Klar weiß ich. Was zum Teufel hatte sie mit Gorbitsch zu tun?«

»Nichts, gar nichts.«

Wieder gingen wir eine Weile, während ich angestrengt nachdachte.

»Wirklich gar nichts?«, fragte ich schließlich nach. »Es ist wichtig, immerhin geschahen all diese Morde …«

»Ich habe ihr mein Herz ausgeschüttet. Jan war wieder mal so garstig gewesen, dass ich nicht mehr ein noch aus wusste. Ich glaube, er hat es gar nicht so gemeint, aber Babette bestand darauf, dass ich ihn anzeigte.«

»Und? Hast du es getan?«

»Natürlich nicht.« Energisches Kopfschütteln. »Ich habe mir geschworen, niemals einen Mann zu heiraten, den ich wegen

Körperverletzung angezeigt habe. Babette hat das nicht verstanden. Sie wollte die Sache ein für alle Mal regeln.«

»Regeln? Wie meinte sie denn das?«

»Ich weiß es nicht. Seitdem habe ich sie ja nicht mehr gesprochen.«

Wir ließen uns auf einer Bank nieder und saßen nebeneinander wie ein altes Ehepaar. Die Grillfeuer waren weit weg. Hin und wieder sausten telefonierende Radfahrer vorbei, dann umfing uns wieder sommerliche Stille.

»Weißt du, dass ich euch für das perfekte Traumpaar gehalten habe?«, sagte ich. »Neulich, als ich zum ersten Mal einsaß und du hereingeschwebt bist. Das war – wie soll ich sagen – geradezu überirdisch …«

Laura nickte. »Nach außen hin sind wir das ja auch. Ein perfektes Paar. Jan Willem ist das so wichtig, besonders, was dich angeht – keine Ahnung, wieso. Als ob es da etwas zu verbergen gäbe. Gute und schlechte Zeiten, habe ich ihm immer gesagt, das geht doch jedem Paar so. – Warum ist er so, Ole?«

»Keine Ahnung«, sagte ich. »Ich dachte immer, ich kenne Gorbitsch. Aber je mehr ich über ihn nachdenke, desto schleierhafter wird er.«

»Alles war ja auch gar nicht *so* schlimm«, erzählte Laura. »Na gut, ab und zu rutscht ihm die Hand aus. Glaub mir, auch für ihn ist das nicht immer schön. Einmal hat er beim Zuschlagen einen Ohrring getroffen und sich dabei übel die Hand verletzt. Sie musste genäht werden.«

»Was hat er …?«

»Und ein anderes Mal, er wollte mich die Treppe hinunterstoßen, hat er das Gleichgewicht verloren und ist auf mich gestürzt. Ich habe immer noch eine kleine Narbe am Oberschenkel als Erinnerung …« Um sie mir zu zeigen, schob Laura ihren Rock hoch, immer weiter und weiter. Ich versuchte, mich auf die Narbe zu konzentrieren, aber meine Augen hatten einfach zu viel anderes zu tun, auch mein Verstand gab sein Bestes, konnte aber nur vier Worte denken: Sie trägt nichts darunter!

»Das ist wirklich übel«, stammelte ich möglichst mitfühlend.

»Aber dann kam eines Tages dieser Goliath Speck mit seinem Manuskript, und alles wurde schlimmer.«

»Was für ein Manuskript?«

»Der Arbeitstitel lautete *Schweinebacke*. Ich weiß bis heute nicht, was Jan hatte. Das Buch hatte nicht das Geringste mit ihm zu tun, trotzdem fühlte er sich darin verleumdet. Sich gegen Rufmord zu wehren, sagte er, erfüllt den Tatbestand der Notwehr. Das hat er natürlich nicht so gemeint.«

»Natürlich nicht«, sagte ich. Ein Kerl mit Bierflasche hielt es für eine gute Idee, sich auf unserer Bank breitzumachen, also standen wir auf und gingen noch ein Stück.

»Mehrmals hat er das Buch im ›Schmierfink‹ verrissen«, erzählte Laura, »obwohl es noch gar nicht erschienen war. Daran, dass das Fernsehen sich plötzlich für den Stoff interessierte, ist er also selber schuld.«

»Es sollte verfilmt werden?«

»Die Weichberger Filmproduktion wollte *Schweinebacke* unbedingt haben. Das hat Jan natürlich besonders getroffen. Wo er doch einmal eine kurze, unschöne Affäre mit Illbritt gehabt hat.«

Der Mond tauchte den See in unwirkliches fahles Licht. Ein paar späte Möwen bevölkerten den Nachthimmel, drüben im Zoo brüllte ein Löwe. Es war eine dieser hoffnungslos romantischen Nächte, in denen vieles in einem anderen Licht erscheint. Laura kuschelte sich an mich. Mein Herz schlug schneller, und ich überlegte, ob sie mich vielleicht noch einen Blick auf ihre Narbe werfen ließ, wenn ich sie darum bat.

»Hin und wieder haben wir uns getroffen und einen Bummel durch den Zoo gemacht«, sagte sie. »Wusstest du, dass wir beide dieselbe Schule besucht haben, Illbritt und ich?«

»Nein«, sagte ich. In der Tat, fast alles erschien diese Nacht in einem anderen Licht. »Ihr habt also erst die Schule und dann den Zoo besucht …«

Wir waren wieder einmal am Ausgangspunkt unseres Spaziergangs angekommen. Ein kleiner Kiesweg führte zu Lauras Wohnung. Sie schmiegte sich an mich und nahm ihre Sonnenbrille ab. Wir küssten uns leidenschaftlich. »Ich könnte noch für einen kurzen Drink mit nach oben kommen«, sagte ich heiser.

»Lieber nicht. Ich werde demnächst heiraten.«

Ich hörte wohl nicht recht. »Aber nach alldem, was du mir gerade erzählt hast, kannst du doch nicht ernsthaft daran denken, diesen Kerl –«

»Jan Willem meint es nicht so«, bekräftigte Laura. Ich konnte es nicht mehr hören. Wie kam sie dazu, ihn immer noch in Schutz zu nehmen? »Außerdem …«

»Außerdem was?«

»… würde er mich niemals gehen lassen. Du kennst ihn nicht.«

»Doch, ich kenne ihn. Dachte ich jedenfalls.«

»Wie gesagt, manchmal ist er richtig süß. Und dann wieder ist er … Weißt du«, ihre Stimme verfiel plötzlich in den Flüsterton, »neulich habe ich davon geträumt, dass ihm etwas zustößt. Du glaubst nicht, wie schlecht ich mich danach gefühlt habe. Weil mir eines klar geworden ist: Das wäre vermutliche der einzige Weg, dass wir beide – ich meine, dass ich es schaffen könnte, nicht mit ihm zusammen zu sein. Verstehst du, was ich meine?«

»Lass uns das oben besprechen.«

Sie küsste mich noch einmal. Es war ein eindeutiger Nein-Kuss. Jedenfalls im ersten Moment. Eine Weile später, ich war schon auf dem Nachhauseweg, stellte sich ein leichter Nachgeschmack ein. Nein, sagte der Kuss, nicht heute, aber vielleicht später. Ja, dann sogar ganz bestimmt …

Es war erst kurz nach elf, als wir uns trennten, und an diesem Abend wollte ich nicht zurück in meinen Wohnschrank und den Rest dieser wunderschönen Nacht damit verbringen, die Decke anzustarren. Ich bog von der Promenade ab, fuhr über die Windthorststraße in Richtung Hauptbahnhof. Auf der Ostseite, auf dem Bremer Platz, kam der abendliche Drogenhandel gerade erst in Schwung. Und die »Taverna Pitsidia« hatte noch geöffnet.

»Wir haben geschlossen«, begrüßte mich Aristides, der gerade dabei war, draußen vor der Tür die Stühle aufeinanderzustapeln.

»Gut«, sagte ich, »für mich das Übliche«, und nahm am letzten verbliebenen Tisch Platz.

Er brachte mir eine Mixtur aus sogenannten Vorspeisen, die aussahen wie Brotaufstriche und von denen niemand, auch ich nicht, wissen wollte, woraus sie bestanden. Das meiste stammte von den Tellern der heutigen Gäste, die nicht alles geschafft hatten. Außerdem eine Flasche selbst gebrannten Raki und zwei Gläser. »Kann ich sonst noch was für dich tun?«, fragte er, während er uns eingoss.

»Beantworte mir eine Frage: Wie viele sind in ihrem Leben zu Mördern geworden, obwohl sie es gar nicht vorhatten? Obwohl sie nette Kerle waren und niemandem was Böses wollten? Sie sind irgendwie in die Sache reingerutscht, und dann hatten sie keine andere Wahl.«

»Du meinst, wie viele als Kind davon geträumt haben, Lokomotivführer zu werden? Und dann sind sie doch Mörder geworden?«

»Nein, so meine ich das nicht. Die es gar nicht wollten, sondern vom Schicksal dazu gemacht wurden.«

»So wie Orest, der Muttermörder? Oder Brutus, der Vatermörder?«

»Vielleicht«, sagte ich. »Obwohl Caesar nicht sein leiblicher Vater war.«

Wir kippten den Raki und verzogen gleichzeitig das Gesicht. Es gab wenige Getränke auf diesem Planeten, die so verschreibungspflichtig schmeckten.

»Suchst du eigentlich immer noch eine Wohnung?«, erkundigte sich Aristides.

»Hast du denn was für mich?«

Er deutete nach oben. »Die über der Taverne wird frei. Wegen ehelicher Gewalt. Wenn du willst, könnte ich was für dich drehen.«

»Ehelicher Gewalt?«

»Die beiden waren immer ein Musterehepaar. Und jetzt ist rausgekommen, dass er seine Frau jahrelang misshandelt hat. Ganz schön gruselig, was?«

»Da haben sie gekündigt?«

»Sie hat einen anderen, und wenn du mich fragst: Er hatte seinen Amoklauf schon fix und fertig vorbereitet. Du weißt schon: erst sie und ihren Lover und dann sich selbst töten. Aber er hat es nicht rechtzeitig geschafft. Fünf Kilometer Stau auf der A 1 zwischen Ascheberg und Münster-Süd. Als er endlich eintraf, waren die beiden schon weg. Also hat er sich selbst angezeigt, und seitdem steht die Wohnung leer.«

Drinnen klingelte das Telefon. Aristides ließ mir die Flasche da und verzog sich.

Es gab so vieles, über das ich nachdenken musste. Über das ich nachdenken konnte, so lange ich wollte, und das dann immer noch keinen Sinn ergab. Und anderes, das plötzlich zusammengehörte, obwohl es mir überhaupt nicht in den Kram passte. Aber ich kam nicht dazu, denn jemand winkte mir von der Straße aus zu und setzte sich dann ohne Aufforderung an meinen Tisch.

»Vielleicht sollten wir endlich reden«, sagte Schröder. »In aller Offenheit.«

»Wenn irgendwas ist, wende dich an Dr. Rütli. Er ist mein Psychiater.«

»Also gut, dann rede nicht mit mir. Zähle einfach zwei und zwei zusammen.«

»Wenn ich vorhabe zu rechnen«, blaffte ich, »dann rechne ich allein.«

Schröder hielt mir seine Hände vor die Nase und rechnete an den Fingern vor: »Gorbitsch war eifersüchtig auf Metternich, deinen Agenten. Frau Holm wollte ihm Vorschriften machen, wie viel Gewalt in seiner Beziehung angebracht ist. Immer Gorbitsch.«

»Aber *ich* wollte Speck umbringen«, sagte ich. »Nicht Jan.«

»Du wolltest, aber dann hattest du doch nicht den Mumm dazu. Und das wusste Gorbitsch.« Schröder zog ein Kaugummi aus der Tasche, entfernte die Verpackung und steckte es sich in den Mund. »Was er nicht ahnen konnte, war, dass ihr beiden euch ganz gut verstehen würdet, du und dieser Speck. Da wurde es eng, was das Motiv angeht.«

»Und was ist mit Illbritt Weichberger?«

Schröder nickte voller Verständnis. »Seitdem verbringst du schlaflose Nächte über der Frage, wieso du denken kannst, es mit Laura getrieben zu haben, obwohl es Illbritt war, und die war auch noch tot. Ganz einfach: Illbritt wollte deinem sogenannten Expartner die Demütigung heimzahlen, dass er sie abserviert hatte. Also finanzierte sie das *Schweinebacke*-Projekt. Gorbitsch schlug ihr eine Aussprache vor, tischte ihr Shrimps auf und tränkte sie mit K.-o.-Tropfen. Den Rest kennst du. Wie gesagt, mein Freund: So passt alles zusammen.«

»Halt, nicht so schnell«, bremste ich. »Da war doch noch diese Schulfreundin, mit der Illbritt sich getroffen hat. Und der australische Beutelhirsch …«

»Speck umzubringen war eine dumme Idee.« Mein Alter Ego lächelte weltmännisch. »Aber was soll's? Seine Fehler zuzugeben macht einen groß. Gorbitsch wäre der richtige Kandidat.«

»Sag mal, spinnst du? Gorbitsch war mal mein Partner. Den bringt man nicht so einfach um.«

Wieder dieses Verständnis in Schröders Blick, als habe er vor, demnächst Pfarrer zu werden. »Natürlich, Ole, niemand versteht das besser als ich. Aber es gibt Situationen im Leben, da wird man zum Mörder aus Verantwortung. Auch wenn man sein Leben eigentlich anders geplant hatte. Man würde gern kneifen, aber kann es nicht. Verstehst du, was ich meine?«

»Das ist nichts als gequirlte Scheiße.«

Schröder zeigte hinauf, in die gleiche Richtung wie Aristides eben. »Erst waren sie das perfekte Paar, da hieß es *Schatz, hier* und *Schatz, da* und *was immer du willst, Schatz*. Und dann, wie aus heiterem Himmel, kommt es zur Katastrophe, und keiner will was gewusst haben.« Er verzog das Gesicht, als hätte er vom Raki genippt. »Sag mal, was ist mit dir los, nimmst du irgendwelche Pillen? Ich fühle mich neuerdings so seltsam.«

»Pillen? Und wenn, was geht es dich an?« Da waren diese Dinge, die plötzlich zusammengehörten, obwohl es mir nicht passte: Jan Gorbitsch, der Nachtragende. Was weiß ich, wieso er etwas tat? Was Missetaten oder Fehltritte anderer anging, so hatte er ein Gedächtnis, gegen das die geheime Datenbank der CIA nicht mehr als ein jämmerlicher digitaler Einkaufszettel war. Jahre später legte er einem alte, längst vergilbte Rechnungen vor, deren Existenz jeder auch nur halbwegs vernünftig denkende Mensch längst aus seiner Erinnerung getilgt hatte. Und wo wir schon dabei waren, da gab es noch eine zweite Sache: Warum traf es immer mich? Warum stand nach jeder dieser Bluttaten die Kripo bei mir auf der Matte? – Weil jemand fand, dass ich ein idealer Verdächtiger war und zufällig über all die kleinen Einzelheiten im Bilde war, die jederzeit einen Verdacht gegen mich begründen konnten.

Schröder war immer noch da.

»Hau endlich ab«, sagte ich. »Sonst werfe ich Pillen ein.«

»Aber du musst zugeben, dass ich wieder einmal recht habe.«

»Wenn irgendwas an dem, was du sagst, dran sein sollte«, sagte ich, »dann kannst du sicher sein, dass ich mich an Hauptkommissarin Willeke oder ihren seltsamen Kollegen Truthaan wenden werde.«

»Wohl gesprochen.« Mein Gegenüber nickte milde. »Natürlich könntest du seine Bestrafung auch der Polizei überlassen. Aber die Sache hätte einen Haken.«

Mir doch egal, was er meinte. Da saß der Kerl, verschränkte die Arme vor der Brust und wartete darauf, dass mich dieser Haken bei der Sache interessierte. Da konnte er lange warten. Und das tat er auch.

»Also, was für einen?«, fragte ich unwillig.

»In diesem Fall würde alles den gesetzlich vorgeschriebenen Gang gehen. Aber du könntest bei Laura nicht landen. *No chance.*«

»So, könnte ich nicht. Und wieso?«

»Sieh genau hin. Damit meine ich nicht die Frage, ob sie Unterwäsche trägt oder nicht. Laura ist eine dieser Frauen, die man vor dem Drachen retten muss, so viel steht fest.«

»Ach ja?«

»Es fasziniert sie nicht, wenn man den Drachenbeseitigungsdienst anruft, damit der die Arbeit erledigt. Man muss selbst das

Schwert in die Hand nehmen und losschlagen, das macht sie an. Hast du das etwa noch nicht bemerkt?«

»Nein, wie könnte ich?«, antwortete ich gereizt. »Ich bemerke ja nie etwas.«

Schröder erhob sich. »Wenn du meinen Rat willst«, er deutete auf meinen Teller, »lass die Finger von den Vorspeisen. Die verursachen Übelkeit. Also dann …«

Bevor er in Richtung Schillerstraße davonstolzierte, drehte er sich noch einmal um. »Und wenn du es erst mal hinter dir hast, dann kannst du alles mit ihr machen. Alles, was du willst.«

32

Ich zahlte und sah Aristides dabei zu, wie er die Außenbeleuchtung ausschaltete. Holte mein Handy hervor und überlegte, ob ich Laura anrufen sollte. Und dann schnappte sich jemand Schröders Stuhl: Wenn es nach ihm ging, war es mein nächstes Mordopfer höchstpersönlich.

»Die Welt ist klein, was?«, begrüßte er mich.

»Setz dich nur«, sagte ich.

»Was war das für ein Kerl eben?«

»Welchen Kerl meinst du?«

»Frag nicht so blöd. Der gerade eben an deinem Tisch saß. So ein schnieker Typ.«

»He, Gorbitsch«, sagte ich. »Erzähl mir doch nicht, du hättest ihn wirklich gesehen.«

»Okay.« Er runzelte besorgt die Stirn. »Hör zu, es geht um Laura. Vielleicht solltest du doch mal mit ihr reden.«

Schon geschehen, konnte ich mir gerade noch verkneifen. »Zwischen euch läuft's wohl nicht besonders?«, sagte ich stattdessen.

»Wie kommst du darauf?«

»Na, habt ihr vielleicht ab und zu Streit? Und rutscht dir dabei mal die Hand aus?«

Gorbitsch bekam einen lauernden Blick. »Hast du sie getroffen?«

»Von Weitem«, log ich. »Wir sind auf der Promenade aneinander vorbeigeradelt.«

»Ach, das …« Sein Grinsen war so breit, dass es in seinem Gesicht kaum Platz hatte. Er zeigte auf sein rechtes Auge. »Aber du denkst doch nicht …?«

»Was denke ich nicht?«

Das Grinsen kollabierte. »Hör zu, Ole, dein Ton gefällt mir nicht. Laura ist zufällig gegen ein Verkehrsschild gedonnert.«

»Zufällig, was?«, nickte ich. »Und was für ein Schild war das?«

Er überlegte einen Moment. »Absolutes Parkverbot? Was weiß denn ich?«

»Ach ja.«

»Was denn?«

»Sie hat gesagt, es war eingeschränktes Halteverbot.«

»Scheißegal!« Gorbitsch haute mit der Faust auf den Tisch, dass die Vorspeisen einen Luftsprung machten, und blinzelte misstrauisch. »Das hat sie dir also in aller Ausführlichkeit erzählt, als ihr aneinander vorbeigeradelt seid, ja?«

Ich antwortete nicht. Aristides kam, räumte die Vorspeisen und den Raki ab und wischte den Tisch mit einem Lappen zum Zeichen, dass wir uns endlich vom Acker machen sollten.

»Abgesehen davon, dass es dich nichts angeht«, sagte Gorbitsch, »kommt bei uns jeder auf seine Kosten. Wir sind nicht die harmonischen Typen. Händchenhalten und Blümchensex ist nicht unser Ding.«

»Hab ich mir schon gedacht.«

»Nur, wenn wir jetzt heiraten, dann ist alles im Eimer. Laura kann das aber nicht begreifen.«

»Wieso im Eimer?«

»Guten Abend, mein Schatz, wie war's bei der Arbeit? – Wie immer, Schatz. Was gibt's zum Abendessen? Ach, das riecht ja schon lecker ... Was meinst du, Ole, wie lange wir das durchhalten, ohne uns an die Gurgel zu gehen?«

»Das hält niemand lange durch«, sagte ich. »Aber die Frage ist doch: Wer geht wem an die Gurgel?«

Aristides war schon wieder da. Zwei Raki hatte er noch für uns, aber danach war endgültig Schluss, was die Zahnbürste, die aus seinem Mundwinkel ragte, eindrucksvoll bekräftigte.

»Wieso zum Teufel soll das die Frage sein?« Gorbitsch schnappte sich eins von den Gläschen. »Ehrlich, du bist ziemlich schräg drauf«, sagte er. »Ich komme hier zufällig vorbei, und du hockst mit diesem schnieken Typen am Tisch, der angeblich gar nicht da ist. Was soll ich mir da denken?«

Da saßen wir, mein Expartner und ich. Und ich hasste ihn, hatte ihn immer gehasst.

»Scheiße, Jan!«, brüllte ich. »Ich war mir so sicher, dass ich mir den Kerl einbilde. Seinetwegen habe ich Nächte im Knast verbracht, Morde gestanden und mich bei einem irren Arzt auf die Couch gelegt. Und jetzt kommst du locker um die Ecke und erzählst mir so ganz nebenbei, dass der Kerl nicht nur in meiner Phantasie existiert. Warum erst jetzt, zum Teufel? Meinst du nicht, es hätte mir geholfen, wenn du gesagt hättest: Keine Sorge, Ole, du bist nicht verrückt. Du hast keine Halluzinationen. Diese Leute gibt es wirklich.«

»Tut mir leid, dass ich da einen wunden Punkt erwischt habe«, ruderte er scheinheilig zurück. »Es ist nur so: Ich habe mal einen Film gesehen, da versucht einer, einen Serienmörder zu fassen, und am Ende ist er das selbst. Verstehst du? Die Wahrheit war für ihn so schrecklich, dass er einen Teil seiner Persönlichkeit abgespalten und daraus eine zweite gemacht hat. Was soll ich sagen: Wenn eine Sache so heikel steht, dann achtet man eben darauf, was man sagt.«

»Und was hat er gemacht, als er sich schließlich selbst gefasst hat?«

»Sich das Leben genommen. Wusstest du übrigens, dass Selbstmord als Straftat bei Menschen mit gespaltener Persönlichkeit schwerer bewertet wird, weil man davon ausgeht, dass es auch Mord sein könnte?«

»Lass mich in Ruhe, Jan.« Ich erhob mich, winkte Aristides mit einem Geldschein zum Abschied zu, klemmte ihn unter mein Glas und machte mich auf den Weg.

Gorbitsch folgte mir erbarmungslos. »He, das war ein Scherz, schon gemerkt? Erde an Ole! Hörst du mich überhaupt? Du warst nie besonders clever, aber doch immer für einen guten Scherz zu haben. Überhaupt war das so ziemlich der einzige Grund, der uns zusammengeführt hat. Da war gar kein Typ an deinem Tisch, ich wollte dich bloß verarschen. Jetzt komm schon …«

So ging das eine ganze Weile. Ich ignorierte ihn und fuhr mit dem Rad los, er hinterher. Wir erreichten die Warendorfer Straße. Hier war der Radweg breit genug, dass er längsseits gehen konnte.

»Na schön«, brach ich endlich mein Schweigen. »Dann werde ich mal mit Laura reden. Wie war das noch? Absolutes Parkverbot oder eingeschränktes Halteverbot?«

Gorbitsch lachte zischend. »Wenn ich dich nicht besser kennen würde, dann …«

»Was dann?«

»Dann würde ich sagen: Du bist immer noch scharf auf sie. Klar, das ist es! Schließlich hattest du schon wilde Träume, in denen du es ihr besorgt hast. Nur dass du jetzt versuchst, bei ihr zum Zug zu kommen, indem du mich anschwärzt. Hab ich recht?«

Ich sah keinen Sinn darin, darauf einzugehen. Schließlich kannte auch ich Gorbitsch genau und wusste, wie sehr es ihn wurmte, wenn man seine Mutmaßungen einfach im Raum stehen ließ. So radelten wir eisern schweigend, überquerten den Kanal und erreichten schließlich Gorbitschs Haus. Stellten unsere Fahrräder an die Wand, und er zückte den Schlüssel. »Komm nur rein, Ole«, spielte er den freundlichen Gastgeber. »Mein Haus ist auch dein Haus. Such dir einfach eine Schmollecke aus.«

»Danke verbindlichst, Gorbitsch. Aber was die Ecke angeht, lasse ich dir doch besser den Vortritt.« Ich folgte ihm hinein und nahm sofort Kurs auf meinen Wohnschrank.

»Um noch mal auf Laura zurückzukommen …«, rief er mir hinterher.

Ich hob den Arm. »Interessiert mich nicht. Behalt es für dich.«

»Diese Frau mag zwar im Bett absolute Spitze sein, aber davon abgesehen ist sie ziemlich crazy, verstehst du? Abgespaced geradezu. Laura ist wie einer dieser preisgünstigen Kaffeeautomaten, den du dir holst, und dann liegt nur eine Gebrauchsanweisung in Hindi und Koreanisch bei. Eigentlich wäre es das Beste, sie gleich wieder zurückzubringen, aber dann bastelst du das Ding doch irgendwie zusammen. Und bist dir nie sicher, ob du es richtig gemacht hast.«

»Ja, ja«, sagte ich und zog die Tür hinter mir zu.

Nachts war mir, als ob ich eine Stimme hörte. Eine sanfte, weibliche Stimme. Sie klang etwas gestaucht, was daran liegen mochte, dass sich ihre Besitzerin in meinem Wohnschrank befand.

»Aufwachen, Ole-Schatz. Sieben Jahre sind um. Und seine Durchlaucht, der Graf, wartet nicht gern.«

»Sieben Jahre? Das kann nicht sein.« Ich warf einen Blick auf meinen Wecker: zwei Uhr fünfundzwanzig. »Ich bin gerade erst schlafen gegangen.«

Der Stimme nach zu urteilen, war es Illbritt Weichberger, aber ich erkannte sie nicht wieder: Die Frau war eine hochgewachsene, langbeinige Schönheit mit langem dunklen Haar. Sie trat an mein Nachtlager, schob ihren Rock hoch und zeigte mir eine kleine kreisförmige Narbe auf ihrem Oberschenkel. Ich wollte mir die Narbe näher ansehen, aber da übermannte sie der Schlaf und sie sank neben mir auf die Matratze. Ich beugte mich zu ihr hinunter und kam ihrem Gesicht ganz nahe. Fast berührten sich unsere Lippen, da schlug sie plötzlich die Augen auf und starrte mich so gierig an, dass ich zurückschreckte. Aber unerbittlich, mit der Gewalt von Schraubstöcken, hielten mich ihre Arme umklammert. Die vermeintliche Illbritt öffnete ihren Mund und offenbarte die langen Fangzähne eines Vampirs. Verzweifelt kämpfte ich und versuchte vergeblich, mich aus ihrer Umklammerung zu befreien. Als sich die Zähne in meinen Hals gruben, stöhnte ich auf vor Schmerz, aber auch vor Lust …

Um zehn Uhr verließ ich mein Schlafgemach, machte mich frisch und ging hinunter in die Küche. Gorbitsch schien ausgeflogen zu sein, aber der Frühstückstisch war gedeckt – er wollte also Waffenstillstand. *Ich habe Brötchen besorgt, aber jetzt muss ich los*, stand auf einem Zettel, der an der Brötchentüte klebte. *Der »Schmierfink« wartet nicht gern. Ach ja: Hast du das Geländer repariert? Wenn nicht, auch nicht schlimm. Mach dir keinen Stress … JW*

Wieder warnte mich meine innere Stimme: Gorbitsch ist nicht der Typ, der freundliche Zettel schreibt. Vor allem der letzte Satz wäre niemals über seine Lippen gekommen. Trotzdem war ich versucht, darauf einzugehen. Fast wehmütig erinnerte ich mich an unsere tagelangen Streits und das darauf folgende bleierne Schweigen. Und daran, wie wir uns immer wieder zusammengerauft hatten. Was war geschehen? Jan Willem Gorbitsch hatte sich verändert. Ich kannte den Mann, mit dem ich fast ein Jahrzehnt das Büro geteilt hatte, nicht mehr wieder. Aber gab es noch einen Weg zurück?

Ich ließ die Finger von den Brötchen und nahm stattdessen den Rest von Rütlis Tabletten. Mein Handy klingelte.

»Können wir uns heute sehen?« Laura.

»Natürlich. Ist alles in Ordnung mit dir? Du klingst so …«

»Ja, ja, alles bestens.« Es hörte sich nicht danach an. Ihre Fröhlichkeit wirkte gespielt. »Weißt du, nach unserem Gespräch gestern … Ich möchte nicht, dass ein falscher Eindruck entsteht.«

»Mach dir deshalb keine Sorgen.«

»Schließlich ist Jan doch dein Freund.«

»Na ja. Er war es einmal. Das ist lange her.«

»Aber ich möchte nicht, dass du denkst, dass ich ihn bei dir anschwärzen will …«

Jetzt fing sie auch noch damit an. »Okay, Laura, wo treffen wir uns?«

»Mir wäre es am liebsten, wenn du zu mir kommst. Ich fühle mich heute nicht nach Ausgehen.«

Eine halbe Stunde später öffnete sie mir. Sie trug einen schwarzen Morgenmantel aus Seide, in dem sie hammermäßig aussah – mir war er schon während meiner Observation aufgefallen, und ich hatte gehofft, sie würde ihn umlegen, aber dann hatte sie sich anders entschieden. Auf ihrer Nase saß, passend zum Seidenmantel, die dunkle Sonnenbrille. Wir begaben uns ins Wohnzimmer, das auf der Seeseite komplett aus Glas bestand. Ich fühlte mich beobachtet.

»Woraus ich nicht schlau werde«, sagte ich, »du willst nicht an Gorbitsch gekettet sein, und er hat eine klassische Hochzeitsphobie. Also warum blast ihr die Sache nicht einfach ab, und alle sind zufrieden?«

Laura schüttelte sanft lächelnd den Kopf. »Ich weiß nicht, wie ich es dir erklären soll.«

»Versuche es einfach.«

»Du musst wissen, beruflich bedingt habe ich einen tieferen Einblick in solche speziellen Konstellationen. Menschen ziehen sich aus bestimmten Gründen an und stoßen sich ab. Und manchmal geschieht beides zur gleichen Zeit. Das nennt man dann eine tragische Beziehung. Beide spüren, dass das Zusammensein ihnen schadet, aber trotzdem wollen sie es unter allen Umständen. Ja, gerade deshalb.«

»Verstehe ich das richtig? Du fühlst dich von ihm misshandelt und er sich von dir eingesperrt, und trotzdem seid ihr wie Pech und Schwefel? Wollt euch unter keinen Umständen trennen?«

»Vielleicht verstehst du es eher, wenn du dir zwei Menschen vorstellst, die sich in einer Falle befinden, aus der sie sich nicht aus eigener Kraft befreien können.«

»Aus eigener Kraft?«

Anstelle einer Antwort nahm Laura ihre Sonnenbrille ab, und wieder einmal stockte mir der Atem: Nun waren beide Augen geschwollen.

Ich sprang auf. »Okay, das reicht jetzt!«

»Ole! Was hast du denn? Was meinst du damit, dass es reicht?«

»Na, was wohl? Dass die Sache ein Ende haben muss.«

»Ein Ende?«

Ich Idiot! Hatte mich wie ein Anfänger von meinem Expartner einwickeln lassen. Dieser freundliche Ton, in dem er den Zettel verfasst hatte – ich hatte es doch geahnt! Er hatte den Freund aus alten Zeiten gespielt, eine perfekte Inszenierung, das musste ich ihm lassen. Mach dir keinen Stress, Ole. Sei so nett, Ole, hilf mir, ich habe Angst, mit dieser Frau vor den Altar zu treten. Alles Blödsinn! Während ich mir als alter Freund den Kopf zerbrach, wie er aus dieser Bredouille herauskam, nutzte er die Zeit, diese zarte Person ins Gesicht zu schlagen oder sie

Treppen hinunterzustoßen. »Schröder hat verdammt recht«, stieß ich wütend hervor.

»Schröder?«, fragte Laura. »Wer ist das? Ole, antworte mir doch.«

»Gorbitsch wird dafür bezahlen«, sagte ich. »Und dann hat die tragische Beziehung ein für alle Mal ausgedient.«

»Du machst mir Angst, Ole.« Laura schmiegte sich an mich – ein verstörender Augenblick, in dem alle Unklarheiten, alle Selbstzweifel sich mit einem Schlag auflösten. Es war, als hätte ich eine Nebelbank durchstoßen: Plötzlich lag alles deutlich vor mir und war nicht halb so kompliziert, wie es aussah. Es gab eben nur einen Weg, die Sache zu lösen, und ob es mir passte oder nicht: Man musste sie nur angehen. Ein Mord aus Verantwortung, so hatte es mein Alter Ego zutreffend formuliert. Mir war klar, dass ich ein Meister darin war, mich vor Verantwortung zu drücken, mein ganzes Leben lang hatte ich praktisch nichts anderes getan. Aber dieses Mal nicht. Dieses Mal würde ich nicht kneifen.

»He, Ole!« Lauras Stimme drang aus weiter Ferne zu mir durch, und auch das wahrscheinlich nur, weil ihre Lippen praktisch mein Ohr berührten. »Mach jetzt keine Dummheit. Versprichst du mir das? Ole, sag doch was!«

Ihr Körper berührte wieder den meinen, ich spürte ihre seidenweiche Haut und wusste weder so recht, was ich dachte, noch, ob es überhaupt noch von Belang war, ob ich dachte. Laura sprach zu mir, und ich antwortete nicht. Sie machte sich Sorgen. Und ich wollte ganz gewiss nicht, dass sie sich Sorgen machte. Alles, nur das nicht. Ich wollte, dass sie sich nie mehr Sorgen machen musste.

»Ich habe solche Angst, dass dir etwas zustößt«, hauchte sie.

»Keine Sorge«, beruhigte ich sie. »Das wird nicht geschehen. Wenn einem etwas zustößt, dann Gorbitsch.«

33

Es stand also fest: Ich würde einen Mord begehen. Ihr zuliebe würde ich töten. Kein schöner Gedanke, aber es käme einer Lüge gleich, würde ich verschweigen, dass mir nicht nur die Vorstellung, Laura glücklich zu sehen, sondern auch derjenige zu sein, der ihr den Weg zum Glück freigeräumt hatte, ein Kribbeln im Bauch verursachte.

Vieles hing natürlich davon ab, dass ich mich dieses Mal nicht dilettantisch anstellte. Also durfte ich die Sache nicht so übers Knie brechen wie beim letzten Mal.

Ich nahm mir viel Zeit für die Vorbereitung. Surfte Stunden um Stunden im Internet, besuchte die entsprechenden Chatrooms, zog Erkundigungen ein, profitierte von den Erfahrungen anderer. Viele Dinge mussten überlegt sein: Welche Mordmethode sollte ich wählen? Wie würde ich zu Werke gehen? Was war das Mordziel (auf diesen Aspekt der Sache kam ich erst über das Netz): Wollte ich ein Fanal, mit dem ich der Welt zeigte, dass keiner so gut mordete wie ich? Hatte meine Tat einen politischen Hintergrund? Wollte ich ein perfektes Verbrechen, und wenn ja, perfekt in welcher Hinsicht? Einen rätselhaften Mord, der niemals aufgeklärt wurde, oder einen, der niemals bemerkt wurde?

Zur Mordmethode: Da gab es eine Menge Möglichkeiten, allen voran die klassischen Szenarios wie zum Beispiel der Segeltörn: Ich würde Gorbitsch zu einem Wochenende an seinem geliebten Ijsselmeer einladen, wir würden segeln und das Boot würde kentern. Nur einer würde zurückkehren. Und drei Tage später würde man die Suche nach Gorbitsch abbrechen. Eine andere sehr beliebte Methode war die Manipulation der Bremsleitungen am Auto. Es gab auch Vorschläge, die sich ortsbedingt mit den Bremszügen am Fahrrad beschäftigten, ihr Nachteil war jedoch, dass die Todesrate lediglich bei null Komma zwei Prozent lag. Aus der Stadtbücherei besorgte ich mir weitere Sekundärliteratur und ackerte mich durch Hunderte von Seiten.

Gorbitsch, der sich wunderte, dass ich neuerdings unter die Leser gegangen war, speiste ich damit ab, dass ich für ein neues Buch recherchierte. Laura rief ständig an und versuchte, mich von meinem Vorhaben abzubringen. Was das zweite Veilchen anging, schwor sie, schon wieder mit einem Straßenschild kollidiert zu sein, dieses Mal nicht mit einem eingeschränkten Halteverbot, sondern mit abknickender Vorfahrt. Schöner Versuch und lieb von ihr, dass sie sich um mich sorgte, aber diese Mal würde ich das, was ich begonnen hatte, zu Ende bringen.

Die Kunst des Mordens, so wurde mir allmählich klar, war ein Universum für sich. Es gab so viele Möglichkeiten, unendliche Spielarten. Sprengstoffmorde hatten ihre eigene Faszination, leider kamen sie für mich nicht in Frage, sie waren eher für politische Gewaltakte geeignet und verlangten viel Fingerspitzengefühl, vor allem, was das Verfassen von Bekennerschreiben anging. Schnellfeuerwaffen, im Vorbeifahren auf das Opfer abgefeuert, hatten wenig Stil und empfahlen sich höchstens für Liquidationsaktionen im Bereich des organisierten Verbrechens. Giftmorde waren wieder ein ganz eigenes Feld. Hilfreich war hier eine medizinische Vorbildung oder mindestens ein Grundwissen über Wirkstoffe und Darreichungsformen. Nichts für unbedarfte Killer oder spontane Gewalttäter. Je mehr ich in die Materie eindrang, desto größer wurde die Bandbreite an Strategien und desto schwieriger die Wahl.

Als ich mich am Donnerstagabend mit Laura im »Ranitzki« zum Essen traf, favorisierte ich ein indianisches Pfeilgift, das binnen weniger Minuten zum Exitus führte und kaum nachweisbar war. Einzige Schwierigkeit: die Beschaffung. Aber dieses Problem hielt ich für lösbar.

Laura indes ließ nicht nach in ihrer Anstrengung, mich von meinem Plan abzubringen. »Manchmal hilft auch reden«, meinte sie, während sie sich bemühte, ihren Enzensberger von Gräten zu befreien. Ich gab mich heute mit Frischkäse zufrieden.

»Wir haben genug geredet«, gab ich zurück. »Da ist nichts mehr, was die Sache ändern könnte.«

»Und wenn ich mich von Gorbitsch trenne?«

Das überrumpelte mich ein wenig. »Aber sagtest du nicht, dass eine Trennung nicht in Frage kommt?«

»Schon, aber weißt du, seit du deinen Plan gefasst hast, klappt es zwischen uns wieder besser. Keine Ahnung, wieso, aber das wäre möglicherweise ein geeigneter Zeitpunkt, ihn zu überreden, mich gehen zu lassen.«

»Es klappt besser? Was denn?«

Sie hatte diesen Blick, dem man kaum widerstehen konnte. In diesem Kontext fand ich ihn unpassend. »Na, was wohl?«

»Ihr habt also …« Ich konnte es nicht fassen. »Ich meine, obwohl ihr beide in dieser tragischen Beziehung gefangen seid, habt ihr trotzdem …?«

»Gerade deshalb«, nickte sie. »Ich weiß, für normale Menschen ist das schwer zu verstehen. Jan Willem kann mich nicht ausstehen und gleichzeitig nicht ohne mich sein, und mir geht es genauso. Also haben wir eine Menge gemeinsam. Abgesehen davon ist er immer noch ein attraktiver Mann.«

In diesem Moment verwarf ich das mit dem Gift. Ich war geneigt, den ganzen Plan zu verwerfen, denn wozu machte ich mir wohl die Arbeit? Verbrachte diesen schönen Sommertag nicht wie andere in den städtischen Grünanlagen auf einer Decke, sondern hockte am Computer und wälzte muffige Standardwerke? Nur damit Laura ihre Gemeinsamkeiten mit Gorbitsch entdeckte und spontan auslebte? Wer war ich für die beiden: ein Kick, um ihr Sexleben wieder in Schwung zu bringen? Nein, vielen Dank, aber dafür stand ich nicht zur Verfügung.

Nach dem Dessert lüftete sie das helle Seidentuch, das ihre bloßen Schultern bedeckt hatte und farblich perfekt zu ihren Ohrringen passte. Zum Vorschein kam ein Fleck unterhalb ihrer linken Schulter, der farblich mit ihren geschwollenen Augen harmonierte. Und wieder einmal begriff ich, dass diese Frau meine Hilfe brauchte. Ich konnte sie ihr nicht verweigern. Niemals.

Zurück zu Hause verschloss ich die Tür, damit Gorbitsch mich nicht störte, und informierte mich über eine weitere ausgefallene Mordmethode: Der Mörder hatte einen Sprengsatz im Staubsauger angebracht und seine Frau dann von seinem Büro aus telefonisch gebeten, eine bestimmte Ecke hinter dem Sofa zu staubsaugen, angeblich sei ihm am Tag zuvor der Aschenbecher aus der Hand gerutscht. Sie kam seiner Bitte nach und dann: Krawumm!

Der Plan lehnte sich an Hitchcocks »Bei Anruf Mord« an. Trotzdem traf ich noch in dieser Nacht eine andere Wahl: Der Segeltörn mit tragischem Ausgang galt laut einschlägiger Literatur als die sicherste und sauberste Methode. Ein vorsätzlicher Mord war so gut wie nicht nachweisbar. Einziger Nachteil: Bedingung war das Vorhandensein einer Segeljacht, weshalb diese Tötungsart oft als Mordmethode für Besserverdienende bezeichnet wurde. Aber auch dieses Problem hielt ich für lösbar.

»Wie stehen die Hochzeitsvorbereitungen?«, erkundigte ich mich, als ich Gorbitsch das nächste Mal in der Küche erwischte.

Er hatte schlechte Laune, sodass er lange Zeit nicht antwortete. »Die Hochzeit wird abgeblasen«, nuschelte er schließlich mit vollem Mund. »Genauso wie das lausige Skandalblatt, das nur rote Zahlen schreibt. Das wird auch abgeblasen.«

Ich heuchelte Mitleid. »Ein Jammer, dass die Leute Qualität so wenig zu schätzen wissen.«

Er warf mir nur einen finsteren Blick zu.

»Vielleicht haben die Leser genug von den blutigen Mordgeschichten«, meinte ich. »Wie wär's denn mal mit einem schlüpfrigen Sexskandal?«

Noch ein finsterer Blick.

»He, was hältst du von einem Wochenende zum Relaxen? Dann kommst du auch wieder auf andere Gedanken.«

»Relaxen? Wann soll ich das denn bitte schön tun?«

»Ich lade dich ein, Gorbitsch. Wir fahren nach Holland, mieten eine Jacht und schippern ein bisschen auf dem Ijsselmeer herum, wie in alten Zeiten. Du wolltest mir doch immer schon zeigen, was du als Segler so draufhast.«

Gorbitsch mühte sich damit ab, sein Brötchen in zwei Hälften zu sägen, aber weil das Messer stumpf war und das Brötchen alt, konnte das nicht gut gehen. »Scheiße, Ole, wie kommst du bloß darauf, dass ich ausgerechnet jetzt auf Segeltörns stehen könnte!«, blaffte er. »Woher hast du das Talent, immer zur falschen Zeit mit so was um die Ecke zu biegen? Und dir dann immer besonders nett vorzukommen.«

»Das ist doch Quatsch, Gorbitsch. Ich dachte, wir könnten mal wieder über dies und das reden und ganz entspannt –«

»Entspannt, wenn ich das schon höre. Weißt du, wenn du mir wirklich helfen willst, dann halt dich einfach aus allem raus. Und spar dir deine Einladungen.«

»Na schön, wie du willst. Ich wollte nur nett sein.«

»Siehst du? Genau das meinte ich. Der gute Ole ist so nett, und der böse Jan weiß das überhaupt nicht zu schätzen.«

»Das ist doch Blödsinn.«

»Kein Blödsinn.« Gorbitsch warf seine Brötchenhälfte auf den Teller und stand vom Tisch auf. »Ach ja, wenn du wirklich was tun willst, dann schraub endlich das bescheuerte Treppengeländer fest. Da kann man sich ja den Hals brechen.«

Dies war einer dieser berühmten Momente, in denen es Klick macht und die man später, nachdem alles gut ausgegangen ist, immer wieder erzählen muss, wenn man gefragt wird: Wie bist du denn damals bloß auf diese Idee gekommen? – Wir brauchten keine Segeljacht, mussten gar nicht ans Ijsselmeer. Die Sache war viel unkomplizierter, ja auf geniale Weise simpel, und man konnte sie nicht einmal Mord nennen. Denn ich würde gar nichts tun. Im Gegenteil, der Plan beruhte genau darauf: dass ich nichts tat. Na schön, das traf nicht ganz zu, schließlich würde ich Gorbitsch vorgaukeln, ich hätte etwas getan. Sonst konnte es nicht funktionieren. Damit er mir das auch glaubte, tippte ich *Das Geländer ist jetzt wieder angeschraubt, aber sei trotzdem vorsichtig. Elefanten hält es nämlich nicht aus* in den Computer, druckte den Text aus und heftete das Blatt mit Tesafilm oben ans Geländer.

Hier, vom oberen Treppenabgang aus, sah man direkt hinunter auf den alten Glastisch, ein hässliches Monstrum von einem Möbelstück, das Gorbitsch vor mehr als einem Jahrzehnt auf einem Promenadenflohmarkt erstanden hatte. Alles war so weit perfekt. Nur noch eines fehlte: die Flasche Raki, die ich günstig bei Aristides erstanden hatte. Auch sie bekam einen Zettel an den Hals, darauf stand: *Ich hoffe, du bist nicht mehr sauer. Lass uns morgen Abend den Waffenstillstand besiegeln. Heute Abend bin ich nicht da. Ole.* Die Flasche stellte ich auf den Glastisch.

Das war's auch schon.

Folgendermaßen hatte ich mir die Sache gedacht: Am frühen Abend würde Gorbitsch nach Hause kommen – von mir aus auch am Mittag, die Tageszeit war im Grunde belanglos. Als Erstes bemerkt er den Raki und verschwindet mit der Flasche nach oben vor den Fernseher. Er kippt ein Gläschen und noch eins. Wie üblich nervt ihn das Fernsehprogramm, was ihn aber nicht dazu verleitet abzuschalten, sondern dazu, noch ein Glas zu trinken. Da sitzt er also in seinem Fernsehsessel, die Zeit vergeht, und er merkt nicht, wie besoffen er schon ist. So ist er längst eingenickt, als es unten an der Haustür klingelt. Gorbitsch rafft sich auf, torkelt zum Treppenabgang und vertraut dem Geländer, das ich gerade erst repariert hatte. Aber das Geländer gibt nach und unten, gut fünf Meter tiefer, wartet der Glastisch, um ihn aufzufangen.

So weit, so gut. Jetzt musste die Falle nur noch zuschnappen.

Den Rest des Freitags verbrachte ich im »Antalya Grill« an einem der hinteren Tische, gut versteckt hinter einem geparkten Lieferwagen, und wartete darauf, dass Gorbitsch nach Hause zurückkehrte. Er ließ sich ganz schön Zeit. Ich verzehrte so viel Krautsalat wie noch nie in meinem Leben. Hoffte, dass mir das Zeug dabei behilflich sein würde, die Stimme des Gewissens zu unterdrücken, die lauter und lauter wurde, je länger ich wartete. Was schickst du dich an zu tun?, warnte die Stimme. – Na, was denn wohl?, fragte ich patzig zurück. Ich sitze in einem Schnellimbiss, verdrücke tonnenweise Gammelfleisch und warte darauf, dass mein Expartner geruht, sich nach Hause zu bequemen. Seit wann ist das verboten? – Judas!, nannte mich die Stimme.

Es wurde Abend, der Imbiss leerte sich, wer nicht kam, war Gorbitsch. Die Dunkelheit brach herein, und die Gewissensbisse wuchsen zu riesigen Nachtschatten an, die mir keine Ruhe ließen. Der Abend schien ihre Tageszeit zu sein.

Judas – ich hatte es nicht nötig, mich so nennen zu lassen. Wer war dieser Judas überhaupt gewesen? Ein Mann, der seinen besten Freund verraten hatte. Hi, Jesus, hatte er gesagt, wie wär's denn, wenn wir in aller Ruhe eine Runde durch den Garten Getsemani drehen, so wie früher in den alten Zeiten. Dann reden wir über dies und das, na, was meinst du? Und Jesus hatte nicht gesagt: Spar dir deine blöden Einladungen, sondern: Warum nicht? Gute Idee. – So arglos war er gewesen. Und das, *obwohl* er den Verrat längst ahnte! Das musste man sich erst mal auf der Zunge zergehen lassen. Wie konnte man nur so dämlich sein? Aber Jesus war eben ein Freund, wie es ihn nur einmal in der Weltgeschichte gab. Er war zu dem Treffen im Garten gegangen und hatte sich gesagt: Natürlich weiß ich, dass Judas mir einen Kuss geben und dafür dreißig Silberlinge einstecken wird. Und mir ist auch klar, dass dieser scheinbar so friedliche Garten nur so von Hohepriestern wimmelt. Keine Frage, sie werden mich Hops nehmen und ans Kreuz nageln. Aber Judas ist mein Freund, und wenn er Spaß an diesen Dingen hat, dann bin ich der Letzte, der ihm den verderben will. – Jesus, ein Freund, über jeden Zweifel erhaben. Gorbitsch war da schon eine ganz andere Liga. Und trotzdem …

»Noch mal dasselbe?«, fragte Mahmud. Weil ich der einzige Gast war, hatte er seine Bude verlassen, sonst musste man immer drinnen bestellen.

»Noch mal dasselbe«, nickte ich und sah auf die Uhr. Halb elf. »Und bring mir auch noch ein Bier!«, rief ich.

Es war bei Weitem nicht das erste, aber die Warterei machte durstig. Mein Handy klingelte. »Ja?«, meldete ich mich.

»Hier ist La Ura«, hauchte Lauras seidenweiche Stimme.

»Ich möchte dich noch einmal beschwören, keine Dummheit zu begehen, Ole.«

»Klar«, beruhigte ich sie. »Keine Dummheit. Kannst dich auf mich verlassen.«

»Ich weiß, dass ich mir keine Sorgen deinetwegen machen muss«, sagte sie. »Aber wenn doch – ich meine: Wenn du doch das tun solltest, von dem ich dich in aller Form abbringen möchte, dann solltest du eines wissen.«

»Und das wäre?«

»Dass ich dich auch dann nicht verurteilen werde. Ich könnte es nicht, verstehst du? Niemals. Wir beide – das ist so etwas Besonderes.«

»Ja, das finde ich auch.«

»Meine Tür wird nie für dich verschlossen sein, Ole. Du hast immer jemanden, zu dem du kannst. Das wollte ich nur sagen.« Es knackte, die Verbindung war unterbrochen.

Wenn du es erst mal hinter dir hast, dann kannst du alles mit ihr machen. Alles, was du willst.

Man konnte gegen Schröder sagen, was man wollte, aber er war kein Dummkopf. Apropos: Wo steckte der Kerl eigentlich? Wenn man ihn brauchte, war er nicht da. Zu jedem Mord hatte er seinen eitlen Senf zugegeben. Ich wollte einfach nicht glauben, dass Rütlis homöopathisches Medikament ihm den Garaus gemacht hatte.

Also gut, ich würde es tun. Es gab sowieso keinen Weg zurück. Gewissensbisse hatten es leicht, sie brauchten sich nicht an Wege zu halten, die man einmal eingeschlagen hatte. Und wenn es damit enden sollte, dass ich später den Verstand verlieren und wie Lady Macbeth den Rest meines Lebens mit Händewaschen zubringen würde – na schön, dann würde es halt so sein. Hygiene hatte ihre Vorteile, selbst wenn man es übertrieb.

Ich würde es tun. Und Lauras Tür würde offen stehen …

Zehn nach elf. Da war er endlich. Gorbitsch lehnte sein Rad an die Hauswand, legte das Schloss um und begab sich zur Haustür.

Ich zahlte. Kaum zu glauben, dass es sieben Bier gewesen waren, aber ich hatte keine Zeit, mit Mahmud zu streiten. Während ich die Warendorfer Straße überquerte, ging drüben im Haus das Licht an. Erst unten, dann oben. Gorbitsch hatte den Raki genommen und war auf dem Weg zum Fernseher. Und ich stand unten vor seiner Haustür.

Irgendwo bellte ein Hund. Weiter weg donnerte ein Zug in Richtung Hauptbahnhof. Ein langer Zug, das Donnern wollte kein Ende nehmen. Dann war es seltsam still. Kein Lüftchen regte sich, keine Passanten ließen sich sehen, Radfahrer waren wie vom Erdboden getilgt. Es war so, als würde die Welt die Luft anhalten. Als wäre sie gespannt zu sehen, was ich jetzt tat.

Ich hielt nicht die Luft an, sondern nahm einen tiefen Atemzug. Und ließ ihn wieder hinaus. Vielleicht war es das, was mich zur Vernunft brachte. Durchaus möglich, dass tiefe Atemzüge so etwas bewirken. Jedenfalls hatte ich plötzlich das Gefühl, die letzten Tage komplett unter Wasser gewesen und erst jetzt, in diesem Moment, aufgetaucht zu sein, es überwältigte mich praktisch ohne Vorwarnung. Hatte ich das wirklich vor? Wollte ich Jan Willem Gorbitsch umbringen? War das mein voller Ernst? Drei Fragen auf einmal, aber jetzt, da sich mein Kopf oberhalb der Wasseroberfläche befand, fiel die Antwort nicht schwer. Natürlich kam das nicht in Frage. Es war niemals ernsthaft in Frage gekommen, zu keinem Zeitpunkt. Schließlich war ich nicht Schröder. Ein für alle Mal Schluss mit dem Kerl, wenn ihm die Pillen nicht schon längst den Garaus gemacht hatten.

Ich nahm noch einen Atemzug. Nachdem das endlich geklärt war, fühlte ich mich viel besser. Wie neugeboren, konnte man sagen. Und das musste gefeiert werden. Vielleicht fand ich irgendwo in der Stadt ein geeignetes Lokal, das noch offen hatte. Mit einem fröhlichen Lied auf den Lippen wollte ich mich schon auf den Weg machen, als ich abrupt innehielt: das Treppengeländer! Mein Herz begann zu pochen. Diese ganze verdammte Falle konnte nicht einfach so bestehen bleiben, das Risiko war viel zu groß, dass er hineintappte, während ich gemütlich und ahnungslos in einer Kneipe versackte.

Hektisch kehrte ich wieder um und kramte in der Hosentasche nach dem Hausschlüssel, den Gorbitsch mir überlassen hatte. Er war nicht da! Er *musste* aber da sein. Ich kramte und kramte, stülpte die Taschen nach außen, aber es blieb dabei: kein Schlüssel. Na schön, dann musste er eben – wie von selbst schnellte meine Hand vor, und ich Trottel bemerkte erst eine Zehntelsekunde später, dass ich genau das getan hatte, was ich nicht hätte tun dürfen. Aber es war zu spät: Ich hatte bereits den Klingelknopf betätigt. Zu spät war zu spät. Und das Unheil nahm seinen Lauf.

»Gorbitsch!«, brüllte ich, sobald ich sah, dass oben im Treppenhaus das Licht anging. Mit den Fäusten trommelte ich gegen die Haustür. »Pass auf das Geländer auf! Komm besser nicht –«

Aber da geschah es auch schon. Ein lautes Krachen ertönte, Holz splitterte, und ich hörte einen schrillen Schrei. Und dann – eine ewigkeitslange Sekunde später – klirrte Glas. Ein grässliches Geräusch, so als würde eine ganze Stadt aus Glas in sich zusammenstürzen. Ein Geräusch wie das Ende der Welt. Und dann war es still. Grabesstill.

»Gorbitsch!«, brüllte ich mit heiserer Stimme. »Mach die verdammte Tür auf …«

Aber ich bekam keine Antwort.

34

Die nächsten Minuten – oder waren es Stunden? – erlebte ich seltsam gedämpft, so als befände ich mich unter Wasser, wo alle Geräusche von einem gleichmäßigen Gurgeln überdeckt wurden und man seine Umgebung nur unscharf und verwaschen wahrnahm. Zweifellos ein psychologischer Selbstschutzmechanismus, eine Art lokale Betäubung, die dazu dient, die Katastrophe zu überstehen. Zu spät ist zu spät, echote es immer wieder in meinem Kopf, und mit der Zeit wurde daraus: Was passiert ist, ist passiert. Schlimm, dass es passiert war, keine Frage, aber daran konnte doch jetzt niemand mehr etwas ändern. Was passiert ist, ist passiert …

Während ich wie der traumatisierte Überlebende einer Flugzeugkatastrophe durch die nächtliche Stadt irrte, meldete sich erst leise, dann immer lauter mein Überlebenswille. Jene innere Instanz, die einen aufrichtet, indem sie darauf beharrt, dass alles, selbst ein solcher Schicksalsschlag, immer auch irgendwo sein Gutes hat. Man musste es nur ausfindig machen.

In meinem Fall war es relativ schnell gefunden: Jetzt, da Gorbitsch nicht mehr war, konnte ich ihm auch nicht helfen, indem ich auf das verzichtete, was mich zu alldem angespornt hatte. Nun konnte ich jenem lichten Stern zustreben, der über allem geleuchtet hatte: Laura. Jan, wo auch immer er nun war, wusste, dass letztlich alles nur ein tragisches Versehen gewesen war, und hatte sicher nichts dagegen, wenn ich diesen Tatbestand vor Laura vorerst nicht an die große Glocke hängte. Verzicht war keine Lösung, sondern nur sinnlose Verschwendung. Es war angerichtet, also würde ich speisen.

Ich rief Laura an: »Ich hab es getan.«

»Was?«

»Du weißt doch, was.«

»Sag es, Ole. Ich muss es hören.«

Mir war klar, warum. Selbst über das Telefon konnte ich

spüren, dass es sie anturnte. Also schilderte ich ihr meine Tat so detailreich wie möglich und fügte der Anschaulichkeit halber das eine oder andere blutige Detail hinzu. Danach kam ich wieder auf die Tür zu sprechen, die für mich immer offen stand.

»Natürlich, Ole«, hauchte sie. »Ich wundere mich nur, dass du nicht längst hier bist.«

Laura erwartete mich in ihrem schwarzen Bademantel und schlang wortlos ihre Arme um mich. Eine Weile standen wir so da, und ihr Duft raubte mir den Verstand. Schließlich nahm ich ihr die Sonnenbrille ab.

»Wir sind frei, Laura!«, sagte ich. »Endlich kannst du tun und lassen, was du willst. Keine tragischen Beziehungen mehr. Und du musst nie mehr befürchten, dass dich jemand die Treppe hinunterschubst.«

»Das hast du lieb gesagt, Ole. Ich weiß gar nicht, wie ich dir das jemals …«

Aber ich wusste es und verlor keine Zeit. Nestelte am Knoten ihres schwarzen Bademantels. »Lass uns diesen Abend gebührend feiern.« Der Knoten wollte und wollte nicht aufgehen, wieso musste er sich ausgerechnet jetzt so widerspenstig anstellen … Also versuchte ich, ihr die Seidenschnur einfach auszuziehen. Aber auch das klappte nicht.

Laura ergriff meine Hand. »Warte, Ole. Nicht so schnell.«

»Aber was ist denn?«

»Nichts. Ich habe nur plötzlich Kopfschmerzen.«

»Soll ich dir eine Tablette holen?«

»Nein, lass nur. Es geht sicher bald wieder.« Laura schenkte mir ein erschöpftes Lächeln. »All das war etwas viel für mich, verstehst du?«

»Ja, natürlich. Dieser Stress und dann die Erlösung.« Mir kam eine Idee. »Vielleicht sollten wir erst eine Runde schlafen und dann …«

Sie nickte. »Aber vorher werde ich eine Dusche nehmen.«

»Soll ich dir vielleicht inzwischen einen Tee machen? Das hilft manchmal.«

»Wie lieb von dir, mein Schatz, aber ich hatte mir selbst gerade welchen gemacht. Wenn du willst: Er steht drüben in der Küche.«

Also hielt ich mich an den Tee, ein süßliches, lauwarmes Gebräu mit Pfefferminzgeschmack, während sie im Bad verschwand und die Dusche aufdrehte. Millionen von Frauen schützten Kopfschmerzen vor, wenn sie keinen Sex wollten. Keine Ahnung, warum ausgerechnet diese Ausrede so beliebt war. Aber zufällig wusste ich genau, dass Laura dieser Nacht ebenso entgegengefiebert hatte wie ich. Es musste sich um echte Beschwerden handeln. Was blieb mir also übrig, als Tee zu schlürfen und darauf zu hoffen, dass eine heiße Dusche in Sachen Kopfschmerzen Wunder wirkte.

Lauras Notebook stand aufgeklappt auf dem Tisch. Zum Zeitvertreib spielte ich ein bisschen mit der Maus herum. Der Bildschirmschoner verschwand und gab den Blick auf eine E-Mail frei:

Betreff: Der Kuss des Judas
Mein lieber Graf aus Monte Christo, dies ist meine letzte E-Mail. Brutus hat seine Schuldigkeit getan und seinem besten Freund das Messer in den Rücken gerammt. Obwohl es mir hinlänglich bekannt ist, gestehe ich, jedes Mal wieder verblüfft zu sein, wie simpel und unbedarft männliche Gehirne ticken. Umso besser für mich, werden Sie sagen, aber manchmal beschleicht mich der Gedanke: Wenn wir so leichtes Spiel haben, macht das Spiel kaum noch Spaß.
Die Rechnung finden Sie in der Anlage. Bevor Ihnen wegen der Höhe des Betrags die Spucke wegbleibt, serviere ich Ihnen anbei auch noch den Schuldigen auf dem Tablett.
Abschließend wäre ich erfreut, wenn Sie Ihrer Zufriedenheit durch eine Fünf-Sterne-Bewertung Ausdruck verleihen würden. Ansonsten empfehlen Sie mich weiter,
Vendetta

Vendetta? Wer zum Teufel war das? Ich klickte auf ein Icon am Rande, um die Anlage zu öffnen. Sie bestand aus einem

Gemälde: Eine Frau, praktisch nackt, in diverse durchsichtige Schleier gehüllt, nimmt ein silbernes Tablett in Empfang, auf dem ein Kopf liegt. Das abgeschlagene Haupt eines Menschen. Salome mit dem Haupt Johannes des Täufers, wie ich vermutete. Geschmacklos. Und trotzdem sah ich genauer hin, denn Johannes kam mir irgendwie bekannt vor. Ich betätigte die Zoomfunktion, fuhr immer näher an das Tablett heran, und dann traute ich meinen Augen nicht: Das war nicht Johannes der Täufer, sondern ich!

Kombination war nicht meine Stärke – damit hatte Gorbitsch mich in unserer gemeinsamen Schnüfflerzeit ständig genervt. Er mochte recht haben, aber in diesem Moment musste ich gar nicht kombinieren. Es geschah praktisch ohne mein Zutun. Verschiedene Bestandteile eines Puzzles fügten sich wie von selbst zu einem Bild zusammen. Dem Bild von einer Frau, die Vendetta hieß, aber genauso aussah wie Laura Mancini. Sie, nicht Gorbitsch, hatte alle diese Morde begangen – der Himmel wusste, warum. Und zum Schluss hatte sie Gorbitsch erledigt. Ich war lediglich so etwas wie ihre Mordwaffe gewesen.

Laura duschte immer noch. Offenbar gehörte sie zu den Menschen, die sich viel Zeit dazu nehmen. Ich stellte mir ihren nackten Körper unter der Dusche vor und kam allmählich zu der Auffassung, dass es für diese E-Mail sicher eine vernünftige und völlig harmlose Erklärung geben musste. Jeden Moment würde sie zurückkehren, keine Kopfschmerzen mehr haben und magischen Sex mit mir haben wollen. Abstruse Verschwörungstheorien waren das Letzte, was ich im Moment gebrauchen konnte.

Bei einer weiteren Tasse Tee bedachte ich alles noch einmal gründlich.

In einem hatte Laura recht: Es war unfassbar, wie dämlich ich mich verhalten hatte! Sie hatte mich nach allen Regeln der Kunst vorgeführt. Aber noch war sie nicht am Ziel, noch nicht! Noch war da ein Funken männlichen Verstands, jenes Verstands, den sie so gering schätzte, der ihr aber das Handwerk legen würde.

Im Badezimmer rauschte es. Na schön, Vendetta, du denkst, du hast mich ausgetrickst. Hast mich dazu gebracht, meinen besten Freund zu ermorden. Und jetzt stehst du im Bad und wähnst dich am Ziel deiner Wünsche, während du deinen göttlichen Körper mit Duschgel einseifst. – Aber noch hatte ich nicht alle Karten ausgespielt.

Es war keine große Sache, die Dusche von außen zu verriegeln. Das Wasser rauschte so laut, dass sie nicht mitbekommen konnte, dass ich eine Stuhllehne unter die Türklinke klemmte. Ihre Klamotten fand ich auf einem Sessel, schnupperte ein letztes Mal daran und packte alles in eine Tüte. So, jetzt brauchte ich nur noch Hauptkommissarin Willeke zu rufen und ihr die mehrfache Mörderin zu servieren, nackt, wie Gott sie geschaffen hatte.

Ich gähnte und sah auf die Uhr. Es war spät, der Tag lang gewesen. Trotzdem würde ich jetzt und hier die Kripo rufen. Wo hatte ich nur mein Handy? Erst noch eine Tasse Tee, dann würde ich es schon finden …

Ich musste ein Geräusch gehört haben, deshalb schlug ich die Augen auf. Und fast im selben Augenblick fragte ich mich, wie es dazu gekommen war, dass ich sie geschlossen hatte. Ich lag auf dem Fußboden, und direkt vor mir bemerkte ich weibliche Füße. Sie gehörten Laura, die fix und fertig angezogen direkt vor mir stand.

»Was soll denn das jetzt …?«, lallte ich und richtete mich auf. Wie kam ich nur dazu, auf dem Fußboden einzuschlafen? Was zum Teufel ging hier vor?

»Das Bad hat noch einen zweiten Ausgang«, hauchte Laura. »Der führt in ein Ankleidezimmer, das kann man vom See aus nicht sehen.« Sie lächelte verzeihend. »Also konntest du es nicht wissen.«

»Warum hast du das alles getan?«

»Hey, nimm's nicht persönlich, Ole. Ich mag dich. Aber frag nicht so viel.«

»Das kann doch gar nicht sein.«

»So, warum denn nicht?«

»Wenn das wirklich stimmt, warum hast du mich dann … benutzt?«

»Ich konnte einfach nicht anders. Damals bei Metternich hatte ich alles genau geplant, verstehst du? Aber dann fand ich deine Kurzgeschichte in der Post und dachte: So wäre es doch noch viel besser. Das war es ja dann auch.«

»Was hattest du gegen Metternich?«

Laura lächelte nur.

»Und was ist mit den anderen: Speck, Holm und Illbritt?«

»Sagen wir so, Ole: Du warst immer zur richtigen Zeit am richtigen Ort. Wir waren das perfekte Team. Und was Illbritt angeht, habe ich dich nicht angelogen: Wir waren zusammen im Zoo, und ich hab ihr einen Shrimpssalat spendiert. Sie ist ganz friedlich eingeschlafen.« Laura zeigte noch einmal ihr altes verführerisches Lächeln. »Sieh es mal von der Seite: Wir hatten eine phantastische Nacht, oder nicht?«

»Das mit Gorbitsch«, sagte ich und meine Zunge fühlte sich schwer an. »Dafür wirst du bezahlen.«

»Aber das warst du doch, Ole. Du hast ihn umgebracht, nicht ich. Und die Kripo weiß das, glaub mir.«

»Ach ja«, lachte ich schwerfällig. »Den Kopf auf dem Silbertablett, was? Sehr originell, aber da hast du dich gehörig getäuscht, Laura. Bilde dir nicht ein, du könntest einfach so hier hinausspazieren.«

Sie ging in die Hocke und beugte sich zu mir herunter. Immer noch sah sie umwerfend aus, keine Frage, aber irgendetwas war verändert. Als hätte sie sich unter der Dusche in eine andere Frau verwandelt. Aus Laura war Vendetta geworden, ebenso schön wie ihre Vorgängerin, aber eine eiskalte Killerin.

»Das hat nichts mit Einbildung zu tun«, erklärte sie, zog ein kleines Fläschchen aus ihrer Umhängetasche und hielt es mir hin. »Die Aborigines benutzen dieses Mittel als Narkotikum. Ein oder zwei Tropfen zu viel und es tritt eine vollständige Lähmung ein.«

Der Tee! Wie konnte ich mich nur mit diesem süßlichen Gesöff abfüllen!

»Aber keine Sorge, Ole, die Wirkung hält nicht lange an.« Sie richtete sich wieder auf. »Nur so lange wie nötig.«

»Du wirst nicht weit kommen«, behauptete ich und versuchte aufzustehen. Meine Beine versagten ihren Dienst.

Sie war schon auf dem Weg zur Tür. »Ganz egal, wie es endet, es war schön mit dir«, versicherte sie. »Und was die Kripo angeht, mach dir keine Sorgen: Ich habe sie schon verständigt.«

Wenigstens was das Medikament betraf, hatte sie nicht gelogen: Als es etwa eine Viertelstunde später an der Tür klingelte, hatte die Wirkung so weit nachgelassen, dass ich aufstehen und öffnen konnte. Vor mir stand das ungleiche Ermittlerpaar, Truthaan und Willeke. »Gut, dass Sie endlich hier sind«, sagte ich erleichtert. »Laura Mancini hat all diese Morde begangen.«

»Und ich dachte, es wäre ein gewisser Herr Schröder gewesen.« In Truthaans Stimme schwang gespielte Enttäuschung mit.

»Beinahe hätte sie auch mich umgebracht«, fügte ich hinzu.

»Ach ja?«, meinte Frau Willeke, etwas spitz für meine Begriffe. »Und wo ist die Frau jetzt?«

»Es ist mir gelungen, sie in der Dusche einzusperren, aber dann hat sie mich irgendwie überlistet und ist entkommen.«

»Pech für Sie, was?«

»Allerdings. Aber wenigstens lebe ich noch.«

»Ja, dann kommen Sie mal mit.«

»Mitkommen? Wohin denn?«

»Mit uns. Ich nehme Sie fest wegen Mordverdachts. Wollen Sie über Ihre Rechte belehrt werden, oder können wir uns das inzwischen sparen?«

»Mord? Wen soll ich denn bitte schön ermordet haben?«

»Herrn Gorbitsch, Ihren ehemaligen Partner. Wir haben sogar Ihr Geständnis.«

35

Jede Wette, dass Laura meine ausführliche Schilderung der Tat kein bisschen angeturnt hatte. Nicht nur sie, auch ich war, wie ich zugeben musste, mittlerweile verwundert darüber, wie simpel und unbedarft männliche Gehirne ticken. Spätestens, als Hauptkommissarin Willeke mir den Telefonanruf auf ihrem Handy vorspielte. Das hatte Laura also damit gemeint, dass sie den Täter auf dem Silbertablett liefern wollte.

»Was glauben Sie denn, weshalb sie Ihnen diesen Anruf zugespielt hat?«, versuchte ich trotzdem, mich herauszuwinden.

Wir befanden uns im Auto, unterwegs zum Präsidium. Truthaan drehte sich zu mir um. »Damit wir wissen, wer Herrn Gorbitsch umgebracht hat?«

»Laura Mancini ist die Mörderin«, beharrte ich. »Sie steckt hinter der ganzen Serie.«

»Ach ja?«, wunderte sich Willeke. »Und warum behaupten Sie in dem Anruf, Sie wären es gewesen?«

»Sie hat das so eingefädelt. Alles gehörte zu einem sorgfältig ausgeklügelten Plan. Von Metternich bis Gorbitsch.«

»Und Sie sind wieder einmal unschuldig?«

»Ich wollte meinen Partner nicht umbringen, warum sollte ich das tun? Alles war ein Versehen. Am Telefon habe ich das nur behauptet, um Frau Mancini zu imponieren.«

Willekes Blick enthielt nichts als Verachtung. Wortlos setzte sie den Blinker und bog nach rechts auf den Parkplatz des Polizeipräsidiums.

»Na los, reden Sie sich nur weiter um Kopf und Kragen«, forderte mich Hauptkommissar Truthaan auf.

Es war mittlerweile zwei Uhr fünfunddreißig. Meine Lage erschien aussichtslos. Weder Bork noch Gorbitsch konnten mich jetzt noch heraushauen. Aber dann, nur zwei Minuten später, um zwei Uhr siebenunddreißig, geschah ein kleines Wunder: Das Blatt wendete sich schlagartig. Wir betraten den mir längst vertrauten Vernehmungsraum, als Willekes Handy klingelte. Sie stellte die Verbindung her. »Was gibt's denn?« Ihr Haifischblick blieb emotionslos auf mich gerichtet, während sie sich anhörte, was der Anrufer zu berichten hatte. »Tja, das ist allerdings etwas anderes.« Sie reichte mir das Mobiltelefon. »Für Sie. Der Ermordete.«

»Hallo?«, meldete ich mich.

»Kann verstehen, dass du dich rar machst, nachdem du solchen Pfusch abgeliefert hast«, sagte Gorbitsch am anderen Ende.

»Hey, Gorbitsch, du lebst? Das ist ja ein Ding!«

»Was hast du denn gedacht?«

»Freut mich außerordentlich, das zu hören.«

»Als Handwerker bist du ein noch größerer Versager als als Schnüffler.« Seine Zunge war schwer, er hatte ausgiebig vom Raki gekostet. »Aber sag mir mal, seit wann rückt die Kripo an, wenn es eine Palme erwischt hat?«

»Eine Palme?«

»Die große Yuccapalme aus meinem Schlafzimmer. Ich hab sie gegen das Geländer gelehnt und sie ist runtergekracht. Voll in den Glastisch. Du glaubst nicht, wie es hier aussieht.«

»Sobald sie mich weglassen, komme ich vorbei und seh's mir an«, versprach ich.

»Ansehen kannst du vergessen. Du räumst alles schön wieder weg.«

Hauptkommissarin Willeke ließ mich nur ungern ziehen. Es seien noch einige Fragen offen, zum Beispiel, wie ich auf die Idee gekommen wäre, dass Gorbitsch tot sei. Und wieso ich den Mörder gespielt hätte, nur um in Lauras Bett zu landen. Eine zähe weitere Stunde verging, während der ich vergeblich versuchte, die Kripobeamten auf Lauras Spur zu setzen. Schließlich wollten alle nur noch nach Hause. Und wo keine Leiche war, da war auch kein Verbrechen.

Es dauerte den gesamten Montagmorgen, den Scherbenhaufen in Gorbitschs Foyer aufzukehren. Anschließend bot ich an, mich um das Geländer zu kümmern, aber Gorbitsch untersagte mir in scharfer Form, die Baustelle auch nur in Augenschein zu nehmen.

»Dein Raki ist ja wohl das Letzte«, brummte er schließlich, als wir uns am Küchentisch gegenübersaßen.

»Man hört es immer gern, wenn ein Geschenk gut ankommt«, sagte ich.

»Na schön. Als Handwerker bist du eine Niete. Als Schreiberling auch. Und ich habe gestern den ›Schmierfink‹ geschmissen.«

»Und das, obwohl du überhaupt keine Niete bist«, höhnte ich. »Im Gegenteil: Was Journalismus angeht, bist du ein Ausnahmetalent.«

Meine Häme prallte an ihm ab. »Hab ich dir eigentlich schon erzählt, dass ich als Journalist mal im Fernsehen aufgetreten bin? Das war lange vor meiner Zeit als Chefredakteur.«

»Ja, Gorbitsch, hast du.« Es war seltsam, er wirkte immer noch nicht nüchtern, obwohl inzwischen eine Nacht vergangen war. Dann bemerkte ich die Rakiflasche neben dem Spülbecken. Sie war praktisch leer.

»Es ist wirklich ein Jammer«, meinte Gorbitsch. »Wir wären ein so gutes Team, schaffen es aber immer wieder, die Karre gegen die Wand zu fahren.«

»Mal angenommen«, sagte ich, »wir wären noch zusammen. Gorbitsch und Frings, so wie früher. Was läge jetzt an?«

»Was jetzt anläge? Keine Ahnung, was du meinst.«

»Laura hat die Morde begangen, das steht fest. Sie ist Vendetta. Aber soviel ich verstanden habe, handelt es sich dabei um eine Dienstleistung. Irgendjemand hat ihr Geld dafür gezahlt, und sie hat's getan. Planung, Dramaturgie und Durchführung inklusive. Also wissen wir immer noch nicht, warum diese Menschen sterben mussten. Und der eigentliche Täter befindet sich auf freiem Fuß.«

»Suchen wir das Motiv, dann finden wir den Auftraggeber«, nickte Gorbitsch. »Das läge jetzt an. Diesen mysteriösen Grafen.«

»Daniel Metternich, Babette Holm, Illbritt Weichberger, Goliath Speck – was haben die gemeinsam, außer dass sie tot sind?«

»Lass den Quatsch«, mahnte Gorbitsch. »Hör bloß auf mit den Gemeinsamkeiten, das war schon immer dein Fehler.«

»Ach ja?«

»Konzentrieren wir uns lieber auf das Unwesentliche, das ist mein Motto.«

»Nicht nur deins«, sagte ich müde, »sondern das unserer gesamten detektivischen Arbeit.«

Er ging zum Kühlschrank, kam mit einer Flasche zurück und stellte sie auf den Tisch zwischen uns. Raki. Ich winkte ab.

»Ich sag dir was, Ole: Genau deswegen hat es nie geklappt. Weil du dieser Typ bist, der alles säuberlich an eine Wand pinnt oder auf eine Tafel schreibt: Metternich, Holm, Weichberger, Speck. Alter, Haarfarbe, Lieblingsfriseur, abartige Hobbys. Geografische Koordinaten des Fundortes. Längen- und Breitengrad. Alles schön untereinander. Als ob das irgendwas bringen würde.«

»Sei versichert, wenn ich nicht weiterwüsste, würde ich doch immer nur dich fragen, Sherlock.«

»Genau!« Gorbitsch hob sein Glas in meine Richtung. »Du bist der Erbsenzähler-Detektiv. Ich gehöre zur kreativen Sorte. Denke an nichts Besonderes, lass die Assoziationen sprudeln und dann plötzlich – peng!, hast du die Lösung. Wie der Kerl, der lediglich in der Nase gepopelt hat.«

»Welcher Kerl?«

»Ein Kerl, der in einem Fall ermittelt hat. An der Kleidung des Mordopfers hatte man Schmiere festgestellt. Und was tat unser Schnüffler? Er popelte in der Nase und hatte eine Eingebung: Der Mann hatte auf einer Bohrinsel gearbeitet. Verstehst du: Nasenbohren – Bohrinsel. Das war die Lösung.«

»Du spinnst.«

»Als ich dich neulich rausgepaukt habe, habe ich auch keine Gemeinsamkeiten gesucht. Stattdessen habe ich mir sämtlichen Illbritt-Weichberger-Scheiß reingezogen, nur weil ich gerade Bock auf die Glotze hatte. Tja, was soll ich sagen? Das hat's voll gebracht.«

»Gratuliere, Jan.«

»Hättest du gedacht, dass es im Internet sämtliche Sendungen zum Runterladen gibt? Gruselig ist das, kann ich dir sagen. Man könnte meinen, diese Talkshows brauchen mindestens so lange wie Kunststoff, bis sie verrotten. Die Frau hat sogar einen Abend über die Frage diskutiert, ob es für den rein theoretischen Fall, dass Männer Kinder austragen könnten, sinnvoller wäre zu stillen oder Fläschchen zu geben.«

Ich ließ Gorbitsch reden. Er goss sich Raki nach und fing dann noch mal von den früheren Zeiten an, als wir noch Schreibtisch an Schreibtisch gearbeitet hatten. »Hab ich dir erzählt, dass ich auch mal im Fernsehen war?«

»Als Journalist«, sagte ich. »Ja, das hast du. Gerade eben erst.«

»Dabei war ich gar keiner. Damals noch nicht. Ich war nur ein jämmerlicher Schnüffler, aber sie wollten nun mal einen Journalisten.«

Ich verabschiedete mich, aber er ließ sich nicht davon abhalten, munter weiterzuerzählen. Diese diffuse Mitteilsamkeit war neu an ihm, jedenfalls konnte ich mich nicht erinnern, dass er früher schon zum Monologisieren geneigt hatte.

Als ich eine Viertelstunde später die Küche betrat, saß er immer noch da. Vorsichtshalber sammelte ich die schon halb leere Flasche ein. Dann radelte ich zum Polizeipräsidium und versuchte erneut, Hauptkommissarin Willeke davon zu überzeugen, dass sie sich an Laura halten musste.

»Erstens sind wir nicht im Fernsehen, wo Privatermittler der Kripo sagen, wen sie festzunehmen haben«, belehrte sie mich kühl. »Und zweitens ist Frau Mancini nicht greifbar.«

»Was bedeutet?«

»Spurlos verschwunden.«

»Sehen Sie? Das ist doch quasi ein Schuldeingeständnis.«

»Möglich. Aber leider auch quasi eine gelungene Verdunklung.«

»Also werden Sie gar nichts unternehmen?«

»Warten Sie's doch einfach ab, Herr Frings.« Irgendwie hatte ich den Eindruck, dass Ella Willeke mit dem Fall abgeschlossen hatte. »Wenn wir die Frau nicht kriegen, haben wir ja immer noch Sie, nicht wahr?«

Der Abend machte dem hereinbrechenden Sommer wieder einmal alle Ehre. Ich radelte zur Entspannung um den Aasee, genau die gleiche Strecke, dich ich neulich erst mit Laura Mancini spazieren gegangen war. Rief mir ihre sensationelle Narbe in Erinnerung und spekulierte, was zwischen uns hätte laufen können, wenn sie keine eiskalte Mörderin gewesen wäre. Es wurde Nacht, und ich verharrte eine Weile auf meinem Beobachtungsposten, in der Hoffnung, dass sie ihre Wohnung betrat. Aber die Räume blieben dunkel.

Da saß ich und grübelte über Gemeinsamkeiten der Mordopfer, dass Gorbitsch seine Freude daran gehabt hätte. Zu gern hätte ich mir die Grübelei erspart und hätte einfach Laura gefragt: Wer zum Henker ist Dantès? Der Graf von Monte Christo, eine Romanfigur, genau wie Schröder ein Phantasieprodukt. Sollten wir etwa nach dem suchen?

Es war noch früh, kurz nach elf, als ich in unser gemeinsames Haus zurückkehrte. Gorbitsch war nicht mehr in der Küche, ich hörte ihn oben in seinem Schlafzimmer schnarchen. Seinen Laptop hatte er nicht heruntergefahren. Also klickte ich ein bisschen herum, öffnete seinen Browser, sah mir seine Lesezeichen an. Die Website des »Schmierfink«, Ferienhäuser in Holland, ein Pizzablitz, ein Online-Jeansshop und ein Erotik-Portal – das Übliche eben. Ach ja, und ein Link namens: »Weichberger – all you can eat«. Das war also das angeblich so gruselige TV-Archiv. Nur spaßeshalber klickte ich mich hinein.

»Weichberger – all you can eat.« Es war *more than you can eat*. Unglaublich, mit welchen Themen diese Frau Abende gefüllt hatte: organisierte Kriminalität im Kindergarten, islamistische Empörung als alternative Energiequelle, Rettungsschirme als Modeartikel, Politikmüdigkeit und die Antwort der alternativen Medizin. Die Liste wollte kein Ende nehmen. Auch meine Sendung war dabei. Ich scrollte weiter – ein Jahr zurück, zwei, drei … Allmählich beschlich mich die Furcht, dass es am Abend jenes Tages, als die Welt erschaffen wurde, eine Sonderausgabe von »Zu Gast bei Illbritt« zum Thema *Schöpfung gelungen – wie geht es weiter?* gegeben hatte. Inzwischen war ich aber erst bei Jahr sieben angekommen.

Ein von Gorbitsch selbst angelegter Ordner, den er »Gorbitsch on TV« genannt hatte, erregte meine Neugier. Ich klickte hinein. Der Ordner enthielt nur einen Beitrag: Illbritt Weichberger und ihre Gäste zum Thema *Berühmte Persönlichkeiten aus früheren Leben.*

Hatte mein ehemaliger Partner am Ende doch recht mit seiner Technik des kreativen Nasenbohrens? Jedenfalls sah ich der Frau, die tot neben mir im Bett gelegen hatte, hier quicklebendig und sieben Jahre jünger dabei zu, wie sie zum Thema überleitete und ihre Gäste willkommen hieß.

»Nehmen wir einmal an, dass wir frühere Leben gelebt haben. Aber was, wenn wir feststellen, dass wir nicht irgendjemand waren, sondern einer der Großen, die Geschichte geschrieben haben? Was macht das mit uns, wie gehen wir mit dieser praktisch nachträglichen Prominenz um? Ein Thema von großer Aktualität.«

Und hier waren ihre Gäste: Babette Holm, die sich sicher war, eine berühmte Persönlichkeit gewesen zu sein, Daniel Metternich, der bekannte Literaturmanager, für den frühere Leben kein Tabu darstellten, ferner Goliath Speck, ein junger Autor, der gerade an einem Film zu dem Thema arbeitete. Der Einzige in der Runde, der einem früheren Leben kritisch bis ablehnend gegenüberstand, war ein investigativer Journalist namens Jan W. Gorbitsch.

Bingo! Da hatte ich sie endlich alle zusammen.

36

Der einzige Gast, den ich nicht kannte, war eine recht esoterisch aussehende Frau namens Anshila Sal Badra. Gerade aus einem indischen Ashram zurückgekehrt, wo sie fünf Monate Selbsterfahrung hinter sich und im Zuge dessen herausgefunden hatte, dass sie in einem früheren Leben niemand Geringerer als Cleopatra, die Königin des antiken Ägypten und Geliebte Caesars und Marc Antons, gewesen war. Mit ihrem Styling, das die Mode der damaligen Zeit nachempfinden wollte, allerdings wohl eher aus Hollywoodstreifen wie »Quo Vadis« oder »Ben Hur« stammte, erinnerte sie mich an irgendjemanden, wahrscheinlich an Liz Taylor.

Die Weichberger forderte sie auf, ein wenig aus ihrem damaligen Leben zu berichten, und Frau Sal Badra ließ sich das nicht zweimal sagen. Sie erzählte detailreich von ihrem Alltag als Königin, den morgendlichen Spaziergängen um die Pyramiden, den ausgiebigen Schönheitsbädern, die sie genommen hatte, ihrem ersten Date mit Julius Caesar und ihrer ersten leidenschaftlichen Nacht mit Marc Anton. Und natürlich von ihrem tragischen Ableben.

Wie das denn für sie gewesen sei?, hakte Illbritt mit der typischen Betroffenheit ein. Sie könne sich vorstellen, dass das alles nicht leicht gewesen sei. Und Anshila nickte bestätigend. Es sei in der Tat nicht leicht gewesen, und noch heute fehlten ihr eigentlich die Worte, zu beschreiben, wie schlimm dieser Selbstmord für sie gewesen sei, der eigentlich keiner gewesen sei. – Kein Selbstmord? Das sei ja interessant, horchte die Moderatorin auf.

Dann wurde sie ihrer Rolle als Gastgeberin gerecht und bezog die anderen Gäste ein. Wenn man sich einmal darauf einließe und die Vorurteile beiseiteschöbe, meinte Goliath Speck, seien diese früheren Identitäten eine Fundgrube für die historische Wissenschaft. Im Verlauf der Recherchen für seinen neuen Film habe er einen Mann kennengelernt, der ihm glaubhaft versichert habe, Sokrates sei nicht nur wegen seiner philosophischen Ansichten hingerichtet worden, sondern vor allem, weil er geschnarcht habe wie ein Sägewerk und damit ganz Athen den Schlaf geraubt. Solche historischen Details seien ungemein wertvoll für das Verständnis der damaligen Zeit und für konventionelle Methoden der Wissenschaft schlicht nicht greifbar.

Bevor auch Metternich sein Statement loswerden konnte, verschaffte sich Babette Holm das Wort. Mit scharfer Stimme verkündete sie, dass all das sentimentale Geschwätz, das Frau Sal Badra über ihr früheres Leben abgesondert habe, schlichtweg erfunden sei. Auf Illbritts irritiertes »Warum?« antwortete sie: Diese Frau könne nicht Cleopatra gewesen sein, und zwar aus dem einfachen Grunde, weil sie, Holm, Cleopatra gewesen sei.

Einige Sekunden herrschte ratlose Stille.

Dann erfolgte der Gegenschlag. Natürlich wollte Anshila das nicht so stehen lassen, erklärte diesen Einwand für lächerlich und wies vorsichtshalber darauf hin, dass sie immerhin die Erste in der Runde gewesen sei, die angegeben habe, Cleopatra zu sein.

»Sehen Sie sich doch an«, schoss Holm zurück. »Ihr Outfit verrät alles, da brauchen wir doch gar nicht lange zu reden. Richard Burton alias Marc Anton anzuschmachten und jemand in einem anderen Leben gewesen zu sein – das sind zwei völlig verschiedene Dinge. Sie und Cleopatra – davon kann doch lediglich im karnevalistischen Sinne die Rede sein.«

Das saß und brachte Lacher aus dem Publikum. Man sah Illbritt Weichberger an, dass sie schon dazwischengehen wollte, damit ihr die Sache nicht entgleiste, aber ihr Instinkt für Unterhaltungswert ließ sie abwarten. Der Schlagabtausch gewann indes an Schärfe, und es zeichnete sich sehr schnell ab, dass Anshila der Holm nicht gewachsen war. Geschickt nutzte diese den Umstand aus, dass sie einen kurzen Rock trug und jedes Mal, wenn sie ein Bein über das andere schlug, volle Aufmerksamkeit des neben ihr sitzenden Goliath Speck erlangte.

Der Filmemacher schlug sich auch schnell auf ihre Seite und verkündete, Frau Holm deutlich anmerken zu können, dass sie früher einmal Cleopatra gewesen sei. Als jemand, der lange und ausgiebig für seinen Film recherchiert habe, sei er wohl wie kaum jemand in der Lage, dies zu beurteilen.

Daniel Metternich bemühte sich, die Wogen mit einem Kompromissvorschlag zu glätten: ob man sich vielleicht darauf einigen könne, dass Anshila statt Cleopatra jemand anderer gewesen sei, er denke da beispielsweise an Nofretete, deren Schönheit man ja auch als ebenso beispiel- wie zeitlos bezeichne und deren Ruhm dem der anderen Dame um nichts nachstehe. Ob dies nicht eine Lösung sei, mit der alle zufrieden seien.

Aber natürlich war dies für Anshila Sal Badra nicht akzeptabel. Sie und nicht diese Schlampe sei Cleopatra gewesen, darüber gäbe es keine Diskussion. Wütend, wie sie war, war ich mir nicht mehr sicher, ob sie mich wirklich an Liz Taylor erinnerte, da ich die Schauspielerin niemals so wütend gesehen hatte. Anshila stellte klar: Nofretete interessiere sie nicht im Geringsten. Die Holm mache sich nur wichtig und sei, wenn überhaupt, höchstens Poppea gewesen, die Hure des Kaisers, nymphoman und machtgierig. Wenn überhaupt!

Das sei ein ganz neuer Aspekt, lobte die Moderatorin, die ihre diebische Freude an der TV-Keilerei immer weniger verbarg.

Nymphoman, das könne sie nur zurückgeben, konterte Holm, und Metternich fragte an, ob eventuell auch Lady Di in Frage käme, aber ihm hörte schon längst niemand mehr zu.

Möglich, dass man an dieser Stelle den Disput noch in den Griff bekommen hätte. Illbritt Weichberger war vorzuwerfen, dass sie einen Tick zu viel Schadenfreude zeigte, die Emotionen hochkochen ließ und ihr berühmtes Mitgefühl in keiner Weise zur Deeskalation einsetzte. Was tat sie stattdessen? Bat denjenigen um seine Meinung, der sich bisher vornehm herausgehalten hatte: den Journalisten Jan W. Gorbitsch. Und Jan hatte nichts Besseres zu tun, als seine bekannte Häme wie Öl ins Feuer zu gießen.

»Diese schräge Mode ist eine Beleidigung für alle aufgeklärten

Zeitgenossen«, spottete er. »Jeder will sein jämmerliches kleines Ich aufwerten, indem er irgendeine große Persönlichkeit war, die so tot ist, dass sie sich nicht mehr dagegen wehren kann. Und rein zufällig ist es immer eine besonders schöne Frau oder ein besonders mächtiger Herrscher. Wieso hat denn noch keiner herausgefunden, dass er Adolf Hitler oder Vlad der Pfähler war?«

Jetzt versank die Runde endgültig im Tumult. Alle fielen über Gorbitsch her, allen voran Anshila, während es der Holm durch intensives Beine-Übereinanderschlagen gelang, die Blicke und Sympathien sowohl Specks als auch Metternichs an sich zu binden. Es grenzte schon an ein Wunder, dass die Moderatorin es schließlich doch noch schaffte, die Kontrahenten zu dem üblichen Schlusswort zu bewegen. »Wir alle haben heute, glaube ich, ein wenig kennengelernt, wie schmal der Grat ist zwischen einem echten früheren Leben und dem bloßen Wunsch, eins gehabt zu haben«, resümierte sie und bewies damit wieder einmal erstaunlich wenig Fingerspitzengefühl.

Unmittelbar an diese Bemerkung anschließend zoomte die Kamera auf das Gesicht der vermeintlichen Verliererin, Anshila Sal Badra. Ich betrachtete ihr stark geschminktes Gesicht, die schwarze, langhaarige Perücke. In der Tat, es war nicht Liz Taylor, an die mich diese Frau erinnerte. Sie sah auch nicht wütend aus, sondern eher mitleidig. Ich stoppte die Wiedergabe und starrte eine ganze Weile auf den Monitor. Jetzt wusste ich auf einmal, an wen sie mich erinnerte: Diesen Blick, den eine einzigartige Mischung aus Mitleid und Verächtlichkeit auszeichnete, bekam nur eine einzige Person auf diesem Planeten hin.

Schon bevor ich sie kennenlernte, waren frühere Leben wohl ihr wunder Punkt gewesen.

Am Dienstagmorgen rief ich sie an, um mich mit ihr zu verabreden, aber sie hatte keine Zeit. »Was gibt es denn so Wichtiges?«

»Reden über alte Zeiten«, sagte ich.

»Heute Abend habe ich schon ein Date. Wir essen im ›Ranitzki‹.«

»Wir?«

»Wenn du es genau wissen willst, mein Therapeut und ich.«
»Nein«, sagte ich. »So genau wollte ich es nicht wissen.«
»Und es geht dich ja auch nichts an.«
»Nicht das Geringste. Also bis heute Abend.«

Das Wetter war so schön, dass auch das »Ranitzki« seine Gastronomie nach draußen verlagert hatte. Wohl um zu verhindern, dass die Tristesse des Gewerbegebiets Loddenheide die romantischen Gefühle der Gäste enttäuschte, hatte man einen Literaten am Rande des Geschehens platziert, der in einem schrägen Singsang postmoderne Lyrik zum Besten gab, was das öde Szenario mit einem Anflug von zeitgenössischer Kunst veredelte.

Ich entdeckte Annabelle an einem der Tische und setzte mich zu ihr. »Hi, Anshila«, begrüßte ich sie.

Sie verzog nicht mal eine Miene, was mir Respekt abnötigte. »Das ist so lange her«, meinte sie.

»Irgendwann holt eben jeden die Vergangenheit wieder ein, nicht wahr?«

»Keine Ahnung, wovon du redest, Ole. Das war lange vor deiner Zeit.«

Der Kellner kam, und ich bestellte ein Bier.

»Weshalb bist du hier?«, wollte sie wissen.

»Tut mir leid, das mit Gollum«, sagte ich. »Eine tragische Sache.«

»Was willst du von mir, Ole? Goliaths Tod mag schrecklich sein, aber doch wohl hauptsächlich für ihn selbst.«

»Aber du warst doch mit ihm zusammen, oder nicht?«

Sie zuckte mit den Schultern. »Beziehungen haben ihre Zeit, und sie haben auch ihr Ende. Das sieht man ja wohl auch an uns beiden, nicht wahr?«

»Erzähl mir von den anderen«, sagte ich.

»Welchen anderen?«

»Daniel Metternich, Babette Holm, Illbritt Weichberger. Du kanntest sie alle.«

»Jan Willem Gorbitsch hast du vergessen.«

»Stimmt«, nickte ich. »Der ist auch noch dabei.«

»Was willst du denn hören?«

»Die ganze Geschichte«, sagte ich. »Aus der Sicht des Grafen von Monte Christo.«

»Was für ein Graf?«

»Ihm wurde von seinen Neidern übel mitgespielt. Also hat er sich, als er dann am Zug war, grausam gerächt und jedem das gegeben, was er verdiente.«

»Sterben müssen wir alle«, nickte Annabelle.

»Wahr gesprochen. Damals in dieser Talkshow wurde dir übel mitgespielt, stimmt's? Zwar warst du eingeladen, aber nur, damit sie alle über dich herfallen konnten.«

Annabelles spöttisches Gesicht hatte sich verfinstert. »Du weißt ja nicht, wovon du redest, Ole. Was das für ein Gefühl war. Die haben mich praktisch nackt ausgezogen, angegafft und ihre blöden Witze über mich gerissen. Und das im Fernsehen zur besten Sendezeit.«

»Wie kann man nur so nachtragend sein?«

»Nachtragend? Wer ist denn hier nachtragend? Zufällig hatte ich kurz vor diesem schändlichen Abend ein Date mit einem Fernsehfritzen, der mir eine grandiose Zukunft im Business prophezeit hat. Diese Zukunft konnte ich danach vergessen.«

»Was ich nicht verstehe: Wieso hast du eigentlich mit Gollum etwas angefangen, wo du ihn doch umbringen wolltest?«

Sie seufzte wie jemand, der es hasste, etwas zu erklären, was ich eh nicht verstehen konnte. »Du wirst es mir vielleicht nicht glauben, aber als ich ihn neulich näher kennenlernte, bildete ich mir tatsächlich ein, man könne doch die Vergangenheit ruhen lassen. Alles ist so lange her – warum nicht einen Strich unter das Geschehene machen?«

»Und was geschah dann?«

»Ich lernte ihn noch näher kennen.« Sie nahm ihr Weinglas und stellte es wieder hin, ohne genippt zu haben. »Außerdem hätte ich es nur fair gefunden, wenn er die Show bezahlt hätte. Die war nämlich nicht gerade billig.«

»Die Show? Welche Show denn?«

»Und wo wir schon bei Goliath sind – wusstest du auch, dass Babette, diese neurotische Schlampe, ihn in ihr Bett gelassen hat, zum Dank dafür, dass er es mir in der Sendung so gegeben hat?«

»Der Schlimmste von allen aber war Gorbitsch, nicht wahr?«

»Allerdings. Ich weiß bis heute nicht, was bei ihm größer ist: seine Arroganz oder seine Ignoranz. Später erst habe ich erfahren, dass er nicht mal Journalist ist. Sondern ein jämmerlicher Privatschnüffler, so was, wie du mal warst. Er hatte nicht den leisesten Schimmer, wovon er sprach, aber glaubte, in der Glotze den großen Zampano geben zu können.«

»Das wolltest du ihm nicht durchgehen lassen.«

»Wie gesagt, das ist lange her. Und du hast doch nichts damit zu tun.«

»Ich habe nichts damit zu tun? Laura Mancini, die du als Vendetta kennst und für ihre Dienste entlohnt hast, hat mich zufällig zu ihrem bevorzugten Mordwerkzeug erkoren. Und du willst mir erzählen, ich hätte nichts damit zu tun?«

Mein Bier kam. Ich trank einen Schluck. Eine Weile ließen wir die Lesung über uns ergehen. Wenn man die Augen schloss und nicht auf die ohnehin kryptischen Worte achtete, erinnerte das Geräusch an den Lärm einer fernen Baustelle – genau passend für die Loddenheide.

»Ich habe nicht die leiseste Ahnung, von wem du sprichst«, sagte Annabelle.

»Ach nein, hast du nicht?«

»Hab ich nicht.« Auf einmal grinste sie mich an, es überrumpelte mich geradezu. »Du denn?«

»Was meinst du?«

»Ich meine Folgendes, mein Schatz: Ist irgendetwas von dem, was du hier ausbreitest, mehr als eine bloße Behauptung?«

»Wenn du damit andeuten willst, dass ich nichts von dem beweisen kann, dann …«

»Dann was?«

»Dann magst du recht haben. Aber es ändert nichts an der Wahrheit.«

»Ole, mein Lieber. Neulich erst habe ich dir schon gesagt: Es tut mir leid, was du in der letzten Zeit durchmachen musstest. Ganz ehrlich. Was mir nicht leidtut, das ist die Tatsache, dass es all diese Leute erwischt hat. Wohlgemerkt: Es ist nicht strafbar, dass einem etwas nicht leidtut. Vielleicht den Leidtragenden gegenüber nicht unbedingt nett, aber durchaus erlaubt. Und aus meiner Sicht haben diese vier Menschen gezahlt für einen Spaß, den sie sich vor langer Zeit gegönnt haben.«

»Und was ist mit dir? Wann zahlst du?«

Annabelle beugte sich plötzlich vor und vergewisserte sich nach links und rechts, dass keiner mithörte. »Gorbitsch hätte es mehr als alle anderen verdient«, zischte sie. »Du hast ihm das Leben gerettet mit deiner Dämlichkeit, weil du es wie immer vermasselt hast. Es ändert aber nichts daran, dass du ihn töten wolltest, nicht wahr? Also komm mir nicht damit, dass ich zahlen soll.«

Vom Seiteneingang der ehemaligen Sakristei her, dort, wo sich die Toiletten befanden, näherte sich eine bekannte Gestalt. »Da unten hat sich eine Schlange gebildet, weil eins der Klos verstopft ist, Darling«, sagte sie. Es war Dr. Rütli. »Sie hier?«, wunderte er sich, sobald er mich bemerkte.

Jetzt erst wurde mir klar, dass ich seinen Platz am Tisch eingenommen hatte.

»Ich hatte dir doch gesagt, dass ich verabredet bin«, erinnerte mich Annabelle.

»Und ich habe Ihnen von ihr erzählt«, fügte Rütli hinzu. »Ich bin ihr Alter Ego.«

»Ich hoffe, Doktor, Sie sind sich darüber im Klaren, was Sie tun.«

»So klar wie immer. Warum fragen Sie?«

»Diese Frau hat fünf Morde in Auftrag gegeben.«

Der Doktor lächelte entwaffnend. »Aber das glauben Sie doch nicht wirklich, Herr Frings.«

»Ich kann es zwar nicht beweisen, aber sie hat es praktisch zugegeben.«

»Sie können es nicht beweisen.« Er nickte verstehend. »Warum wohl hatte ich mir das schon gedacht?«

»Was weiß ich?«

»Als Sie in der Zelle einsaßen, erinnern Sie sich? Neid und Missgunst, ich sprach doch mit Ihnen darüber. Und jetzt haben wir das gleiche Muster. Ich schlafe mit Ihrer Ehemaligen und erwecke damit Ihren Neid und Ihre Missgunst. Daran sollten wir arbeiten. Wenn Sie wollen, rufen Sie mich an, damit wir einen Termin vereinbaren.«

»Kommst du, Schatz?«, drängte Annabelle, die vom Tisch aufgestanden war. »Wir zahlen drinnen. Der Kurs beginnt in einer halben Stunde.«

»Sie müssen mich entschuldigen. Am Samstag ist unser Kurs in erotischer Meditation. Nur für Paare.«

»Dann wünsche ich viel Vergnügen.«

»Wäre vielleicht auch was für Sie, Herr Frings. Wie sagt man so schön: Das Leben ist kurz und Sinnangebote knapp.«

»Das heißt noch lange nicht, dass man bei jedem Sonderangebot zugreifen sollte«, gab ich zurück.

»Also dann.« Er winkte mir zu.

»Vielen Dank, Doc, für die Pillen«, sagte ich. »Sie haben dem Kerl echt den Garaus gemacht.«

Rütli machte ein unschuldiges Gesicht und nahm Annabelles Arm. »Welchen Kerl meinen Sie?«

37

Die beiden übersiedelten, soviel ich weiß, kurze Zeit später nach Lanzarote und eröffneten dort eine Therapeutengemeinschaft. Sie waren wohl das, was man ein perfektes Team nennt: Annabelle lockte Selbsterfahrungstouristen an und redete ihnen ein, sie wären in einer früheren Inkarnation Friedrich Barbarossa oder Pallas Athene gewesen, danach kam Rütli zum Zug und stülpte ihnen frühkindliche Rollenkonflikte über.

Ich fand nicht, dass Annabelles Bemerkung über meine Dämlichkeit angebracht war. Es war etwas anderes, einen Menschen kurzzeitig ermorden zu wollen, weil eine Frau einem erotisch gesehen die Sinne vernebelt hatte, und es sich dann, nachdem zum Glück alles schiefgegangen war, wieder anders zu überlegen, als vier Menschen von einer anderen Frau eiskalt abmurksen zu lassen, nur um persönliche Genugtuung zu empfinden. Diesen Standpunkt versuchte ich auch Hauptkommissarin Willeke nahezubringen, worauf sie mir eröffnete, dass sie den Fall an den Kollegen Düsseldorf abgegeben habe.

Ich war wie vor den Kopf gestoßen. »Hatten Sie nicht gesagt, dass Sie sich notfalls an mich halten würden?«

Willeke schenkte mir eins ihrer seltenen Lächeln. »Das werde ich schon noch, verlassen Sie sich darauf. Ich habe nämlich gekündigt.«

»Nein«, sagte ich.

»In zwei Wochen schon heißt es: Ciao, Kripo. Und hallo, freies Künstlerleben.«

»Künstlerleben?«

»Ich werde Schriftstellerin, so wie Sie, Frings.«

»Wieso wollen Sie nicht mehr Bulle sein?«, dämpfte ich ihre Begeisterung. »Sie haben eine interessante Arbeit, und das Schöne ist: Sie werden sogar dafür bezahlt.«

»Auch wenn ich wollte, ich kann nicht. Und daran sind Sie schuld.«

»Ich?«

»*Lohengrins letztes Stündlein*. So grottenschlecht diese Geschichte sein mag, sie hat etwas in mir angestoßen, verstehen Sie? Einen Prozess in Gang gebracht. Und mittlerweile ist mir klar: Genau das werde ich auch tun. Ich muss es.«

»Was denn? Leute umbringen?«

»Schreiben. All diese Wörter, die in mir stecken, zu Papier bringen. Die schlimmen Dinge, die ich während meiner Laufbahn als Hauptkommissarin bei der Mordkommission gesehen habe.«

»Könnten Sie das denn nicht während der Mittagspause erledigen?«

»Es ist alles hier in meinem Kopf.« Willeke tippte an ihre Stirn. »Arbeitstitel: *Die Kommissarin und die Bestie. Nach einer wahren Begebenheit.* Natürlich hoffe ich auf den einen oder anderen Tipp von Ihrer Seite.«

Na schön, dachte ich, dann macht eben ein anderer weiter. Düsseldorf ist nicht der Typ, der kündigt. Er wird sich Annabelle vorknöpfen und dafür sorgen, dass sie einsteht für das, was sie getan hat.

Aber ich hatte voreilig gedacht. Der Hauptkommissar sah sich angesichts seiner dünnen Personaldecke außerstande, Ermittlungen auf Lanzarote durchzuführen, es sei denn, sie würden auf eigene Rechnung von Beamten angestellt, die ohnehin dort im Urlaub waren. Bevorzugtes Reiseziel der Münsteraner Kripo seien freilich die Balearen, sodass er mir da wenig Hoffnung machen konnte. Was die Auftraggeberschaft Annabelles anging, so äußerte er offene Zweifel und zog es im Übrigen vor, weiter nach Laura zu fahnden, vor allem, nachdem er die Fotos durchgesehen hatte, die ich ihm von meiner Beschattung ihrer Wohnung überlassen hatte. Ich begann mich damit abzufinden, dass Frauen mit ihrem Aussehen selbst bei Fahndungen bevorzugt werden.

Aber etwa zwei Wochen später – ich hatte die Angelegenheit schon fast vergessen – klingelte das Telefon.

»Hier Düsseldorf, Kripo Münster. Sagt Ihnen der Name

Chiara Mancini etwas?« Es war mir nichts Neues, dass der Kommissar sehr von sich überzeugt war. Aber dieses Mal hörte er sich über die Maßen abgeklärt an.

»Klar«, sagte ich. »Das ist Lauras Schwester. Die beiden sind sich nicht grün.«

»Wie wahr, Herr Frings. Aber wie sagt man so schön: Wenn zwei sich streiten, freut sich der Dritte.«

»Der Dritte? Wer ist das?«

»Chiara hat Angst vor Laura, sie nennt sie ein Monster, das außer Kontrolle geraten ist. Vor allem, seit nach ihr gefahndet wird, gibt sie sich immer öfter als ihre Schwester aus. Um sich zu verstecken, verstehen Sie?«

»Nicht so ganz.«

»Ist aber doch ganz einfach: Laura tut so, als sei sie Chiara. Und deshalb kann die Kripo sie nicht finden, weil sie ja nicht ahnt, dass die vermeintliche Chiara in Wirklichkeit gar nicht Chiara ist. Jetzt verstanden?«

»Ich bin ja nicht blöd, Herr Kommissar.«

»Na, sehen Sie. Deshalb hat sie sich nach langem Zögern endlich entschlossen, uns anzurufen. Um uns mitzuteilen, wo wir Laura Mancini finden. Mitsamt ihrem Computer und allen nötigen Beweisen. Na, was sagen Sie jetzt, Herr Frings?«

»Das heißt, Laura wurde festgenommen?«

»Allerdings. Zugriff heute in den frühen Morgenstunden, wie es so schön heißt.«

»Und hat sie schon gestanden?«

»Wie denn wohl?« Düsseldorf klang unwillig, da ich, wie er glaubte, nichts begriffen hatte. »Sie beteuert, Chiara zu sein. Habe ich Ihnen nicht gerade erklärt, dass das ihre Masche ist? Aber keine Sorge, das kriegen wir schon noch hin, Frings. Denken Sie an mich, wenn Sie das nächste Mal die Kripo eine müde Gurkentruppe nennen.«

Am nächsten Tag titelte der Lokalteil der Tageszeitung: RÄTSELHAFTE MORDSERIE VOR DER AUFKLÄRUNG! SCHWESTER DER MUTMASSLICHEN MÖRDERIN LIEFERTE DEN ENTSCHEIDENDEN HINWEIS. Nach allem, was ich mit Laura erlebt hatte, wunderte es mich, wie leicht sie sich am Schluss doch hatte austricksen lassen. Irgendwie verfolgte mich Düsseldorfs Bemerkung: *Laura tut so, als sei sie Chiara. Und deshalb kann die Kripo sie nicht finden, weil sie ja nicht ahnt, dass die vermeintliche Chiara in Wirklichkeit gar nicht Chiara ist.* Hatte er selbst eigentlich wirklich begriffen, was er damit gemeint hatte? Vorsichtshalber rief ich ihn noch einmal an.

»Könnte es nicht sein, dass es umgekehrt ist?«

»Umgekehrt? Was soll das heißen?«

»Dass nicht Sie Laura ausgetrickst haben, sondern Laura die Kripo.«

»Ausgetrickst? Wovon reden Sie, zum Teufel?«

»Sie haben nicht Laura Mancini geschnappt, sondern Chiara, ihre Schwester.«

Eine Weile blieb es still, und ich bekam den Eindruck, dass Düsseldorf nicht nur einfach beleidigt war. Er war richtig eingeschnappt.

»Wissen Sie was, Frings?«, blaffte er schließlich. »Entspannen Sie sich. Überlassen Sie den Fall einfach uns. Wir verstehen was davon.«

»Selbstverständlich, daran zweifele ich ja auch nicht.«

»Dann ist es ja gut. Wenn sonst noch etwas ist …«

»Verstehen Sie: Deshalb beteuert sie, Chiara zu sein. Nicht weil es ihre Masche ist, sondern weil es zutrifft.«

»Für wie dämlich halten Sie die Kripo?«

Ich hatte nicht den Eindruck, dass er eine ehrliche Antwort hören wollte, also beendete ich das Gespräch an dieser Stelle.

Gorbitsch hatte sich auch Abzüge ausgebeten. Und obwohl wir uns einig waren, dass wir beide von einem Monster hereingelegt worden waren, das seine weiblichen Reize in unverfrorener Weise und ohne die geringsten Skrupel als Waffen einsetzte, vermisste er ihre Gesellschaft. Vor allem, nachdem er den »Schmierfink« endgültig abgewickelt hatte und deswegen ständig zu Hause herumhing.

»Lass uns wieder zusammenarbeiten«, quengelte er. »Auch

wenn wir uns immer wieder in die Parade fahren, scheißegal. Sonst fällt mir nichts mehr ein, als am Dortmund-Ems-Kanal herumzulungern und Bier aus Dosen zu trinken.«

Immerhin half er mir bei der Renovierung der Wohnung, die ich ergattert hatte, direkt über Aristides' Restaurant, mit einem herrlichen Blick auf die Rückseite des Bahnhofs.

»Ich weiß nicht«, sagte ich. »Welchen Sinn sollte es haben, Detektiv zu spielen in einer Welt, in der die Annabelles und Lauras einfach so davonkommen?«

»Das meinst du doch jetzt nicht ernst«, entgegnete Gorbitsch mit einer Kippe im Mundwinkel. Neuerdings rauchte er wieder. »Gerade das ist doch der Kick dabei.«

Also ließen wir den Gedanken an eine neue Zusammenarbeit weiter Gestalt annehmen und entschieden uns aus Ermangelung eines Büros vorerst für die »Taverna Pitsidia« als Ermittlungszentrale.

Jetzt musste ich nur noch einziehen. Glück für mich, dass Gorbitsch nach meiner angeblichen Pleite im Treppenhaus seine Leidenschaft fürs Heimwerken entdeckt hatte. Mittlerweile war er schon so weit, dass er es nicht mehr ertragen konnte, wenn sich jemand ungeschickt anstellte, sodass er es wesentlich angenehmer fand, wenn ich ihn arbeiten ließ und mich stattdessen mit anderen Dingen beschäftigte. Ich auch.

Es kam mir sehr gelegen, dass Ella Willeke anfragte, ob ich ihr bei einem Abendessen die versprochene Starthilfe für ihre Karriere als Autorin geben könnte. So stand ich Gorbitsch nicht im Weg.

Jetzt, da sie nicht mehr bei der Kripo war, hatte sie in meinen Augen an Attraktivität gewonnen. Ella Willeke war ein anderer Mensch und wirkte femininer. Den Haifischblick und ihr verstörendes Parfum hatte sie beibehalten. Leider konnte das, was sie mir als Probelektüre über den Tisch schob, mit ihrer Klasse nicht annähernd mithalten.

»Tja«, sagte ich die üblichen Sätze. »Das liest sich ja schon ganz vielversprechend.«

»Das sagen Sie nur.«

»Ole«, sagte ich. »Und du.«

»Also gut.« Sie hob ihr Glas. »Ich bin Ella. Auf einen neuen Stern am literarischen Himmel.«

»Tja«, wiederholte ich.

»Tja? Bist du etwa skeptisch, was das angeht?«

»Nein, natürlich nicht.«

»Was denn dann?«

Es war so ein lauer Abend. Wir saßen im Garten eines dieser Italiener direkt an der Promenade. Es duftete nach leckerem Essen und weiteren warmen Tagen. Ich war geheilt und wieder ein ganz normaler Mensch. Und das Beste: All die Morde lagen endlich hinter uns. Dieser Abend hatte mehr verdient als literarische Anfängerdispute.

»Du findest es also gar nicht gut?«, erkundigte sie sich verunsichert.

»Das habe ich nicht gesagt.«

»Was hast du denn gesagt?«

»Vielversprechend. Ich habe vielversprechend gesagt.«

Wir bekamen unsere Pizza und genossen sie. Ich fand es an der Zeit, das Gespräch auf andere Dinge zu lenken. »Sag mal, was würdest du davon halten, wenn wir das vertiefen würden.«

»Vertiefen? Was denn?«

»Ich meine unsere literarische Zusammenarbeit. Demnächst beziehe ich meine neue Wohnung drüben am Bremer Platz, einen Altbau mit allen Schikanen. Da wären wir nicht so eingeengt wie hier am Tisch, weißt du? Wir hätten jede Menge Platz.«

Ella nickte und knurpste ihren Salat. Für mich sah es wenigstens so aus, als würde sie über mein Angebot nachdenken. »Du hättest da auch eine Küche?«

»Klar. Und ein Arbeitszimmer.«

»Auch ein Schlafzimmer, vermute ich.«

»Du vermutest goldrichtig. Und was für eins.«

»Tja, weißt du …« Sie knurpste immer noch, dabei war der Salat längst alle. »Das hört sich alles ganz toll an, ehrlich. Sehr vielversprechend. Aber Adriano meint –«

»Adriano?«

»Adriano Schluckwalter. Mein Derzeitiger, verstehst du. Er meint: Literarische Arbeit ist etwas Besonderes. Sie sucht sich immer ihren eigenen Arbeitsplatz.«

»Was meint er denn damit?«

»Also, ich bin mir nicht ganz sicher, Ole. Aber wenn ich mal davon ausgehe, dass der Arbeitsplatz in deiner Wohnung, so verlockend es klingt, doch einer ist, den du dir gesucht hast und nicht meine literarische Arbeit, dann … Verstehst du, was ich meine?«

»Klar«, sagte ich. Dabei hatte ich nicht den leisesten Schimmer. Aber so viel schien mir klar: Es sah nicht danach aus, dass zwischen uns etwas laufen würde. »Es wird langsam kühl«, meinte ich. »Vielleicht sollten wir allmählich zahlen?«

»Adriano ist ein besonderer Mensch«, fuhr Ella ungerührt fort. »Das hat er mir gleich am ersten Tag gesagt. Keiner der Schriftsteller, wie man sie an jeder Ecke trifft.«

»Dann frage ich mich nur, um welche Ecken er so biegt«, knurrte ich.

»Man muss sich immer klarmachen: Neunundneunzig Prozent von allem, was gedruckt wird, ist banal. Nur hin und wieder gelingt es, sich ein Wort oder zwei zu erarbeiten, die es wert sind, überliefert zu werden. Und das ist dann schon viel.«

»Sagt Adriano.«

Ella nickte. »Und er sagt auch, dass Authentizität das Wichtigste von allem ist. Man kann nur das schreiben, was man empfindet, wusstest du das? Er selbst hat sich den Tag so eingeteilt, dass er morgens von acht bis fünfzehn Uhr nur empfindet und dann erst bis neunzehn Uhr dreißig schreibt. Na ja, dazwischen macht er eine Dreiviertelstunde Mittagspause.«

»Zahlen, bitte!«, rief ich dem Kellner zu, war mir aber nicht sicher, ob er mich gehört hatte.

Ella Willeke streckte ihren Arm aus und legte ihre Hand auf meine. »So nett dein Angebot ist, ich weiß nicht genau, ob Adriano …«

»Schon gut«, sagte ich. »Wir wollen ja nicht, dass der Gute sich beim Empfinden noch übernimmt, was?«

»Freut mich, dass du das so siehst.« Sie lächelte, und ich war mir fast sicher, dass sie mir als Kripobeamtin besser gefallen hatte.

Ella ging sich frisch machen, ich starrte in den Abendhimmel und wartete und fragte mich, worauf eigentlich. Die Sache verlief wieder einmal so, wie sie immer verlief. Dieses Mal hatte Adriano das Rennen gemacht. Adriano. Der Name war ebenso bescheuert wie egal. Immer machte jemand anderer das Rennen.

Der Kellner kam, aber anstatt abzukassieren, stellte er ein großes Bier auf den Tisch. Er hatte mich wohl falsch verstanden. »Das geht aufs Haus.«

»Wenn das so ist«, sagte ich, »dann bringen Sie mir am besten gleich noch eins. Das ist heute so ein Tag.«

»Hey«, sagte der Kellner. »Machen Sie sich keinen Kopf wegen dem milchgesichtigen Schreiberling.«

»Milchgesichtiger Schreiberling? Wen meinen Sie?«

»Na wen denn wohl: den schönen Adriano.«

»Was wissen Sie denn über den?«

»Keine Sorge.« Er sah mir direkt ins Gesicht und ich erkannte ihn: Es war niemand anderes als Schröder, und sein Grinsen verhieß nichts Gutes. »Ich werde mich schon um ihn kümmern.«

Christoph Güsken
TOD UND TÖTTCHEN
Broschur, 224 Seiten
ISBN 978-3-95451-028-3

Ein prominenter Münsteraner Lokalpolitiker kommt auf mysteriöse Weise zu Tode. Politische Gegner, Konkurrenten, Freunde und Weggefährten – alle hätten ein Motiv. Wer von ihnen ist der rätselhafte Geist der blutigen Weihnacht, der seine Besuche auf Weihnachtskarten ankündigt? Ole Frings ermittelt in der Welt der Besserverdiener und stellt fest: Dieser Mord soll nicht der Einzige sein, der so manchem die weihnachtliche Vorfreude verhagelt …

»Kurzweilig und spannend.« www.der-hoerspiegel.de

www.emons-verlag.de